電気グルーヴのメロン牧場——花嫁は死神4

はじめに

●本書は、音楽雑誌ロッキング・オン・ジャパン（月刊誌）にて連載中の、電気グルーヴの語り下ろしコーナー『電気グルーヴのメロン牧場——花嫁は死神』をまとめたシリーズの4冊目です。収録されているのは、2008年5月号から2011年4月号までの約3年分です。

●この連載は、ロッキング・オン・ジャパン1997年1月号から始まりました。2000年7月号から2001年7月号までは音楽雑誌BUZZに移って掲載されていましたが、その後は現在もロッキング・オン・ジャパンで連載中です。過去3冊の単行本『電気グルーヴのメロン牧場——花嫁は死神』（2001年）、『電気グルーヴの続・メロン牧場——花嫁は死神』（上巻・下巻　2008年）も発売中です。

●この連載の司会はロッキング・オン・ジャパン編集長の山崎洋一郎が務めています。

●雑誌掲載時にページ数の都合でカットした未発表トークを、「ボーナストラック」として1年ごとに掲載しています。

●最後に収録されている「あとがき座談会」は、本書のための語り下ろしです。

もくじ

007 2008年
067 2008年 ボーナストラック
085 2009年
179 2009年 ボーナストラック
207 2010年
285 2010年 ボーナストラック
317 2011年
349 2011年 ボーナストラック
355 あとがき座談会

2008年

5月号

●リリースはあるわ、『メロン牧場』発売もあるわ、リキッド[1]のライヴもあるわで、実はトピックはいっぱいあるんだけど、このままいくと完全にスルーしそうな感じがあって、どうしようかなと。

卓球「じゃあ、リキッドの話はあるよ。リキッドもそもそもやるって決めたのが、3月の2週目ぐらいで、俺、家のベランダですごい天気いい日にビール飲んでたのよ。で、そうか、このままプロモーションも始まって、ライヴないっていうのもなんか寂しいなと思って、1本ぐらいやってもいいかなと思って、瀧と電話で話してさ。『なあ、ライヴ1本だけ、リキッドかどっかで一発やんねえか？』『ああ、いいよ、いいよ』なんつって、まずKAGAMIんとこ電話して、『ライヴやるんだけど、ちょっと手伝ってくんねえ？』『ああ、いいよ、いいよ。じゃあ日にち決まったら教えて』っつって、で、あとまりん[2]のとこ電話して、『お前、ちょっと来て出てみない？』『あ、いいよいいよ』っつって。で、ミッチー[3]のとこ電話して、『もうKAGAMIもまりんも押さえたから、あとはリキッドを押さえて』っつって。んで、ミッチーがリキッドの山根さんとこ行って、実は電気で1本だけライヴやりたいんだけどっていう話して、じゃあスケジュール見ますって、パッと見たら、山根さんがニヤ〜ってしたんだって（笑）。

道下「ニヤ〜って笑って、『なになに、空いて

1 リキッドのライヴ：08年4月1日、恵比寿リキッドルームで、10thアルバム『J-POP』のリリースを記念して行われた「こう言えば三太夫」。前半は『J-POP』の曲をほぼ収録順に演奏。後半は懐かしのナンバーを連発する超プレミアム・イベントであった。『J-POP』は電気の8年ぶりのオリジナル・アルバム。このライヴの翌日、4月2日にリリースされた。

2 まりん：91〜99年に電気グルーヴに在籍した砂原良徳。愛称の「まりん」は、電気加入時につけられた。卓球と瀧に無

る？』『空いてる』っつって」
卓球「しかもそれが4月1日。発売日の前日で、エイプリルフール」
●ああ、すごいね！
道下「やれってことですよね（笑）」
●なるほどね。
卓球「でもう、急いで準備してさ。もうその時で3週間とか切ってたもんね。で、まりん呼んでリハやって」
瀧「エイプリルフールにまりん出てくんのいいよね（笑）」
●びっくりした。全然知らなかったから。
卓球「で、とりあえず1曲だけ、〝ママケーキ〟[4]でキーボードソロやりに出てきて、最後歌ったらもうはけて、それっきりって話だったの、最初は。で、MCでも触れないっていう（笑）。で、それでやってたら、後半のそれ以降の曲は、別に考えてたわけじゃないんだけど、まりんがいた頃の曲だったから、『これだったらできんじゃねえの？　じゃあ最後までいようよ』っていうふうになってさ。で、リハやって、あいつも久しぶりに人と会うもんだから、またベラしゃべりだったんだけど、その後、前日のリハが終わってまりんも先に帰ってさ、『まりんこれで絶対、また熱出したりおなか痛くなったりすんじゃねえ？』っつって、当日入りになったら案の定そうなってて（笑）」
●ハッハッハッハ！
瀧「おなか痛いって」
道下「昼ぐらいに電話があって、『朝から吐き

理矢理改名させられ、「地獄サンダー」「まりんジェット吉」などを一瞬だけ名乗っていた時期もある。

3 ミッチー：電気マネージャー道下善之氏の愛称。音楽雑誌『R&R NEWSMAKER』の元編集者。電気の記事を担当していた。

4 ママケーキ：96年3月にリリースされた電気のアルバム『ORANGE』の1曲目。まりんの歌のソロ・パートから始まる珍しいナンバー。

気と、ちょっとあって……』って。わー、まりんだなあっていう（笑）。『大丈夫ですか？』って言ったら、『まあ多分、大丈夫。行くんで安心してください』って」

卓球「裏切らないよねえ。んで、ライヴやって、終わってからうちらも、『今日おもしろかったよなあ』っつってて。で、『ノリのいいリハ』って言ってて、瀧が（笑）」

瀧「『ノリのいいリハみたいだった』っつって（笑）。そんぐらい楽しかった」

卓球「そんで、終わってそこでみんなで乾杯して、今度ちょっと打ち上げ行こうっつって飲みに行ったのよ。瀧とかと。で、行って飲んでたら、そこにたまたまＣＭＪＫ[5]が現れて（笑）」

●たまたま!?

卓球「そう！」

瀧「『ちょっと、1杯だけテキーラ飲みに……あっ！』みたいな感じで（笑）」

卓球「で、これ珍しいからちょっと写真撮ろう！っつって、まりんとＪＫ間に挟んで、みんなで撮影会になって（笑）」

瀧「電気グルーヴ・オリジナルメンバー勢ぞろいって感じ」

●特別な日だね。なんかあったね、絶対。

瀧「そこに吸い寄せられてくるＪＫのさ、妖怪[6]アンテナっていうね（笑）。その回路っていう。入り口のとこで会って、『ちょっと、奥行ってみ、奥』っつって（笑）」

卓球「で、入って来て、『うわー！』とか言って。いたのがだって、川辺[7]、宇川[8]、俺とかで、もう

5 ＣＭＪＫ：90年に電気に加入。91年4月リリースの1stアルバム『ＦＬＡＳＨ ＰＡＰＡ』のリリース後に脱退。浜崎あゆみ、佐野元春、Ｖ6など、幅広いアーティストのプロデュース、作曲、アレンジで活躍している。

6 妖怪アンテナ：水木しげる原作『ゲゲゲの鬼太郎』の主人公、鬼太郎の髪の毛の能力。敵の妖怪が接近した時にアンテナのようにピン！と立つ一種のレーダー。微弱な妖気にも反応する。

7 川辺：ＴＯＫＹＯ ＮＯ.1 ＳＯＵＬ ＳＥＴの川辺ヒ

飛んで火に入るって感じじゃん（笑）。もう蜂の巣って感じで、『JKさ、ドラゴン[9]とバンド組みゃいいじゃん！』とかさ、適当なことばっか言っててさ」
瀧「『ちょうどいいよ！』だって」
卓球「『金の匂いすんね〜！』とか言ってさ（笑）。完全にまな板の鯉だったな、あれ」
●打ち上げの時に、俺もまりんに久しぶりに会うからさ、「おー、まりん！」っつって。「そう言えばずっと会ってないけど、今、どういう状況なの？」って、ミュージシャンとしてどういう状況なのかって聞いたら、「えーと、いや、腹の具合が……」って（笑）。
一同「（笑）」
卓球「想像つく（笑）」
瀧「おなかの中で[10]ニューアルバム作ってるからね（笑）」
卓球「『やっと1曲目のスネアの音ができたんだろ？』とか言ってた（笑）」
瀧「んふふふふふ」
卓球「あの日はおもしろかったねえ。ツアーの初日とかだったらまた意味が違うんだけど、あれ1本だからね」
●しかも何かを問うっていう部分がまったくなかったライヴだもんね。
卓球「そうそう（笑）」
瀧「ミッチーに当日の録画したビデオあるんでって渡されたけど、『俺、観ないと思うわ、これ』っつって（笑）」
卓球「観ても意味ねえもんな（笑）。で、あれ、

ロシ。卓球とのユニットＩnKとしても活動している。

8 宇川：グラフィック・デザイナーの宇川直宏。電気主催の屋内レイヴ『WIRE』にVJとして参加している他、電気関連作品のアート・ディレクションなどを多数務めている。

9 ドラゴン：DJ DRAGON。TOKYO NO.1 SOUL SETの元メンバー。武田真治、小室ファミリーなど、芸能人との華やかな交流がある。

10 おなかの中でニューアルバム作ってる：この後の09年

スペースシャワーでオンエアするんで、どの曲にするか選んでくれって言われたんだけど、『いや、どれでもいいよ。どれもまんべんなく失敗してるから』っつって（笑）」
瀧「『歌詞、なんだっけ？』とかさ。ずーっと『J-POP』のアルバムインタヴューで、『歌詞は？』『いや、ほんとに意味のないもので、ストーリー性のないものを作って』とか言ってたじゃん。そのおかげでさ、まったく歌詞覚えらんなくてさ。『あれ？　なんだっけ？　うわ〜、全然無理！』って感じでさ（笑）」
卓球「俺とかもう最初っからギブアップだから、譜面台立ててたもん」
瀧「譜面台立てて間違えてるんだよ。あり得ないよね？（笑）。あと、もう1個衝撃だったのが、歌詞はわかってんのに口がついてかないっていう」
卓球「老い、完全に（笑）」
瀧「『あれ!?』っていう。なんかそこの回路、さび付いてんなあっていう（笑）」
卓球「あと衝撃だったのが、リハで〝エキスポヒロシマ〟[11]って曲やってて、なかなか入りが入れなくて。で、最初の4小節のブレイクだったから、じゃあ8小節だったら入れるから、8小節に伸ばしたりしてて、それで入れるようになったけれど、今度キーが全然違うから、『お前それ、キーが違うよ』『え、キーあんの？』っつって（笑）」
一同「（爆笑）」
瀧「低い声で歌ってるから、ある程度の低さか

7月、映画『ノーボーイズ、ノークライ』のサウンドトラック『No Boys, No Cry Original Sound Track Produced by Yoshinori Sunahara』をリリース。オリジナル・アルバムとしては01年5月リリースの『LOVEBEAT』以来、8年ぶりのことであった。ちなみに11年4月6日には、最新アルバム『liminal』がリリースされた。

11 エキスポ ヒロシマ：『J-POP』の2曲目。

らはもうないよっていう」
卓球「あるよ、キーは（笑）」
瀧「振動だもん、振動。そっから先はキーとかじゃなくて振動だよ」
卓球「振動じゃねえよ（笑）。あれ衝撃だった。レコーディングも終わってんのに、『キーあるの？』発言は」
瀧「まったく何も進歩しなかった、ほんとに。イントロ聴いてどのキーか、さっぱりわかんないもんね、だってね」
卓球「いばって言うことかよ！（笑）」
瀧「今に始まったことじゃないけどね、はずれてんのは（笑）」
卓球「あれはおもしろかったな、ほんと」
瀧「でもなんか、悪ふざけでくだらなかったのに、だいたいみんな、すごい楽しかったって言うんだよね」
卓球「ステージで、よく言う、客席の笑顔がはっきり見てとれた、ほんとに（笑）」
瀧「あとやっぱり、まりん出てきた時だね。客がザワザワっていう、だんだん『あれ？もしかして、いや、んなわけ、あれ？あれあれ？あ、やっぱりだー！』っていう、上がっていく感じがおもしろかった（笑）」

●ライヴ自体は大トラブルはなく？

卓球「とにかく、瀧がシティボーイズ[12]のやつがあるもんだから、リハがけっこう全員揃ってっていうのが時間が限られててさ」
瀧「当日もさ、なんで9時スタートかって言うと、当日、俺、夕方まで稽古が入ってるはずだっ

12 シティボーイズ：大竹まこと、きたろう、斉木しげるによるコントユニット。瀧はシティボーイズミックスPRESENTS『オペレッタ ロータスとピエーレ』に出演。東京公演は08年4月23日～5月5日、天王洲銀河劇場で行われた。

たんだけど、それがなくなって、じゃあ別に9時じゃなくてよかったんじゃんっていう（笑）。ムダに待たすっていう」

卓球「Xの方式[13]だから。でもうちら、Xと違うのは、ちゃんと律儀に、最初にアナウンスしておくっていうね（笑）」

瀧「遅れますよっていう」

卓球「しかもさ、本番前日のリハかなんかで、休憩時間の時にさ、最初俺が、『なんで今回9時なんだろうね？』って言ってて、スタッフも『ほんとだよね？』っつってさ、瀧も『ほんとだよな！』って言いかけて、ハッと気づいたんだよ、お前は（笑）」

瀧「『俺だ！　ヤベ！』っつって（笑）」

卓球「またミッチーに当たるとこだった？（笑）」

瀧「うっかり自分で自分を撃っちゃうとこだった。もも、バキューンッて」

一同「（爆笑）」

瀧「ももバキューンッ、『ミッチー！』（笑）」

●でもすっごいしゃべってたよね。久々に。

卓球・瀧「うん」

道下「あのMCは久しぶりな感じでしたよ」

瀧「へえ。そりゃ『メロン牧場』も売れるわけだわ（笑）」

●MCのクンバカ[14]・ネタはひどかった。

卓球「ははははは。そうそう、昨日の晩、J-WAVEで番組始まる前にディレクターの人が、『ライヴすごいよかったです。えー、ひとつお願いがあるんですけど、オウムネタ[15]だけは

13 Xの方式：X JAPANのライヴは開演が遅れるのが半ばお約束となっている。08年3月28日の復活ライヴはWOWOWで生中継が行われたが、放送がスタートした18時半から延々と何も起こらない東京ドーム場内の模様を映し、時々「開演が遅れております」というテロップを流すという異例の事態となった。ライヴは結局20時50分頃にスタートした。

14 クンバカ：ヨガの呼吸法の一種。「息を止める」という意味。オウム真理教の修行のひとつ「水中クンバカ」で、広く世間に知られるよう

ちょっと』って（笑）」
瀧「うちらも笑ってんだけど、一応返す刀で、『でもクンバカはさあ、あれは修行のスタイルだからさ、それは別にいいでしょ？　みたいな（笑）」
卓球「ヨガ用語だからっつって（笑）」
●一応食ってかかって（笑）。
卓球「そうそう（笑）」
瀧「丸飲みはしねえぞっていう、わかってるけど（笑）」

6月号

卓球「そうだ、これ（『続[1]・メロン牧場』）に関して、クレームが1個ある。うちら共通の」
瀧「ある」
●マジで？
卓球「紙[2]がよすぎる！　前回のコンセプトの『ケツを拭ける』っていうのが完全に見落とされてる。これだとクソ削り落とすって感じじゃん（笑）」
瀧「『ケツの穴のことどう思ってんの？』って感じ。そんな頑丈じゃねえよ、ケツの穴って」
卓球「これ、便所文庫のコンセプトが忘れ去られてたね、ケツが拭けるってとこが」
瀧「うん、うん」
卓球「前回はしかも、い[3]ざとなったら表紙でも拭けたじゃん（笑）」
瀧「そういう隠れた使い方がないもん、これ。やり直し！（笑）」

になった。

15 オウム：87年に設立された宗教団体オウム真理教。00年にアレフに改称。

1 続・メロン牧場：『メロン牧場』の単行本第2弾。08年3月に上・下巻で刊行された。

2 紙がよすぎる！：01年8月に刊行された第1弾の単行本は、わら半紙に近い安っぽい質感の紙を使用していた。

3 いざとなったら表紙でも拭けたじゃん：書店がサービスで付けてくれるブックカバーに似た質感、デザインの表紙

●ははは、以後、気をつけます（笑）。
卓球「そう言えば、あとがきの後の話ってお前にしたっけ？　あとがきの対談用に店に行ったじゃん、あの後の話」
瀧「ああ、『じゃあ山崎[4]さんと飲むわー』なんっつってな」
卓球「で、あの後にお目当てにしてた店に行ったら、そこ今日、早じまいだっつって入れなかったのよ。それで結局、普通の和民[5]とかそういう居酒屋しかなくて、しょうがないからそこ行って、周りみんな大学生みたいなとこで。で、そこで延々飲んでて」
●生まれて初めてふたりでね。
卓球「そうそう、初めて飲みに行って」
瀧「なんの話したの？」
●いや、それがね（笑）。
卓球「たいした話じゃないんだけど、何したっけ？」
●いや、ほらやっぱ共通言語があんまないじゃん。やっぱりいろいろ音楽の話になる時、ひどいわけよ、言い草が。音楽っていうのは立体的でみたいな話をしていてさ、俺もわかる部分もあるけど、ほんとにわからないで「うん、そうだね」とか言いたくないから聞いてたら、「（小声で）やっぱ、わかんねえんだな」って。
一同「（爆笑）」
●「やっぱり平面なんだよ、平面」（笑）。
卓球「『二次元、二次元』って（笑）。『やっぱり紙媒体だな』っていう（笑）」
瀧「『しょせん紙だ！』っていう（笑）」

だった。

4山崎さん：『メロン牧場』進行役の山崎洋一郎。現在、ロッキング・オン・ジャパン編集長。

5和民：大手居酒屋チェーン店。値段が安いので、学生、アマチュアバンド、劇団員などに支持されている。

●挙句の果てにさ、「こうやって飲んでてもさ、ジャーナリストはミュージシャンと飲んで得るもんはあるけどミュージシャンはジャーナリストと飲んでも得るもんないもん」っつって。
一同「(笑)」
●朝の7時ぐらいになってだよ？
瀧「まあでも、同感だね(笑)」
卓球「んで、その居酒屋行って、そこ出て、じゃあどっか別んとこ行こうっつったんだけど、もう朝でどこもやってないから、結局ファミリーレストランに行って(笑)。で、周りみんなもう仕事行く前に朝飯とか食ってる横でさ、ジョッキ並べて(笑)。
●そう、あまり盛り上がることもなく(笑)。
卓球「で、結局最終的に、じゃあ帰ろうかっつって、『あ、そうそう、世田谷公園[6]にいい場所あるのよ』っつって、ふたりで行って、「いい眺めだよね〜」っつって(笑)」
道下「何やってんだ(笑)」
卓球「何やってんだって感じだよね(笑)」
瀧「気持ち悪い、気持ち悪い！」
卓球「ヤバかったね。バンド結成しそうな勢いだったもん(笑)」
道下「危ね〜(笑)」
瀧「なんの話してたんだよ。だって、今言ってたような話ばっかじゃないでしょ？」
●なんか突破口を探しながら、朝までウロついてはみたんだけど。
卓球「結局、突破口も見当たらないままね、青春の1ページみたいな感じだったもん、最後

6世田谷公園：東京都世田谷区の公園。屋外プール、テニスコート、噴水広場、ミニSLなど、豊富な施設がある。付近住民の憩いの場。

（笑）。なんか、お互いこっ恥ずかしくなって、『帰ろう！』っていう感じでさ」

●最後に確認できたのは、まあお互い、少なくとも悪意は持っていないっていう。

一同「（爆笑）」

瀧「敵ではないってこと？（笑）」

卓球「そう、それがやっとわかった（笑）」

●白〜い朝って感じ。

卓球「で、タクシー乗った途端、どしゃ降りになってね（笑）」

●そうそう（笑）。

卓球「次はお前の番だからな（笑）」

瀧「いやいや、ふたりでやって、そういうのはほんとに」

卓球「次は兵庫[7]んちに泊まりに行くって（笑）」

瀧「俺が兵庫の家に泊まりに行ったらおもしろいよね（笑）」

一同「（爆笑）」

瀧「荒らしに（笑）」

●それは『破壊の夜』[8]って感じだよね、X JAPANの（笑）。

瀧「『破壊の夜』と『無謀な夜』を合わせた感じ（笑）」

道下「『創造の夜』ではないっていう（笑）」

瀧「Xとか観に行ったの？」

●行った行った。2時間半遅れで、小倉さん（小倉智昭／『とくダネ！』でおなじみの司会者、タレント）の隣でずーっと待ってて、小倉さんもなんか、「出てこないねえ」とか言いながら、YOSHIKI[9]と1回LAで会ったような自慢

7 兵庫：兵庫慎司。BUZZ、ロッキング・オン・ジャパンで『メロン牧場』の編集を担当していた前任者。

8 破壊の夜：08年3月28日〜30日に東京ドームで行われたX JAPAN復活3DAYSライヴ1日目のタイトル。29日は「無謀な夜」、30日は「創造の夜」。X JAPANは度々ユニークなライヴのタイトルをつける。91年10月19日に、新宿にあった日清パワーステーションで行われた企画ライヴ「変なX」は特に秀逸。メンバー内でパート・チェンジを行う内容だったため、「変

話とかしながら2時間半待って、始まった瞬間、小倉[10]さん最後まで爆睡で(笑)。
一同「(笑)」
●セットリストをかなり短縮して、X[11]ジャンプとかを全部もうやめて。途中でYOSHIKIが気絶して終わるっていう。
卓球「だから、それ宇川（直宏）とも話してたんだけど、気絶はオ[12]ックス、X JAPAN、あと[13]レギュラーの西川くん（笑）」
一同「(笑)」
瀧「気絶いいよな、終われるんだもんな。ふーん、俺もじゃあ今度は……」
一同「(笑)」
卓球「歌詞思い出せなくなったら気絶しときゃいいじゃん」
瀧「だからあれ、歌詞を間違えたとか忘れたとかじゃなくて、短い気絶なんだよ」
卓球「はははははは」
瀧「歌の途中で短ーく気絶したっていう。だからしょうがない、気絶だもん、だって（笑）。Xとかちゃんと行くんだね」
卓球「しばらく活動するんでしょ？ パ[14]リかなんかでライヴやるとか書いてあった」
●イン・パリ。タ[15]タミネーター・イン・パリ（笑）。
瀧「タタミネーターX・イン・パリス。Xとパリだ、予言だ！（笑）」
一同「(爆笑)」
卓球「あと、これにまつわる話もう1個あった。リキッド会場入りしたら、TASAKAにDJを頼んでたじゃん。で、TASAKAが楽屋に

な X」というタイトルになった。

9 YOSHIKI：X JAPANのリーダー。ドラムとピアノを担当。LA在住。

10 小倉さん最後まで爆睡で：レギュラー番組『情報プレゼンター とくダネ！』の放送時間は平日8時〜9時55分。

11 Xジャンプ：インディー時代からの代表曲〝X〟を演奏する際は、ファンが腕をクロスさせて飛び上がる。通称「Xジャンプ」。

12 オックス：68年

『おはようございまーす』って入ってくる時に、パッと来て、『ちょっと俺、卓球さんに言っておきたいことがある』っつって、『人のウンコ[16]をもらした話を出版するのはやめて！』っつって（笑）」

道下「『印税発生してるでしょ』って（笑）」

卓球「『しかも、本人が直接聞いたんじゃなくて、マネージャーから聞いた話をそれに載せて出版するのはやめて』っつって（笑）」

瀧「『人のクソの話で金を稼ぐのはやめて！』っつって（笑）」

卓球「印税を振り込むか、もしくは新しいパンツをくれっつってた（笑）」

道下「『TASAKA（本を）買ったの？』『買うわけねえだろ！』っつって、ちょっと怒ってた（笑）」

卓球「自分がウンコもらした話を人が話してる本をレジ持ってってんでしょ（笑）」

●でも、発売日前にそれを読んでるってことでしょ、早くも（笑）。

卓球「そうそう、立ち読みしてきたっつってた。つうか、立ち読みして、またその瞬間にウンコもらして欲しいよな（笑）」

一同「（笑）」

卓球「『うわ、出てる！』って感じで、永久機関でしょ（笑）」

●川辺（ヒロシ）くんも、打ち上げ行ったらさ、「今日『メロン牧場』発売日だよね？ 俺もさっそく手に入れて、さっき楽屋に行ったらちょうどまりんがいたからさ、まりんのサインもらっ

にデビューしたグループサウンズのバンド。〝スワンの涙〟〝僕は燃えてる〟などが大ヒット。甘いルックスのメンバーたちが演奏中に失神するパフォーマンスでも人気を集めたが、観客の少女たちが失神して病院に搬送される事態が続発。社会問題化した。

13 レギュラーの西川くん：お笑いコンビ・レギュラーの西川晃啓。気絶ネタのコミカルな表情は子供たちにも大人気。

14 パリかなんかでライヴやる：08年11月22日にパリ公演が予定されていたが、結局延期された。

た」っつってた（笑）。

卓球「そうそう、もらってた」

●「『メロン牧場』でまりんのサインって、超レアだと思わない!?」っつって（笑）。

卓球「やってることやくみつる[17]だもん（笑）」

道下「『宇川、サインして』っつってましたもんね（笑）」

●TASAKAくんには俺も言われた。「勘弁してよ～」みたいな（笑）。

卓球「んはははははは。あいつ活字怖いっつってた」

●そういうニュアンスだった。ゲラゲラって感じじゃなかった。「こういう目に遭ってる人って、実はけっこういるんじゃないかなあ」って、マジで俺に迫ってくる感じだった。出版社の人はいいかもしれないけどっていう。

瀧「『人の人生をおかしくしてるかもしれないってことに、ちゃんと責任感じてんの？』っていう」

●そう。「知らないとこで被害者いっぱい生んでんじゃないかな」みたいな感じ（笑）。

卓球「その累々と並ぶ死体の上にこれ（『続・メロン牧場』）が墓石代わりにこう、並んでるんだよ（笑）」

瀧「これが出たことによって、最初のほう（2001年に刊行された『メロン牧場』単行本第一弾）もちょっと（売れ行きが）動いたりするの？」

●もちろんもちろん。

瀧「やっぱ、旧譜が動く感じだ（笑）」

15 タタミネーターX・イン・パリス：電気の前身バンド「人生」の頃、瀧の芸名は「畳三郎」。「タタミネーターX・イン・パリス」は、87年にリリースされた『FASCINATION』にクレジットされていた瀧の芸名。

16 人のウンコをもらした話を出版するのはやめて！：『続・メロン牧場』下巻05年7月号の回に収録。

17 やくみつる：漫画家。有名人の煙草の吸殻、有名人が描いたカブトムシの絵など、珍品コレクターとして知られ

卓球「アンケートも入ってるんでしょ、今回は」

●入ってる。

瀧「『電気グルーヴの続・メロン牧場――花嫁は死神』愛読者カード（笑）」

一同「（爆笑）」

瀧「もっとおもしろいのが、『愛読者カード係行』だって（笑）。『花嫁は死神』の愛読者カード係がいるんだっていう（笑）」

卓球「係長かなんかいて（笑）」

瀧「そいつの仕事、っていう（笑）」

●まあ、兵庫だけど（笑）。

瀧「『なお、お答えいただいたデータは編集資料以外には使用致しません』、当たりめーだろ！（笑）」

7月号

卓球「最近のおもしろい話。まず1個は、うちの近所に○○牛を食わせるっていうお店があって、ずっと気になってたんだよ。で、この前、そこ入ったら、結構やる気ない店でさ、店内うちらしか客いなくて、しかもプロジェクターでディスカバリーチャンネル[1]が流れてて、その時にやってる番組が『動物虐待の真実』とかで」

●うわ〜。

卓球「痩せこけた牛とかがいて、そこに動物虐待Gメンみたいなのが踏み込むみたいなさ。それ延々流してるから、めっきり食欲なくなっちゃってさ（笑）。一番映しちゃいけない番組じゃん、それ（笑）。ビビった」

る。八代亜紀にはぁぶったイカ（八代亜紀の大ヒット曲〝舟唄〟の一節に「ぁぶったイカ」が出てくる）、浅田美代子には赤い風船（アイドル時代の代表曲が〝赤い風船〟）にサインしてもらった。

1 ディスカバリーチャンネル：自然、科学、歴史などに関するドキュメンタリー番組専門のケーブルテレビ・チャンネル。動物、宇宙開発、工場見学など、子供に見せたい内容が豊富であると同時に、ミリタリー関係や超常現象といった刺激の強い番組も放送するなど、なかなか油断できない性質

瀧「ンフフフフ」
卓球「それともう1個。これおもしろ話で、鹿児島でこの前、野外のレイヴがあって。で、そのレイヴはすごいよくて、DISCO TWINS[2]とかケンイシイ[3]とかRYUKYU[4]（DISKO）とかも出てて、今年初めてやるイベントで。んで、オールナイトじゃなかったから、10時ぐらいに終わったんだけど、その後、ホテルに戻って、TASAKAと部屋で飲もうっつってさ。あと、PAの佐々木さんつうのもきて飲んでたのよ。で、飲んでたら、玄関のほうでさ、『あ、間違えた！』なんて言ってさ、ドアがバタンと閉まる音が聞こえてさ、『誰か今入ってきたよね』なんて話して、また飲んでたらさ、今度、昔、電気のコンサートスタッフとかやってて、今はRYUKYUのスタッフやってる今さんと、中村美保己っていううちの事務所の一番上の人がベロベロになって入ってきて、『一緒に飲もうよー！』ってきて」
瀧「（笑）」
卓球「で、その時点で今さん、もう完っ全にできあがってる状態で」
瀧「目が据わってる状態ね」
卓球「そうそう。で、『あ、いいよいいよ、飲もう』っつって飲んでたんだけど、すでに何言ってるかわかんないんだよ。でったらめで、言ってることが。もう酔っ払っちゃってて、話してるんだけど自分が何話してるのか見失っちゃってるんだよ、途中で。それをごまかそうとするんだよ（笑）」

を持っている。

2 DISCO TWINS：DJ TASAKAとKAGAMIによって結成されたユニット。吉川晃司と合体したDISCO K2 TWINS名義でシングルをリリースしたこともある。

3 ケンイシイ：DJ、ミュージシャン。90年代から日本のテクノ・シーンをリードし、世界中から注目され続けている。海外レーベルからのリリースも数多い。

4 RYUKYUDISKO：双子の兄弟・廣山哲史、廣山陽介によるテクノ・ユニット。琉球音楽の

一同「(笑)」
卓球「で、『ほんと俺、嬉しいよ、卓球。お前ほんとがんばってる!』って話してるんだけど、酔ってんだよ。で、昔の暴走族時代の話とかをすんだけど、『あん時もさ、ワッてなってさ、んで、よう、あの〜、あれだよ。で、卓球どこ行くの?』(笑)」
一同「(爆笑)」
卓球「まさかの質問返し!?とかさ。で、もう今さん放ってみんなで話してたんだよ。そうすると、たまーに割り込んでくんのよ。割り込み方も強引って感じでさ、なんか別の話してて、その佐々木さんっていうPAの人が海外ツアーに行った時に持ってく機材の話してるとこに、いきなり『でもね、ノガタも広がってきてる!ノガタも増えてる!』『え、何ノガタって?中野の野方[5]?』『そう!』『野方が増えてきてる?』『そう、かなり増えてきてる、野方が!』『え、どういうこと?』っつって、俺、『どういうふうに増えてるの?』って聞いたのよ、おもしろいから。2駅分増えてるとか、面積が広がってるとかかなと思って、『野方がどう増えてんの?』っつったら、『ふたり』(笑)」
一同「(笑)」
卓球「で、『えー!?』と思って、まずノガタが中野の野方っつったのに、人だったっていうのと、あとふたりっていう少なさ(笑)。増えてふたりって、もともとはひとりじゃんっていうさあ」
瀧「野方出身の何かが増えてんだ、約2名」

要素を採り入れた独自の音楽性を確立している。ORANGE RANGEのNAOTOの実兄。

5 中野の野方:東京都中野区の町の名称。

卓球「そうそう。で、うちらもう、TASAKAとかと腹抱えて笑ってて。で、佐々木さんもけっこう酔っ払っててさ、訳わかんないこと言ってて、今さんも訳わかんないこと言ってて、お互いまったく噛み合ってないのを、俺とTASAKAがテニスの試合観る感じで、こう見てて。噛み合ってないんだけど、怖いのが、たまに噛み合うんだよ（笑）。で、噛み合って握手したりとかしててさあ」

一同「（爆笑）」

瀧「奇跡の瞬間を（笑）」

卓球「そうそう。逆にだから、俺たち酔っ払ってんのかなあ？っていうさ（笑）。で、最後のとどめが、今さんが、『（小声で）シッ、卓球、声デカい。ちょっと大人しくしたほうがいい。じゃないと、お店の人に迷惑だから』っつって、指さした方向見たら、電気スタンドが立ってた（笑）」

一同「（爆笑）」

卓球「『今さん！　今どこにいるかわかってる？』『ん？』『あれ電気スタンドだよ』『ん、あ、おう』っつって。電気スタンドに気使ってる人初めて見たよ。もう腹抱えちゃってさあ。で、俺とTASAKAでなんか言葉かけると、もう100点満点の答えが返ってくるって感じでさ。おもしろジュークボックスっていうさ（笑）」

瀧「わかるわ、なんか。目に浮かぶなあ」

卓球「ほんと、100点満点の酔っ払い見たっていうかさあ（笑）。それが最近のおもしろい話。あとあれ、シティボーイズ。中村さんが公演観にきてっていう（笑）」
瀧「そうそう、さっき言ったうちの中村美保己が、だいたい普段からケバい格好してるんだけど、あの人も元はお芝居とかやってたからさ、大好きなのよ、実は。で、途中でうっかり、向こうの人たちに、『そうなんです、私、音楽よりお芝居のほうが好きなくらいで』とか言って、『お前それ言っちゃダメだろ！』って感じで（笑）」
一同「（笑）」
瀧「なに気に入られようとしてんだよって感じで（笑）」
卓球「しかも所属してる奴の横でなあ（笑）」
瀧「所属してる奴が横にいてさあ、『そうなんですよ、私ね、音楽よりもお芝居のほうが好きなぐらいでえ』っつって。もうキャッキャして、何回も観にきてんの、公演を」
道下「全部で10回は観たっつってました」
●すげえ。
瀧「でしょ？　そのぐらい観てて、そのシティボーイズの事務所の人もだいたい男じゃん、みんな。そしたらみなさんがきて、『瀧、あの人なんなんだ？』って言うから、『いや、うちの事務所の偉い人ですよ』って言ったら、『ははーん、お前の女なのか？』『やったのか？』って言われて、『やるわけないじゃないっすか』っつって（笑）。事務所でケバい感じの人がきてるってことは、なるほど、やってるなこいつっていうふうに」
●しかも10回きてね（笑）。

卓球「はははははは！」
瀧「10回きてるぐらいだから、そう思われたっていう。『ちょっと待ってくださいよー！』って感じで（笑）」
卓球「しかも、そこの現場に女の人がいないもんだから、けっこうちやほやされて、それが嬉しくて何度も行ってるっていう。さっき本人がゲロってたよ。『あんなにちやほやされたの久しぶり！』とか言って（笑）」
瀧「で、やっぱさ、若い部類なんだよ、くる女の人とかの中で」
●なるほど、ポップス業界とは違うわけね。
道下「全然違いますね」
卓球「だんだん露出度が上がってってたんだろ（笑）」
道下「衣装もケバくなってって（笑）」
卓球「最後はビキニで（笑）」
瀧「それはそんだけケバい格好できたら、お前やってんのか？って言うよね（笑）」
道下「でも、瀧さんは知らないと思うんですけど、後半物販やってたんですよ」
卓球「アッハッハッハッハッハ！」
瀧「何？　手伝っちゃって？　なんで!?」
道下「僕、会場入ったら『いらっしゃいませー！』ってやってるから、パーッて行って、向こうの事務所の人に『どうしたんですか？』『いや、中村さんがなんか手伝いたいって言うんで』っつって（笑）」
卓球「ヤバいね」
瀧「マジで!?」

道下「恥ずかしい……」
卓球「恥ずかしいよねえ」
瀧「恥ずかしいね」
道下「『やめてよ！』『え、だって、やることないんだもん』っつって」
瀧「そりゃそうだよ！（笑）」
卓球「お前、会社戻ればやること山ほどあるだろ！っていう。何好きじゃない音楽のほうの仕事はほっぽらかして、金が入ってこない芝居手伝ってんだよって（笑）」
瀧「『いらっしゃいませ～』って（笑）」
道下「『ここはいるのが仕事なんだから、別に仕事あるとかないとかって問題じゃないじゃん！』っつって」
卓球「怖いねえ。怖い！」
瀧「恐ろしいな」
卓球「恥ずかしい！」

8月号

卓球「ずーっとレコーディング目線なんだよ。[1]昨日さ、明日メロンがあるって言われて、『もう1ヶ月経つの!?』みたいな感じだった。スタジオにいると、同じとこで同じことやってると時間感覚なくなるじゃん」
●けっこう押し気味なの？
卓球「まあ、押してもないけど。っていうか、もう6曲ミックス終わってる」
●じゃあ煮詰まって、2枚出すとか言うんじゃなかった！って状況ではない？

1 ずっとレコーディング目線なんだよ：08年は4月の『J-POP』に続き、10月に11thアルバム『YELLOW』をリリースした。

卓球「ちょっとあったけど、最初は（笑）」
瀧「最初な（笑）。前のやつで7～8曲やってないのあるからっつってな」
卓球「けっきょく『J-POP』に入んなかったから、あれとかなんとかなるんじゃない？っつって、じゃあ次出すっつって。で、いざ、レコーディング初日、ふたり集まって、『じゃあ、前の残ったやつ聴いてみよう』っつったら全然なくて（笑）」
瀧「『あんま使えねえな』だって。『なくねえ？』『ないよな？』『どうする？』だって」
卓球「あんま使えない上に、数も全然少なくてさ。逆に選ぶの大変だなぐらいでさ」
●勘違いしてたの？
卓球「勘違いしてた、完全に」
瀧「感覚的に。でも、日付違いのミックスとかも全部入れてたから。こっからここまで幅があるからみたいに思ってたんだけど。そんなこと全然なかったんだよね。『ヤバイ、出すって言っちゃったし、ライヴも近づいてる！』（笑）」
卓球「瀧が歌った寒い曲とかも入ってたじゃん、カエラトラック[2]とかも（笑）」
瀧「入ってたね」
卓球「あれはほんと、歌を入れて寒気がするっていう、初めての体験だったよ（笑）」
瀧「『中止中止！』」
●カエラのトラックに瀧が歌入れたの？
卓球「カエラの曲をやった時の未使用みたいなやつがあって、じゃあ電気でやってみようかっつってやったんだけど、ヤバすぎて、歌入れた

2カエラトラック：木村カエラが08年2月にリリースした〝Jasper〟は卓球の作曲、プロデュース。映画『マゴリアムおじさんの不思議なおもちゃ屋』の日本語版テーマソングに起用された。

ら。もともとがカエラに作ってるから、中年のおっさんがミニスカート穿いてるみたいになっちゃって（笑）」

●あはははははは。

卓球「グロテスクなんだよ（笑）」

瀧「『♪瀧はまだ〜、16だ〜から〜』[3]、嘘つけ！って感じの（笑）」

一同「（笑）」

卓球「あ、あのー、カルビーのポテトチップス。あれをどうやって作るか知ってる？」

●スライスして——。

瀧「違うんだよ。イモを全部1回つぶして、ギュッて固めてイモっぽくして、そっからスライスしてあれにしてるの」

●そうなの!?

瀧「ずーっと長年その製法でやってるよ」

卓球「あれはリアルにポテトに見えるけど、実は1回固めた加工品なの」

●そうなんだ。いや、プリングルズ[4]とかはそうかなと思ってたんだけど。

卓球「っていう嘘を、俺、この前ついて（笑）」

●ハハハハハハハハハ！

卓球「瀧の前で（笑）」

瀧「ずーっとね」

卓球「『へ——！』とか言ってな（笑）」

瀧「いや、こいつほんとに長年食ってるからそうなのかなと思って。真ん中ちょっと茶色くなってたりするじゃん、芯があるみたいな感じのとことか。で、油で焦げてそこだけちょっとひび割れてたりするから、『これはリアルだな

3 ♪瀧はまだ〜、16だ〜から〜：松本伊代のアイドル時代の曲〝センチメンタル・ジャーニー〟の替え歌。

4 プリングルズ：アメリカのP&G社のポテトチップス。日本で見かけるようになったのは90年代あたりから。

〜！』と思って」
卓球「ハッハッハッハッハッハッハ！」
瀧「『リアルにやるな〜、なんでそんな手間かかることしてんのかな？』『ちっちゃいクズみたいなジャガイモでもできるから』『ああ、そういうこと。へ——！』っつったら、横で『嘘だけど』『え——!?』って」
●（笑）。
卓球「で、その前日に同じ嘘をミッチーについてて、ミッチーはそのことをまだ普通にそういう製法だと思ってたんだよね（笑）。それを正されたの、1週間後だもんね」
道下「『違うんだよ、あれ』『えー!?』っつって（笑）」
卓球「しかも、それをバラされたのがカレー屋で。ミッチーが後から行くんで先に頼んでおいてくださいっつって、『じゃあ僕、ベジタブルカレー、普通の辛さで』っつって」
瀧「5段階あるうちの」
卓球「で、店の人に『ベジタブルカレーの一番辛いやつ』って言って。『あと、もう1個お願いがあるんですけど、ベジタブルカレーの普通の辛さって言って持ってきてください』っつって（笑）」
瀧「スタジオの下がカレー屋でさ、『俺、忘れものしたからスタジオ行ってくる』ってスタジオ行って戻ってくる時に、『そうだ、持ってくる時に〝ベジタブルカレー、5の方〟って言ったらバレちゃうから、店の人に言わなきゃ』と思って帰ってきて、『さっきのカレーだけどさ、あれ、普通に3ていうふうに持ってきてもらったほうがよくねえ?』『もう発注した』だって(笑)」

一同「(爆笑)」

卓球「それでミッチーが遅れてきてね。で、『普通の辛さのベジタブルカレーです』っつって、ミッチーは3と思いながら5を食べて、汗ダラダラかいて『辛っ!』って(笑)」

道下「2日連続食べた2日目だったんですよね」

瀧「で、俺3食ってたから、『あ、けっこう辛いわ、俺も』みたいなことを言って(笑)」

卓球「で、俺がミッチーよりも1段階下の4を食ってたんだけど、『4試してみる?』『こっちのほうが辛くなく感じますよ!』とか言って、全部食い終わって店出た時に、『ミッチー、さっき意外と辛かったでしょ?』『ああ、辛かったっすねえ』『そりゃ辛いよ、だって5だもん。あとさ、先週言ったポテトチップスの話、あれ嘘』(笑)」

一同「(爆笑)」

道下「『え――! 今!?』っていう(笑)」

卓球「意味不明でしょ、それもう(笑)」

道下「久しぶりに思い出しましたね」

●電気グルーヴのマネージャーであることを(笑)。

道下「ちょっと脇締めなきゃっていう」

瀧「んふふふ。ふたりの言うことはまず疑ってかかったほうがいいってこと?(笑)」

道下「基本疑いからっていう」

卓球「『これ、ほんとにカレーですか？　ウンコじゃないっすか!?』（笑）」
瀧「『アルバムほんとに出すんすか？』（笑）」
卓球「『ほんとは瀧さんじゃないでしょ？』（笑）」
一同「（笑）」
卓球「で、アルバムの歌詞書いててさ、モグラ[5]獣人って知ってる？　『仮面ライダーアマゾン』に出てくる」
●うん。
卓球「それがさ、途中で寝返ってアマゾンの味方になるのね。で、モグラ獣人の視点の歌詞を[6]書こうってやってて、『じゃあ、ちょっと瀧、書いてきて』っつって」
瀧「発注、モグラ獣人だよ？」
●はははははははは。
卓球「そしたら翌日、瀧が『昨日TSUTAYA行って〝アマゾン〟借りてきて観たんだけど、どうも感情移入ができねえ。モグラになりきれねえ』っつって（笑）」
瀧「そのモグラ獣人が死ぬ回とか借りて観た[7]ら、ものすごいダークでチープでさあ。モグラ獣人の視点で3ブロックは無理！」
卓球「あはははははは」
瀧「そんなないよ、モグラ獣人に」
卓球「しかもモグラ獣人、最後のほうぬいぐるみボロボロになってな（笑）」
瀧「『俺はもうダメだ。俺はもう敵に突入する！』って言ってるところで、パーツがポロンと落ちたりとかしてさ（笑）」

5 モグラ獣人：74年～75年に放送された『仮面ライダーアマゾン』に登場する。悪の秘密結社ゲドンに開発された怪人のひとり。アマゾンに命を救われて、仲間になる。

6 モグラ獣人の視点の歌詞：『YELLOW』の4曲目〝Mole～モグラ獣人の告白〟。

7 モグラ獣人の死ぬ回：キノコ獣人の毒カビガスを浴びて死ぬ。

一同「（笑）」
瀧「で、もう全部ひび割れててさ、着ぐるみも。そうか、これはぬいぐるみの寿命で、直すかどうするかっていうので直す金もないから、じゃあ殉職でっていう（笑）」
卓球「はははは。あと今、積極的に動物の声を入れてこうと思って、アルバムに。それはけっこう大事な柱のうちのひとつ」
●ふーん。
瀧「何言ってんだって感じでしょ（笑）」
卓球「『動物の声を積極的に』だって（笑）。でもあれだよ、犬が歌うクリスマスソング[8]とか、そういうんじゃないよ」
●あはははははは。
瀧「（〝ジングルベル〟のメロディで）♪ワンワンワンワンワ〜ン、ワワワンワンワンワンニャ〜ってやつでしょ（笑）」
卓球「そうそう、俺、コンビニで笑い死ぬかと思った、ほんとに。やめてー！って感じだったもん（笑）。そりゃおもしろいよね」
瀧「あ、そうそう。鬼束ちひろのTシャツがすごいの知ってる？」
●知らない。
瀧「鬼束ちひろの公式サイトで、オリジナルTシャツ売ってて。黒の普通のTシャツなんだけど、背中に祭半纏って感じでドーンッて丸く『鬼』って入ってんの。俺、買いそうになっちゃってさ、ほんとに」
卓球「あっはっはっはっは」
瀧「『おい、これ見ろよ、瀧！』『あ、これすご

8 犬が歌うクリスマスソング：95年リリースのアルバム『ジングルドッグの「クリスマスパーティー」』のこと。ジングルキャッツのアルバムもリリースされている。

いいいじゃん！』って感じで（笑）。『あ、そうなんだ～。でも欲しいな～』って感じで。で、『どっかに鬼束ちひろって入ってる？』って見たら、入ってないんだよ。背中に一発『鬼』ってデッカく入ってるだけなんだよ、背番号『鬼』って感じで」
●いいセンスしてるね～。
瀧「ものっすごい欲しいって感じでさ。っていうか、買おうかな、鬼Tシャツ（笑）」
道下「で、なんで買わなかったんですか？って聞いたら、名前のところに『瀧正則』[9]って入れるのが嫌だったからって（笑）」
一同「（笑）」
瀧「恥ずかしいじゃん」
卓球「41歳っつってな（笑）」

瀧「41歳、世田谷区だって。XL、『あ、やっぱりそうだ！』って感じの（笑）」
卓球「『もしかしてピエール!?』って（笑）」
瀧「『これ、瀧正則さん……ピエール？ XLってしてますけど』」
卓球「『ウィキペディアで調べてよ』」
瀧「カチャカチャカチャ……」
卓球「『ピエール瀧（本名：瀧正則）』」
瀧「『やっぱりそうだー！』」
一同「（爆笑）」
卓球「『XL、数量：2』だって（笑）」
道下「まとめ買い（笑）」
●汗っかきだから（笑）。
卓球「しかも、それ着こなせるのなかなかいないよね。お前ぐらいじゃん？」

9 瀧正則：ピエール瀧の本名。石野卓球の本名は石野文敏。

瀧「だよね」

9月号

瀧「あ、昨日さ、こいつが俺の車に乗ってさ、『なんかこれ、音おかしくないか？　いくらなんでもこのカーステ、こんな低音出ないのないぞ』っつって」

卓球「シャカシャカいってんの」

瀧「『こんなもんなんじゃねえの？』っつって。『いや、でも絶対おかしい』『こういうもんなんだって』『今どきこんなスピーカーなんて、パソコンでもねえよ』みたいなこと言ってて。『でもこんなもんなんじゃねえの？』『今度見てもらえばいいじゃん』『じゃあ、一応そうするわ』っってこいつんちに降ろして、うちに帰ってきて。で、ちょうどサンシーカー（卓球マネージャー）が車運転してたんだけど、『でもこれどうなのかな？　設定とかあるのかな？　そういうのわかんねえんだよなあ』っつって、急にボタンをポッと押したら、表示がパッと出てきて、『ベース』って出てきて、その横にパッと出た表示が『-12ｄＢ』（笑）」

一同「（笑）」

卓球「買ってからずーっと!?」

瀧「ずーっと（笑）」

卓球「アッハッハッハ！　マジで!?」

瀧「マックスまで下がってたんだよ（笑）」

卓球「あれ、買って何年？」

瀧「買って３年！（笑）」

卓球「でも『これカーステ替えろよ』『いや、でももうボチボチ次の車に替えようと思ってるからさあ』だって（笑）」

瀧「『いいよ』なんつって、パッて見たら『マイナス……ハッ！』て感じで」

一同「（爆笑）」

瀧「で、上げてゼロにしたら、低音がドンッドンッドンッドンッ、『あっ！』だって」

卓球「あははははははは」

瀧「ああいうもんだと思ってた。俺、一応プロなのに（笑）」

卓球「いやー、怖いわ（笑）」

瀧「『恥ずかしー！』だって（笑）」

●真っ先にああいうとこっていじらない？

瀧「だって、やり方わかんなかったから。ボリュームダイヤルを押せるってことに、昨日初めて気づいたんだよ」

●あ、押したらその設定が出てきたんだ？

瀧「うん。で、『え？』と思って、サンシーカーと一緒に『でもこれ、設定のやつとかさ、メニューみたいなやつも出ないしなあ……ロック、ポップス……あれー？』とか言いながら、ポッと押したら『あ、なんか出てきた！』」

卓球「『ベース：-12』（笑）」

瀧「『トレブル：+2』だって」

卓球「あっはっはっはっはっはっは！」

瀧「『あ、ああ〜っ！』（笑）」

卓球「ベースレスだもんな（笑）」

瀧「ベースレス。しかも高音上げてた（笑）」

卓球「[1]ホワイトストライプスか、あふりらんぽ

1 ホワイト・ストライプスか、あふりらんぽか：ザ・ホワイト・ストライプスも、あふりらんぽも、ベースのメンバーがいないベースレス・バンド。

か（笑）」

瀧「さんざんメルツバウ[2]の話したあとにな（笑）」

卓球「そう、しかもその車乗る前に焼肉屋で話してたのが、マイ・ブラッディ・ヴァレンタイン[3]のライヴの話で、『もう全帯域でノイズがきてて』みたいなのを散々言ってて、そのあと車乗ったら、シャッカシャッカシャッカって、隣の奴のヘッドフォンから漏れてる音みたいなのを聴いててさ。しかも、それで坂本龍一（笑）」

一同「（笑）」

瀧「『全然違うな〜』っつって」

卓球「〝千のナイフ[4]〟だって。5本ぐらいだったもん、ナイフ（笑）」

瀧「で、こいつが降りてから、サンシーカーとふたりで、『確かにベースまったく聞こえねえよな』っつって。ベースない曲がほとんどなわけないじゃん、だって（笑）」

卓球「で、音よくなったんだろ？（笑）」

瀧「なった」

卓球「音がよくなったっていうか、それは本来の姿に戻っただけなんだけどな」

瀧「音よくなったんだけど、急にそうなったら、なんかモコモコして聞こえるみたいな感じなんだよね」

一同「（笑）」

瀧「輪郭がぼやけたみたいな感じ（笑）」

卓球「落ち着かないだって（笑）」

●よくそれで3年聴き続けたね。

卓球「それすごいよね。その日やったミックス

2 メルツバウ…ノイズ・ミュージシャン秋田昌美。メルツバウ名義で活動している。

3 マイ・ブラッディ・ヴァレンタイン…84年にアイルランドのダブリンで結成されたロック・バンド。91年にリリースした『ラヴレス』は世界中のミュージシャンに大きな影響を与えた。フィードバック、ノイズなどを多重録音して構築するサウンドが特徴。08年のフジロックに出演した。

4 千のナイフ…坂本龍一の1stアルバム。78年10月リリース。同タイトルの曲

とか、それで聴いてたんだろ?」
瀧「聴いてた、かな? うん。『違うなー、ずいぶん』みたいな」
卓球「アッハッハッハッハ!」
瀧「『車だしなー』みたいな感じ。『いっかー』って」
●8年ぶりの新作、「ま、いっか」[5]だって(笑)。
瀧「こんなもんだろって(笑)」
卓球「逆にそれ、まだ『ま、いっか』でよかった。それで意見とか言ってきたら、もっと大変なことになってたよ(笑)。『え、ロー足んなくねえか?』(笑)」
瀧「『出したほうがいい』だって(笑)」
●こえ~(笑)。
卓球「怖いよねえ。あてになんねえなあ(笑)」

瀧「びっくりだよ、ほんとに。『うお!』と思った。それで俺、驚いたのが、ずーっとそれでエイドリアン・シャーウッド[6]を聴いてたんだよ」
一同「(爆笑)」
瀧「『ごめん、エイドリアン・シャーウッド』って感じ(笑)。すまねえ!って感じ」
卓球「ほんとにDJのアイソレーター[7]、いつブレイク明けんのかな?って感じの、延々ブレイクが続いてるって感じでさ」
瀧「ため長いなあっていう」
卓球「3年間ためてたんだろ(笑)」
●そしたら遂に、ドーンッて(笑)。
瀧「うん、びっくりしたよ、ほんとに」
卓球「不安になっちゃってな(笑)」
瀧「うん。これでもまた、エイドリアン・シャー

も収録。

5 ま、いっか:EAST END×YURIが95年2月にリリースした曲のタイトルは〝MAICA~まいっか〟。前作は94年に大ヒットした〝DA.YO.NE〟。

6 エイドリアン・シャーウッド:イギリスのミュージシャン、プロデューサー。ポップス、ロック、インダストリアル・ミュージックなど幅広いジャンルのアーティストを手がけている他、ソロ作品もリリースしている。

7 DJのアイソレーター:DJミキサー

ウッド聴く時、新譜感覚で聴ける」
一同「（笑）」
卓球「家にあるバックカタログが俄然輝きを（笑）」
瀧「俄然輝いてる、ほんとに」
卓球「あ！ もう1個おもしろい話あった！ この前、地方にＤＪで行ったんだけど、そしたらそこがすごい気合入っちゃって。で、すごいお客さん入ったのよ、『今年一番入りました！』みたいに言ってて。で、ホテルからクラブまで歩いて3分ぐらいとかですぐ側なんだけど、マネージャーと会場向かおうって行ったのね。で、ホテル出たら電話ください、入口で受けますからって言われてて、マネージャーが電話して、着いたら表で待っててさ。で、『あ、どうぞどうぞ！ すごい人です～。めっちゃめちゃ入ってますよ～』っつって、地下なんだけど下りてって、階段のところをさ、お客さんも並んでるんだけど。そしたら、『はいっ、すいませーん！ 道あけてくださーい！ 出演者通りまーす！』っつってさ、恥ずかし～って感じで（笑）」
一同「（笑）」
卓球「もう『通りまーす！』っつって、こうこうとライトが照ってるとこに、足元懐中電灯で照らして、『どうぞ！』っつって（笑）。それが恥ずかしいからさ、もう遠回りしてついてく感じでさ。で、クラブの中入ったら、『すいませーん！ 出演者のＤＪの方通りますんで、道あけてくださーい!!』って、もう必死でさあ。もうずっと『下ーにー、下ーにー！』[8]って感じでさ

に搭載されている機能。特定の帯域の音を変化させることができるイコライザーの一種。アイソレーターの操作によってＤＪはブレイクを作る。

8 下ーにー、下ーにー！：江戸時代の大名行列が往来を通る時のかけ声。ただし本来は、「下に」という言葉を使えたのは大名の中でも将軍家とその親戚だけだった。

（笑）」
一同「（笑）」
卓球「で、会場に入ったら、俺、別のクラブと勘違いしてて、ブースの横に控え室みたいなのがあると思ってたらなくて、完全にもう機材が置いてあるようなとこなのね。半畳ぐらいの真っ暗なとこでさ。で、まだ1時間ぐらいあって人もすごいから、とにかく暑くてさ。で、このままここで1時間待ってるのはいくらなんでも辛いから、1回ホテルに戻ろうっつって、『すいません、本番前にまたきますんで、一旦ホテル戻ります』『あ、そうですか、わかりました。じゃあ上まで』『いや、いいです！　いいです！』とか言ってるんだけど、『いや、大丈夫です！　すいませーん！　アーティスト通ります！』」
●あはははははは。
卓球「『またか……』って感じでさ。しかも、そこのブースから上までだけなんだよ。で、『通りまーす！』っつってたら、その店の人の友達の女の子みたいなのが、『あ、○○さーん！』とかってきたら、『ちょっと今忙しいから！』って（笑）」
一同「（笑）」
卓球「で、上まで行って、『どうぞ！』って感じで。『うわー、どうする？』っつってさ、次クラブ戻る時、恥ずかしいから電話しないで行こうっつって。で、うちらさ、本番前ぐらいになって、電話しなくていいから、入口は入れないわけじゃないから、そのままスーッてブースまで行っちゃおうって、ホテル出て会場まで行ったら、前で待っててさ（笑）」
道下「『うわ、いた！』（笑）」
卓球「『あ、お待ちしてました！ アーティスト通りまーす！』（笑）。もう恥ずかしいー！って感じで。超恥ずかしかった」
道下「もう上がっちゃってるんですよね、気持ちがね」
●熱い人多いよね、でもね。電気関係ね。
瀧「ラジオとか行った時もそうじゃない。渋谷[9]のさ、HMVのとことかでラジオの公開（放送）があるからって行くとさ、入口のとこに普通のスーツ着てパスカード下げたみたいな人がパーッて走ってくるんだけど、誰もいないって感じでさ」
卓球「余計恥ずかしいよな」
瀧「こっから10メートルぐらい、ものっすごい見晴らしいいのに、サーッてきて、『こちらです』って感じで」
道下「帰りとかも、『裏動線で！』『いや、普通に出口から出ます』って感じで（笑）」
瀧「『買い物して帰りますから』って感じの」
卓球「なんの問題もなく」
道下「なんの問題もなくね（笑）」
卓球「瀧に至っては、むしろ電気グルーヴのコーナーをウロウロウロウロ（笑）」
一同「（笑）」
瀧「富士山[10]のTシャツを着て」
卓球「マッキー片手に（笑）」
瀧「マッキー片手に」

9 渋谷のさ、HMV：HMV渋谷店の中にはJ-WAVEのサテライトスタジオがあった。HMV渋谷店は、10年8月31日に閉店。

10 富士山：『富士山』は、電気での瀧のソロヴォーカルによる代表曲のひとつ。ライヴでは富士山の着ぐるみを着て熱唱することが多い。93年12月リリースのアルバム『VITAMIN』に収録。

卓球「人のPOPとかに書いちゃってな、『ピエール瀧』『ちょっとー！』」

10月号

瀧「あ、そうそう。後日、鬼束ちひろの事務所から鬼Tシャツが送られてきて」
卓球「しかもなぜか瀧の分と俺の分と、マネージャーの分まで（笑）」
瀧「2枚ずつ送ってくれて」
道下「瀧さんはXLをちゃんと2枚送ってきてくれましたよね（笑）」
●2枚なんだ、汗っかきだから（笑）。
瀧「フジロックで着ました[1]よ。“カフェ・ド・鬼[2]”のとこで」
卓球「フジロックの時はだから、ノイバウテン[3]と鬼Tシャツっていう（笑）。だから誌面でお礼を言っておいてください」
●わかりました。
卓球「で、フェスの話で、フジロックが初日だったじゃん。オレンジコート[4]で、うちら夜12時からで」
瀧「まあもう、1時には終わってたんだよね。12時40分ぐらいに終わって、それから着替えて、『何時ぐらいに出ます？』『5時ちょっと過ぎっすかね』っつって、じゃあっつってオレンジコートの裏っかわでダラダラダラダラして暇つぶして」
卓球「暇つぶしたっていうわけじゃないだろ、けっこう楽しんでたんだよ。『もっといてーな

1 フジロックで着ましたよ：電気はフジロック08に出演。

2 カフェ・ド・鬼：91年4月リリースのメジャーでの1stアルバム（インディー時代も含めると2枚目）『FLASH PAPA』の収録曲。

3 ノイバウテン：ドイツのインダストリアル・ミュージック・バンド。正式名称はアインシュテュルツェンデ・ノイバウテン。

4 オレンジコート：フジロックの会場の一番奥に設営されているステージ。

あ、フジロック』っつって」
瀧「で、5時に、じゃあ出ますよってことになって」
卓球「で、出ようっつって、俺が『あ、部屋のカギ返すの忘れた！』っつって、出る直前で。『よかったね〜、気づいて』『ほんと頼みますよ〜、石野さーん』とかってミッチーが言ってて、『じゃあ、カギ返しに行ってくるわ』っつってバーッてロビーに行ったのね」
瀧「『ついでにビール買ってくるわ！』っつって。で、『文敏帰ってこねえなあ。ビール探してんのかな？』『けっこう時間もヤバいっすよ』なんて言ってたら、ミッチーが『あっ！ ちょ、ちょっと僕も行ってきます！』っつって、パーッてミッチーもロビーのほう行って。で、しばらく待ってたら、『うわ〜、よかった〜』とかって帰ってくるから、『なになに、何忘れたの？』『（飛行機の）チケット』（笑）」
一同「（爆笑）」
瀧「なんのために今、うちら空港向かってんだよっつって」
卓球「メンバーふたりとKAGAMIと、あとMEISAI[5]のふたりと、そのマネージャーとか、その全員の分ね」
瀧「キレーに忘れてきて」
道下「しかも、全行程の（笑）」
瀧「で、5時にホテル出ました。そっからずっと高速飛ばして」
卓球「で、そこでフジロック終わり！っていうの嫌じゃん。だから、ビールを買って、まだフ

5 MEISAI：TOMOYA、NAOKI-55によるダンスパフォーマンス・チーム。電気とは親交が深く、過去に何度も共演している。
6 My Little Lover：小

ジロックは終わってないっていう気分で延々行ってね。で、空港着いて」

瀧「10時ちょっと過ぎの飛行機乗って」

卓球「で、福岡着いたのがもう昼の12時過ぎぐらいで。で、もう炎天下でさ。超ピーカンで晴れてて。で、会場着いた途端に、遠くからMy[6] Little Loverが演奏してるのが聴こえて、『あ、俺たちのフジロックは終わった』と思って（笑）」

瀧「で、そこの福岡[7]のフェスが1ステージで、入れかわり立ちかわりやるんだけどさ、出順が、My Little Lover→マキシマ[8]ムザ ホルモン→電気グルーヴ（笑）」

卓球「で、1ステージしかないから、ミスチル[9]待ちの子とかもうフラフラになってさ、炎天下で待っててさ。救急車とかもけっこうきててさ。で、そこにいきなりうちらが現れてやっても、前衛じゃん、それ（笑）」

瀧「日陰ゼロ。みんなタオル巻いて、『早くミスチルになんないかな……』って」

卓球「すごかったよ。逆にごめんねって感じで。もう完全に真昼間でさ。フジロックは夜だったじゃん。だから瀧の光る衣装とかもあったんだけど、そういうのも一切ないから、完全ノーメイクのオカマとスーパーでばったり出会うって感じで（笑）」

●しかもけっこう長い時間（笑）。

瀧「まったく会話もないみたいな感じで」

卓球「気がつかないフリをするみたいな感じ。そのほうがお互いのためになるって感じで」

林武史がプロデューサー、メンバーとして参加し、95年にデビューしたユニット。現在はヴォーカルakkoのソロユニットとなっている。

7 福岡のフェス：HIGHER GROUND 2008。電気は初日の7月26日に出演した。

8 マキシマム ザ ホルモン：東京都八王子市出身のロック・バンド。全国のロックフェスの常連。

9 ミスチル：Mr.ChildrenはHIGHER GROUNDのこの日のトリだった。

瀧「で、それが3時ぐらいに終わったのかな。で、出ましょうってことになって」
卓球「で、ホテル戻って、5時半とかでね、夕方の。で、うちら生まれて初めて国内で時差ボケになって」
瀧「だから、フジロックで前のりして前夜祭からやってるじゃん。で、フジロック当日起きて、なんだかんだやってライヴやってそのまま移動して、ライヴ終わって、夕方『はい、解散！』って言われて、ホテルの部屋でこいつと窓の外の雲を見ながら、『今、何時だろうな？』ってつって（笑）」
一同「（笑）」
瀧「『午前中？ 午後？』みたいな（笑）」
卓球「で、珍しくKAGAMIから電話かかってきてさ、『そっち行っていい？』『どうしたの？ お前もやっぱ眠れないの？』『そう、なんだかわかんないけど』『完全に時差ボケだよ、それ』ってつってさ（笑）」
●フジロック時間との時差ボケだ（笑）。
瀧「いろんなギャップと。『俺たち何してんだ今頃、福岡で？』ってつって（笑）」
卓球「で、それ終わって、夕方寝て、で、翌日[10]広島のフェス行って」
●そうか、連日なんだ、けっこう。
瀧「もう次の日も広島に移動して、すぐライヴ」
卓球「で、ほとんどメンツはかわりないじゃない。でも唯一よかったのが、うちらが楽屋にいたら、コンコンコンッて鳴って」
瀧「カラカラッて開いて、『こんにちは～』っ

10 広島のフェス：SETSTOCK'08の2日目（7月27日）に出演。

11 マッキー：槇原敬之は7月26日のHIGHER GROUND 2008にも出演したので、2日連続で電気と一緒だったことになる。

12 初対面の感じがしない：『メロン牧場』でも何度か話題に上っている。

13 エディ（三柴理）：キーボード・プレイヤー。88年に筋肉少女帯に加入し、89年に脱退。その後もプレイヤー、プロデューサーとして活躍。06年に復活した

て入ってくるから、パッて見たら、『あっ、[11]マッキー（槙原敬之）だ！』っつって（笑）」

一同「（笑）」

卓球「マッキーが訪ねてきて。で、『あ、どうも！』『ずっと僕、電気グルーヴが好きで』っつって」

●初対面だ？

卓球「うん。で、『あ、どーもどーも！　写真撮りましょうよ！』っつって、『「J-POP」買いました』っつってて。んで、あとから気づいたんだけど、『J-POP』ってTシャツ、マッキーが着たら一番おもしれえのになっつってって（笑）」

●確かに！

卓球「で、うちらもなんかな」

瀧「昔のインディーバンドの頃の奴に会った感じで」

卓球「そうそう、[12]初対面の感じがしないんだよね」

瀧「しかも、マッキーの前に訪ねてきたのがエディ[13]（三柴理）だったんだよ、元[14]筋少の（笑）。で、それとなんか同じ感じっていうか、『あーっ！』みたいな」

卓球「それで、マッキー意外にデカかったっていう（笑）。で、終わってすぐ帰ってさ。で、次がちょっと離れて[15]ライジング。ライジングはね、すげえやりやすくてさ」

瀧「ライジングはおもしろかったね、ライヴ。デカいステージだしね。ちゃんと夜だし（笑）。うちら、やってみてつくづく、昼間向かねえな

筋肉少女帯に参加。破天荒なパフォーマンスで観客の度肝を抜くが、高度な演奏テクニックの持ち主。

14 筋少：ロック・バンド筋肉少女帯の略称。電気の前身バンド人生の頃からの付き合い。電気も筋少もナゴムレコードからインディー作品をリリースしていた。

15 ライジング：RISING SUN ROCK FESTIVAL。99年から北海道石狩湾新港で行われている。

〜って感じで」

●しかも、素で出るとね。

卓球「そうそう。そんで、ライジング初日に電気だったじゃん。翌日は俺、LOOPA NIGHT[16]のDJがあって、初日終わって、そのあと俺、プレシャスホール[17]っていういつも行くクラブに行ったのね、遊びに。で、けっきょく7時ぐらいまでいたのかな? 俺汗だくになって踊ってさ。で、ホテルの部屋戻って、次の日夕方ぐらいに出るっつってさ。じゃあ、しばらく寝れるなと思って寝てたのね。で、1回目が覚めて、『なんか臭えなぁ』と思ってさ、布団の中が。なんかおかしいな、汗が臭いのかなと思って、もう1回寝てさ。で、今度、昼前ぐらいにもう1回目が覚めたのね。やっぱ臭えなあと思って、パッて起きてトイレ行こうと思って布団はがしたら、血がついてて、シーツに。で、『うわ、ヤベえ!』と思って電気つけたらウンコで」

一同「(爆笑)」

●漏らし!?

卓球「量もマクドナルドのチキンナゲットのソースあるじゃん。あれふたつ分ぐらいの。ちょうど水分の含み具合もあれぐらいで(笑)。で、うわっと思って見たら、ここ(背中)にべっとりついてて。寝てる間に俺、屁こいたつもりで、ゆるくて出ちゃって、そのまま気づかずに寝返りうって。よく象がさ、虫除けのために体に泥を塗るみたいな、もしくは背中でタバコを消す消防犬みたいな感じでクソを拭いたっていう(笑)」

16 LOOPA NIGHT:卓球が以前主宰していたレーベルと同名のパーティ「LOOPA」のスペシャル版が「LOOPA NIGHT」。

17 プレシャスホール:札幌市中央区にあるクラブ。

一同「（笑）」
卓球「で、『うわ、ヤッベ！』と思って。とは言え、まだ5時間ぐらいあるから、出発まで。でもこれからフロントに電話して替えてもらうのも気まずいしなと思って。眠いし。で、まあいいやと思って、上と下のシーツ全部はがして、入り口のほうにはけて、で、もう1回寝ようと思って、ベッドカバーで寝ればいいやと思って、ベッドカバーをボンッてやったら、ここにまたウンコがついてて（笑）」
●マジで？（笑）。
卓球「『13日の金曜日』[18]の最後って感じで」
●アハハハハハハハハハ！
卓球「最後、ボートで『やっとジェイソン[19]も死んだ〜』と思ってたら、グワーッて感じの」
瀧「『ギャーーーーッ！』↓暗転↓スタッフロールって感じの（笑）」
卓球「人糞騒ぎでさ。でも、これでまた替えるのもめんどくせえなと思って、クルクルッて足のほうにそのウンコがついたとこをやって、また寝てさ（笑）」
瀧「前日まりんに[20]ノイローゼコールをした直後に、自分がウンコ漏らして（笑）」
卓球「ビビった、ほんとに」
●クソ漏らすのはヤバいよ〜。
瀧「ヤバいよね。40過ぎてんだよ（笑）」
卓球「ビビったよ、俺もほんとに。マジで」
瀧「どうやって洗うの、それ？」
卓球「うん。だからシャワーでさ」
瀧「（手のひらで体をこすりながら）こうやん

18『13日の金曜日』：80年に第1作が公開されたホラー映画の人気シリーズ。

19 ジェイソン：『13日の金曜日』に登場する殺人鬼。正式名はジェイソン・ボーヒーズ。

20 前日まりんにノイローゼコール：ライジングのスペシャル・ゲストとして登場したまりんは、卓球と1万8千人の観客による「ノイローゼ！ ノイローゼ！」というコールでステージに呼び込

の、やっぱり（笑）」
卓球「うん。あのー、排水溝に吸い込まれていくクソを見ながら、ヒッチコック[21]の『サイコ』って感じで（笑）」
●アッハッハッ！　違うじゃん、それ！
瀧「バスルームの排水溝に、ゆっくりズームしてく感じの（笑）」
卓球「俺の部屋で、『サイコ』から『13日の金曜日』までのホラー映画の歴史が（笑）」
●あらゆる手法が（笑）。
瀧「クラシックのホラー映画が（笑）」
●WIRE[22]はどうだった？
卓球「WIREはおもしろかったよ。ライヴやったっていう印象が薄いっていうか（笑）」
●瀧が歌わないのは衝撃だったけど。
卓球「ライジングで電気のステージを観たスチャダラ・アニ[23]が、『ほんっとになんにもしてなくて、まだまだ俺、いろいろやり過ぎだなと思った』って（笑）。で、『嫉妬すら覚えた』って（笑）。で、もうWIREに至ってはさらに何もしないじゃん。サウンドチェックしてる時にさ、後ろからこいつの姿見て、『うわ、完全にこいつのスタンス、現場監督じゃん！』っていうさ（笑）」
瀧「なんにもしなくていいなら、そっちのほうがいいよね」
●今回、ほんとなんにもしなかったね。光る衣装着てポーズとってただけだよね。
卓球「そうそう、で、酒飲んで踊ってたって、お客さんと一緒じゃん！っていう（笑）」

まれた。

21 ヒッチコックの『サイコ』：サスペンス映画の巨匠アルフレッド・ヒッチコックの代表作。60年公開。シャワーを浴びている女性が殺人鬼に襲われる場面が有名。

22 WIRE：卓球主催で99年から毎年行われているレイヴイベント。屋内レイヴとしては日本最大規模。

23 スチャダラ・アニ：ヒップホップ・グループ、スチャダラパーのアニ。スチャダラパーと電気グルーヴは親交が深く、05年6月には電

瀧「キング・オブ・お客さん（笑）」
●ね。しかも、途中で引っ込んだりしてたもんね。
瀧「してた。間が持たないから（笑）」
一同「（笑）」
瀧「間が持たないから、いてもいなくてもあんま変わんねえだろと思って」
卓球「ネガティヴな感じじゃないんだけど」
瀧「うん。なんにもやんなくて成立するんだったら、そっちのほうがおもしれえじゃんっていう（笑）。完全に、参加したって感じ。『ＷＩＲＥに行ってきました！』ってブログに書く感じ（笑）」
卓球「『ＷＩＲＥ参戦！』でしょ（笑）」
瀧「『参戦してきました、ＷＩＲＥ！』（笑）」

11月号

瀧「俺[1]、春に毎年花見やってんじゃん。で、俺[2]の野球チームに、映画とかＣＭとかの照明やってる照明さんがいて。その人が『あのー、僕の実家、東大寺[3]なんですよ』『東大寺？ 奈良の、あの大仏の東大寺ですか？』『ああ、そうです。うち、実家なんですよ』『マジで？ え、大仏、家にあるってこと？』『そうです、そうです。だから、実家、国宝です』っつって。それはおもしろいって話になって。で、毎年、大仏[4]のお身拭いっつってさ、年に1回、大仏を掃除する行事があるじゃん。その照明さんがいつも参加してて、『タイミングが合ったら今度瀧さんも

気グルーヴ×スチャダラパー名義でアルバム『電気グルーヴとかスチャダラパー』をリリースした。

1 俺、春に毎年花見やってんじゃん：瀧主催で毎年開かれるお花見には、芸人や歌手など様々な人々が集う。その様子は『続・メロン牧場』下巻07年6月号の回などを参照。

2 俺の野球チーム：瀧の野球チームの名前は「ピエール学園」。

3 東大寺：奈良時代に聖武天皇が建立した。大仏は像高14.98メートル。世

どうですか？』『ああ、おもしろそうですねえ』なんて話してて。で、夏前に『瀧さん、そろそろですけど、どうですか？　行きます？』って言うから、それはちょっと行っておいたほうがおもしろいかなと思って。普通の人は参加できなくて、関係者の人しか参加できないやつだから、それは潜入捜査するべきじゃん。行きます行きますっつって行ったのね。で、朝6時ぐらいから作業が始まるんで、前の日に来てくださいって言われて。もし来てくれるようだったら僕んち泊まってもらえばいいんでって言うから、『そうっすか？　じゃあ、いいっすか？』なんつって行ったのよ。で、行ったらほんとにデカい屋敷でさ。門をパッと開けると、大仏殿が50メートルぐらい先にあるって感じのとこで。家の中に渡り廊下があるみたいな感じのとこで。デッカい座敷の襖とると40畳ぐらいになったりするところでみんなで雑魚寝したんだけどさ。で、当日、朝6時に起きて、起きるとまず、二月堂の中に湯屋っていうお風呂があって、そこでみんな朝お風呂に入って、まず身を清めてもらいますっつって」

●いいね〜。

瀧「で、そこにおっさんたちとかみんな行ってさ、そこでバーッて湯を浴びて身を清めると、じゃあこれっつって渡されんのが白装束なの。白装束とわらじとマスクと、あと自分で頭に巻くタオル1本持ってこいって言われてて、それを頭に巻くんだけど。それで、200人ぐらいいるんで、担当割り振りしてあって、どこ担当って

界最大のブロンズ像として知られる。

4　大仏のお身拭い：定例行事として毎年8月7日に行われるようになったのは64年から。

いうカードが渡されんのね、ゴンドラの担当とか、台座を拭く担当とか、手のところとかって、全部担当があって。大仏を生で触れるチャンスっていうかさ、俺はどこの担当になるのかな？　すっげえ楽しみと思ってさ。で、『あ、えーと、はい、瀧さんはこれです』ってカードをもらって自分の担当のとこをパッて見たら、『模型』って書いてあった」

一同「(爆笑)」

瀧「『模型!?　模型ってなんすか？』っつって。なんか、大仏殿の中に大仏がドーンッているんだけど、大仏って、正面から見て、周りを通って出てくるシステムになってるのね、順路が。で、裏のほうに行くと、大仏殿の模型があんのよ。俺、それの担当でさ、掃除(笑)」

一同「(爆笑)」

瀧「しかも、その模型っていうのが、奈良の少年院の子たちが作ったやつで(笑)、よくできてるから、これ置いとくかみたいな感じのやつで。それをずっと刷毛でこうやってほこりとってさ。みんな、『おーい、もっと上げろー！』とかやってる中でさ、ちまちまちまちま細かーい仕事を(笑)。それを延々やってさ」

卓球「アッハッハッハッハッハ」

瀧「それが7時ぐらいから始まるんだけど、その前にまずお経をっつって、普段は一般の人が上がれない、お坊さんがお経を読むところにみんな上がって、白装束の人がお経を読むんだけどさ。俺みたいな人がいっぱいいるんだろうなと思って並んでたら、みんなそらでガンガンお経読んでて。俺もう、『うわっ!』て感じで、これヤッバいなと思って。俺みたいな奴がいていいのかなって思ったんだけど、結果、模型だったんだよ(笑)。だからよかったんだけど。それで模型の掃除が終わって、8時ぐらいに1回休憩が入るのかな。で、休憩してる時に、東大寺の紹介してくれた人のお兄さんっていうのが修行中で、その人がパーッときて、『瀧さんですよね? ありがとうございます』『いえ、こちらこそありがとうございます』『せっかくだから大仏のところ行ってみます?』『そりゃ行きますよ!』っつって。で、台座のとことか上がらせてもらったんだけどさ、やっぱり狙いはここ(手のひら)じゃん。でも、ここはさすがに言い出せなかった(笑)。ビビって」

●なんで? 言えばよかったのに。

瀧「いや、ここはそれを何回か繰り返さないと辿り着けないらしくて。その照明さんも、『あぁ、僕も最初模型でしたから』っつってた」

●ああ、やっぱ一番下っ端なんだ(笑)。

瀧「そうそう。で、その人は今回はゴンドラの綱の係になってたけど、出世して(笑)。やっぱ、近くで見るとすごかったよ、大仏。上のほうは普通の人は乗れないですよっつって。掃除してて、ツルーンッて足が滑って落ちると、もう死ぬんだって。そのぐらいの高さなんだって。で、大仏の背中のとこにちっちゃい扉がついてて、パカッて開けると中に入れるんだって。で、中に木組みが組んであって、そこをよじ登って行くと、大仏の一番上のいぼいぼ[5]の一部がパカッ

5 いぼいぼ:正式名称は螺髪(らほつ)。

て開くらしいのね。そこに出られるんだって（笑）」

●ははははははは。

瀧「で、その紹介してくれた人に『ああ、そうなんですか！　行ったことあります？』『いや、上まで1回行ったことありますけど、ヤバいっすよ、あそこ』っつってて。だから、上はとび職の人とかが全部やるらしくてさ。で、『じゃあ、午後の作業入りまーす』っつって、午後の作業に入って、また一生懸命、少年院の子たちが作った模型をこうやって掃除してたら、パシャッていうカメラの音がして、『なんだ!?』と思ったら、一般開放の時間が始まってて（笑）」

一同「（爆笑）」

卓球「気がつかれてた？『ピエールだ！』っつって」

瀧「いや、いたかもしんない。俺、夢中でやってた時で。いざやり始めたらおもしろくてさ。『ああ、こうすると（ほこりが）とれんだ』とかいって、丸1日欲しいなあ、これピカピカにできるのにと思ってやってたら、パシャッてなって、ハッてなったら、写真マニアの人とかが、今日はお身拭いの日なんで、歳時記みたいな感じで撮ってるわけ（笑）。それでおばちゃんとそこの人たち、並んでもらっていいかな？』っんのカメラマンとかに、『すいません、ちょっとそこの人たち、並んでもらっていいかな？』って言われて、みんなでほうき持ってクロスにする感じでパシャッつって」

一同「（笑）」

瀧「『いいっすよ〜』って感じで、パシャッて。そのお経読んでるとことか、地元のテレビカメラとかもガンガンきてたし。俺、なるべく映るように、こう間を縫って（笑）」
卓球「エガちゃんじゃん（笑）」
瀧「カメラのレンズが見えれば映るかなって感じでやったりとかしてて（笑）。まあでも、朝の7時から10時ぐらいで終わっちゃうんだけど、全部掃除して、最後お弁当くれて、お弁当をみんなで食べて帰る」
●解散（笑）。
瀧「んふふふふふ」
●でも、一応その中に入れるってことはすごいことなんでしょ？
瀧「要は上のほうに上れるからね。で、あとは大仏ペチンペチンできるっていう」
卓球「あれ、何でできてんの？」
瀧「銅？　真鍮みたいな金属でできてる。で、俺もけっこうバチあたりだなっていうか。関係者っつっても、知り合いだけど関係者じゃないじゃん、仏教関係じゃないからさ、って思ってたんだけど、よーく見ると、ちらほらそういうひやかしみたいなのがいるのよ。で、そういう人たちも休み時間、どんどん上に上って写真とか撮っててさ、やっぱこういう感じなんだと思って。けっこうバチあたりだなあと思ってたら、俺とか、CMの監督さんとか、ITやってる知り合いの人とかがきててさ。そん中にすげえデッカい人がひとりいてさ、43〜44ぐらいかな？『何やってる人なんですか？』っつったら、『いやあ、ちょっとそれは……』っつったら、その人たちが『あ、こいつね、前科もん、前科もん』っつって（笑）。『え、前科？』『いやあ、そうなんすよ』『何やったんですか？』『僕、役者をやってましてね』『役者ってなんですか？』っつったら、オレオレ詐欺用の口座を作るために、架空の免許証とかで架空の口座を作りに行って、架空の住所もそらで言えたりとか、いろんな個人情報とかも言えるっていう。要は情報を覚えてそこに行って、口座をゲットしてくるって奴を通称で役者っていうんだって」

●なるほど（笑）。

瀧「『僕、役者やってまして。役者やってたらこれできるんじゃないかなってなって、今度僕が役者を使う側になってやったら、足ついちゃって捕まっちゃいましてねえ』なんつって。で、そいつも模型（笑）」

一同「（笑）」

瀧「190以上あるんだけど。模型ゾーン、バカデッカい奴らがこうやって（かがんで）やってるっていう。そりゃ写真撮るわっていうさ。おもしろかった。だから、今年もし大仏殿に行くことがあったら、模型を見て、『これを瀧が掃除したんだな』っていう（笑）」

卓球「（笑）」

●でも、ほんとはちょっとがっかりしてるんでしょ？

瀧「ほんっとがっかりしてるよ。ただ、『模型かよ！』って思った瞬間に、『よし、メロンのネタができた！』っていう（笑）」
一同「（笑）」
瀧「『模型か……言わなきゃ』（笑）。で、一応申し込むと、東大寺から封書が送られてくるの。で、その封書を持って行くと引き換えでやらしてくれるっていうかね。どこの奴かわかんないっていうのはまずいじゃない。で、一般公募っつっても、なんかする奴いそうじゃない」
卓球「とんでもないことする奴いそうだもんな」
瀧「名前、『キリスト』とか書いちゃってね」
卓球「アッハッハッハッハッハッハ！」
道下「いないっつうの（笑）」
卓球「『アーメン』とか（笑）」
瀧「『アーメン』（笑）」

12月号

卓球「メロンっていつ以来だっけ？」
●えーと、（『YELLOW』の）取材以来。
卓球「ああ、取材もけっこうすごかったよ。あ、名古屋キャンペーン！」
瀧「衝撃だったよ」
●なになに？
卓球「名古屋営業所のキューン担当の子がけっこう若い子で、とにかく本数を！っていう。いっぱい入れてくれんのはありがたいんだけど、どっちかっていうと新人バンドの、『お願いしまーす！』みたいな感じのラインナップなんだよ。確かに名古屋はチケット売れ残ってたのよ。それもあったのかもしれないけど、1日16本やってさ」
●うわ〜、それ新人だわ、完全に。
卓球「新人でしょ？」
瀧「雑誌やってあれやってこれやってて」
卓球「あと、朝の情報番組のレストラン紹介（笑）」
●ハハハハハハハハハハ。
瀧「オススメの、みたいな」
卓球「あと、最後けっこう一番すごかったのが、ケーブルテレビで」
瀧「行ったらちっちゃーい、ここほんとに制作会社？みたいな制作会社の奥のとこに収録スペースがあって、そこ行ったら前の番組のセットを片付けてる最中で、置いてあるものを観たら、ドラゴンズの情報番組みたいなんだよね。ヘルメットとか『D』ってマークがいっぱいあって、それを片付けてる途中のとこの前で」
卓球「『ここでポスター持ってください』って言われて（笑）」
●マジで？
瀧「で、イケちゃんとかが、『ポスター持つのはちょっと……』っつったら、そのキャンペーン担当の彼に、『ちょっと持って後ろ立ってもらえます？〝ズームイン!! 朝！〟って感じで』って言うから、だったら俺らが持つよっつって。で、『えー、電気グルーヴでーす。これがあってこれがあって、あとアルバムも出てます、よろしくお願いしま〜す』って30秒ぐらいのコメントを撮って、『オッケーでーす』って感じで。

で、パーッて片付けも始めててさ。ベテランって感じのカメラマンのおっちゃんが、その空気を全部察したんじゃない？『ほんとすいませんね』っつって（笑）」
卓球「『いやいや、こちらこそ！』（笑）」
瀧「『こちらこそすいませんね』って感じで。向こうとかも、何しに来たんだろうな、この人たち？っていう（笑）」
卓球「滞在時間5分」
●ついでって感じの撮られ方じゃん。
瀧「そう。前通りかかったんで、いいっすか？みたいな感じで」
卓球「で、ライヴ当日になって、『そういえばミッチー、チケットってどうなった？』『ばっちりです、キャンペーンの成果出てますよ。残り70枚です』だって（笑）」
一同「（笑）」
瀧「余ってんのかよっていう（笑）」
卓球「でも、そのキューンの担当の彼が悪いわけでもないんだよ。その彼も移ったばっかりで急にで。ただ、チケットが70枚売れ残ったのは、俺たちの責任だから、完全なる（笑）。それをそこになすりつけるつもりは一切ないけど、ほんとに。ほんとだったら、翌日岐阜とか回ってもよかったぐらいだよ。岐阜のケーブルテレビとか（笑）」
道下「細かく近県を（笑）」
瀧「中部地区を絨毯爆撃（笑）」
卓球「鈍行で移動しながら、全部の駅降りてって、媒体は全部回るみたいなね（笑）」

瀧「駅の掲示板にも書き込んで（笑）」
卓球「もう最後とかさ、『余ったやつ、俺もう買うわ！』っつってさ（笑）」
●でも偉いね、全部ちゃんとやるんだね。にもかかわらず売れ残るんだ、名古屋。
卓球「興味ないって感じだよね、あんまりね。入り込む余地ないっていうか」
●でも、もう何年もやってるわけじゃん。
卓球「だから興味ないみたい。興味ない人のところ行ったってさ、ストーカーと同じだよ、うちらもやってること（笑）。向こう嫌いだっつってんのにさ、毎日電車で見てて好きです！みたいな感じでしょ。家までつけてってピンポーンとかさ、外から大声で叫んだりとか。余計嫌われるっつうのな」
道下「それは違うでしょ（笑）」
卓球「ストーカー！　名古屋にとっては。名古屋はストーキングされる側」
●出た、自虐モード（笑）。
瀧「だから、その観点でいくと、毎回行かなきゃってことになるんだよ。行かなくなったら負けだっていう（笑）」
道下「嫌われれば嫌われるほど行く（笑）」
卓球「ツアーでもないのに、突然思い出したように単発ライヴやったりしてな（笑）」
瀧「また来たよ、だって（笑）」
卓球「しかもさ、名古屋のＺｅｐｐでライヴだったんだけど、名古屋のＺｅｐｐの支配人が電気の元マネージャーなの」
瀧「かなり初期の頃の」

卓球「で、戸井田さんっていうんだけど、『戸井田さん、なんかごめんね』『いやいや、こっちこそ！』とか言われて（笑）」

●あはははははは。

瀧「『いいよいいよ』っつって（笑）。しかもそのライヴに、トイちゃんの次にいた土井くんっていうマネージャーも観に来てて、ミッチーも並べて、マネージャーけっこう勢ぞろいって感じで（笑）」

道下「記念写真撮りました（笑）」

瀧「土井くんおもしろかったな。今、滋賀でプロゴルファー目指してるんだけど、住み込みで、ゴルフ場で」

●ええ!?

卓球「しかもプロゴルファー目指してマネージャー辞めたのよ。それが30の時。で、今もう40になるでしょ」

●（プロゴルファーに）なってるの？

瀧「なってないんだよ、まだ。しかも、そのプロゴルファー目指すっつった時に、それまでゴルフのゴの字も一言も言ってなかったんだよ。ゴルフまったくやったことない状態から、プロゴルファーになるっつって住み込みで入っちゃったんだよね（笑）。で、次の日に卓球の携帯にメールが来て」

卓球「『昨日は楽しかったです。ありがとうございました』っつって、添付の動画が送られてきて、そしたらね、流鏑馬[1]の動画が送られてきてて、『ライヴの翌日、これを観に行きました』っつって」

1 流鏑馬（やぶさめ）：疾走する馬から的をめがけて矢を放つ儀式。日本各地の神社で行われている。

●……なんなの、それ？
卓球「わかんない（笑）。こっちが聞きたいけど、怖くてそこ聞けなくてさあ、もう」
瀧「『おい、これ見ろよ』ってパッて見たら、向こうから馬に乗ってパカッパカッパカッ、シュッ、チュンッ、わーっ！ パカッパカッパカッ、『何これ？』っつって（笑）」
一同「（爆笑）」
卓球「流鏑馬の動画、しかも自分で撮ったやつ（笑）」
瀧「しかも携帯で（笑）」
●やっぱすごいね、電気のマネージャーは歴代ね。
道下「はい、諸先輩方はすごいっす（笑）」
瀧「んふふふふふふふ」
卓球「名古屋のキャンペーンが終わって、次の日大阪のキャンペーンやって、翌日新宿のタワーレコードのイベントだったじゃん。で、大阪でインストアやって、東京戻ってきて『GAN-BAN NIGHT』[2]やって、翌々日、札幌キャンペーンでしょ。それで完全に俺、体壊したもんね。風邪引いちゃって、そりゃそうだわって感じ」
●でも、風邪引いて寝込むの珍しいね。
卓球「うん、最近あんまなかったんだけどね、さすがにそんだけ忙しいとさ。未だにまだちょっと尾を引いてんだよね」
瀧「歳とると治りにくくなるのかね？」
卓球「ただ、ガキの頃は仮病も含めてだから。かなり仮病使ったじゃん」

2 GAN-BAN NIGHT：渋谷の輸入レコード店『岩盤／GAN-BAN』主催のパーティ。08年10月に幕張メッセと大阪名村造船跡地にて、スペシャル版の『GAN-BAN NIGHT'08』が開催された。

●仮病で休んだりすると、後々、すっごい後悔することあるよね。
卓球「あるある（笑）」
瀧「クラスの決まりごとが決められて、自分がやりたくないとこにいってたりとか」
卓球「席替えだったりな」
瀧「そうそう。あと仮病で休むとさ、仮病で行きたくないのは朝行きたくないみたいなもんだからさ、だいたい11時くらいにはすっかり飽きてきちゃってさ」
卓球「行きゃあよかったみたいな（笑）」
瀧「で、もう2時ぐらいから、もうそろそろみんな帰ってくる頃だ、遊び行きたいなってなって、『お母さん、ちょっと遊び行って来ていい？』『ダメよ！　あなた今日病気だったんだから寝てなさい！』っつって、で、寝てて苦痛で、そっちのほうがヘヴィだったっていう（笑）」
一同「あるある」
卓球「テレビすら観れなくてな（笑）。あと、友達んち行ってさ、親父さん帰って来るとお開きっていうのなかった？（笑）」
瀧「はい、終了〜っていうね」
卓球「『怖い！　帰らなきゃ！』って（笑）」
●そこんちの子供がいきなりトーンダウンするんだよね（笑）。
瀧「父親が帰ってくると、急にその家が父親のムードに支配されるよね。一気にしらふになるっていうか（笑）」
●そうそう（笑）。

卓球「子供ならではの嗅覚、本能的な」
瀧「もう終わりだっていうね」
卓球「年貢の納め時（笑）」
瀧「納め時、もう終わり。お母さんは平気なんだよね、なんかね」
卓球「ただ、そのお母さんがおにぎり握って食べてけとか言われた日にはさ」
瀧「たまーに飯食ってけって言われる時なかった？」
卓球「もうその時点で毒飲んで自決でしょ。なんで嫌なんだろうね、あれね？」
瀧「俺ダメだったわ」
●俺も嫌だった。
瀧「あの食卓のムードが、すごい恥ずかしいっていうか。あと、今俺が座ってるイス、通常は誰が座ってんだろう？とかさ、ポジション的に（笑）。あと、その家のマナーでテレビ消された日にはっていう」
一同「（笑）」
卓球「逃げ場なしだよな（笑）」
瀧「なんだよ！っていう。会話？みたいなさ。あるわけないだろっていう」
卓球「しかも同じテーブルには、一番怖いお父さんが（笑）」
瀧「お父さん、だまーってな、つまんなそうにな。刺身とか食ってて（笑）。急いで食べちゃって（笑）」

ボーナストラック

2008年

6月号

卓球「で、これ（『続・メロン牧場』）は結局どうなの？」
●売れております。
道下「発売当日もけっこう売れたみたいですね」
●あ、売り上げ表持って来る！　ちょっと待ってて！（と部屋を出て行く）。
卓球「（部屋を見渡して）ロック少年には夢のような部屋だね」[1]
瀧「さ〜て、メールをチェックしようかな……（と立ち上がってパソコンのほうへ）」
道下「いやいやいや、ダメですよ！　ダメダメ、触ったら！（笑）」
●（戻って来て、瀧を見て）なになになになに!?
道下「メールチェックするとか言って（笑）」
兵庫「おつかれさまです！（と入って来る）」
瀧「（兵庫を見て）どうした？　服役中？」[2]
一同「（爆笑）」
●（売り上げ表を見せる）
卓球「これチャート？」
●HMV予約チャート1位、2位。
卓球「エリック・クラプトンの自伝[3]抜いてるぞ。『ハリー・ポッター』[4]上下2冊セットより上だぜ」
瀧「HMVだからね、でもね（笑）」
●あとAmazon。デイリー14位（上巻）と16位（下巻）。

1 ロック少年には夢のような部屋だね：この時の取材は司会・山崎洋一郎の仕事部屋で行われた。山崎はロッキング・オン社内に専用の個室を持っている。国内外のロックの名盤、新譜、貴重な資料などが山積みとなっているため、ロック少年にとっては夢のような部屋。

2 服役中？：単行本『メロン牧場』『続・メロン牧場』の担当編集者だった兵庫慎司の風貌（坊主頭、長身、目つきがあまり良くない）を指しての発言。

3 エリック・クラプトンの自伝：08年4

卓球「やっぱ上巻から買うんだね」
●ところが、もっと差があるかなと思ったら、ほとんど差がない。
瀧「両方買ってるってこと?」
●うん。とりあえず上巻買ってみようかみたいな買い方する奴が、何割かいるかなと思ったら、何割の世界じゃないね、何%だね。
瀧「ふーん」
卓球「すごいね」
●これはすごいわ。
卓球「これすごいね。明らかに今、CDよりも注目度が高いって感じの(笑)」
瀧「へえ~」
●ディスクガイド[5]より売れております。
瀧「3日12時時点って、これ今日?」
●そう。
卓球「今日の時点の? すごいね」
●昨日の結果が今日出るのかな?
卓球「タワーのアルバム[6]のデイリーが3位だったんだけど、それをミッチーが言った言い草がな」
瀧「うん。『どうだったの?』『いや、瀧さん、今日タワーの一番売れてるCDの中で3位です』(笑)」
一同「(笑)」
瀧「何その言い方? 日本語おかしくねえか? 『一番売れてる中で3位です』『一番ではないってことでしょ、じゃあ』っつって(笑)」
卓球「3番目って言えよって感じだよな」
道下「そういえば、もう重版かかるかもみたい

月に日本語訳版が刊行された『エリック・クラプトン自伝』。親友ジョージ・ハリスンの妻との恋、ドラッグ中毒、息子の死など、波乱万丈の人生を赤裸々に綴って話題となった。

4 『ハリー・ポッター』上下2冊セット:08年7月に刊行されたシリーズ第7弾『ハリー・ポッターと死の秘宝』の日本語版だと思われる。

5 ディスクガイドより売れております:08年3月に刊行された『rockin'on BEST DISC500 1963-2007』のこと。

6 アルバム:08年

な話ですよね」

●そう。

卓球「早いね。あと、チェックけっこうしたから誤植少なくない？」

瀧「ああ、それはあるね」

道下「がんばって見ましたもんね、今回ね（笑）。今回、この状態でもう貯金ゼロみたいな感じですよね」

卓球「（単行本に収録されてないのが）この回のみだからね（笑）」

瀧「確かにね」

道下「また始めるかっていう感じで（笑）」

●これは紀伊國屋書店の全店でどれだけ売れてるかっていうデータで。だいたい10万部の本で初日が120ぐらい。

卓球「ふーん、じゃあすごいね」

●そう。ってことは、それの4分の1としても2万5千部のコース。

卓球「すごいね。『ホームレス中学生』[7]いっちゃうぞ」

一同「（笑）」

瀧「2万5千部でしょ？（笑）」

卓球「映画化の話が、『メロン牧場 THE MOVIE』の話が（笑）」

瀧「観たいけど、どこどうすんのか（笑）」

卓球「樋口監督[8]に聞いてみてよ」

瀧「『できないっすかねえ？』っつって？（笑）。山崎さん的には満足？」

卓球「サイン会で追い討ちをかけたいって？（笑）」

4月にリリースされた10thアルバム『J-POP』のことだと思われる。

7『ホームレス中学生』：お笑いコンビ麒麟・田村裕の中学生時代の貧乏体験を綴った自叙伝。07年8月に刊行されて大ベストセラーとなり、コミック、TVドラマ、映画化された。

8 樋口監督：映画監督の樋口真嗣。瀧が出演した映画『ローレライ』を手がけた。

●いや、まあね、がんばんなきゃなあと思って。俺がね。

瀧「山崎さんががんばってどうなるもんでもないでしょ」

●いやいや、そうなんだけど。

瀧「最終的にはそうなるよな。まあ、出るもん出ちゃったからねえ、『メロン牧場』も」

●ねえ（笑）。

瀧「んふふふふふ」

●ちょっと微妙だよね、今後の行方がね。

瀧「何が？　『メロン牧場』？」

卓球「貯金はたいちゃったからね（笑）」

●って言うか、飲んでもあのざまだったわけじゃん。

一同「（笑）」

●だから、俺はこれをライフスタイルとして位置づけても、果たしてこのふたりは今どう思ってるのだろうかっていう、腹の探り合いっていう（笑）。

卓球「でも、もうちょっと貯金とっておいてもよかったと思わない？　今考えると。2冊同発っていうのを山崎さんが言いたいがためだけにこれ出したでしょ、だって」

瀧「まあそうだけど、いいんじゃないの、アルバム出たし」

●あと、もう1個別のね、郵便貯金的なあれとして、『濡れシビ』[9]が。

道下「郵便貯金じゃないっすよ、あれは（笑）」

卓球「あれはもう、むしろ、ウルトラレアトラックスって感じ」

9『濡れシビ』：デビュー当時の電気は、音楽雑誌R&R NEWSMAKERで『濡れてシビれて』という連載を持っていた。過激なトークを展開するという点で、『メロン牧場』の前身とも言える。この連載の担当編集者は、現電気マネージャーの道下氏。

●そうなんだ。

瀧「もう貨幣が違うから。戦時中に配った、あの、なんだっけ？ 中国[10]で使えない金あるじゃん、日本軍が使ってた。あれみたいなもんだからさ（笑）。紙きれ同然だよ、ほんとに」

●そうなんだ？

卓球「これの後あれ出しても、もうダメだよね」

道下「パワーが違いますよ」

卓球「さっき、渋谷のスペイン坂[11]のところにデッカいビルボード[12]があるから、その前に行って撮影しててさ。撮影って、うちらの記念撮影（笑）。で、池ちゃん[13]とうちらふたりで行って、その前にふたりで立って撮ってさ。スペイン坂って狭いじゃない。それで、上から降りて来た通行人がパッと見て、『あ、ピエール瀧だ！ 撮影やってんだ』っつって、みんな立ち止まってくれるんだよ、一応。で、立ち止まって撮ってるカメラ見ると、携帯で撮っててさ、仕事じゃねえのかよっていう（笑）」

瀧「思い出作りかよっていう（笑）」

卓球「『自分好きだなあ、こいつら』っていう（笑）」

7月号

卓球「今時、DATっていうのも珍しいし、それにさらに変換するのつけてるのもねえ。っていうか、持ってきてんだったら、コンピュータ持ってくればそのままデータでいけるのにね」

瀧「録れんじゃん」

10 中国で使えない金あるじゃん、日本軍が使ってた：軍用手標、通称「軍票」のこと。戦地や占領地での物資調達、諸々の支払いのために臨時発行される貨幣の一種。戦時中の日本軍も発行していたが、敗戦によって価値を失った。

11 渋谷のスペイン坂：東京都渋谷区のセンター街エリアからパルコ方面へと抜ける坂道。この地にあった喫茶店「阿羅比花（あらびか）」の店主・内田裕夫がパルコから依頼され、75年に「スペイン坂」と命名した。喫茶「阿羅比花」の店内インテリアが、

道下「え、じゃあ、これ（変換する機械）かます必要ないんですか？」
卓球「いや、かます必要はある。マイクふたつあるから、ミキサー代わりに使ってんだけど」
瀧「ミッチーのコンピュータとか持ってきて、FireWireにこれを挿せば録れんだよ」
卓球「そうそう、そしたらデータですぐコピーもできるし。でもテープで録ってるから、またテープをキュルキュルキュルって巻き戻して、頭から実時間分、まずコンピュータに取り込まなきゃいけないっていう（笑）」
●まあ、[1]ロッキング・オンが新たに始める音楽ポータルサイトでの新しい試みのポ[2]ッドキャストということで。
卓球「うわあ、これ1回目とかやだよな。完全にうちらで試してるじゃん、それ（笑）」
●万全の態勢でいかせていただきます。
瀧「はい」
卓球「万全の態勢を整えるために、こういう試行錯誤を『メロン牧場』で試していこうっていう」
瀧「まずはありものでね」
卓球「そうそうそう。まさにさっきの話の、ライジング・サンのサウンドチェックを兼ねた1発目のアクトみたいな（笑）」
瀧「ぶつけてもいい車みたいな感じだもんな、感覚的に」
一同「（笑）」
瀧「なんか、誰も傷つかないみたいなさ」
●（無言でうなずく）。

スペイン風だったことに由来。

12 デッカいビルボード：スペイン坂の中ほどには大きな広告用のボードが設置されている。この取材が行われた頃、電気のアルバム『J-POP』の広告が展開されていた。

13 池ちゃん：キューンレコードの電気担当・池田氏。

1 ロッキング・オンが新たに始める音楽ポータルサイト：株式会社ロッキング・オンが運営しているウェブサイト『RO69』。音楽ニュース、ライヴレポート、ディスクレ

瀧「うん、じゃないよ」
●いやいや（笑）。一応スタジオみたいなのはロッキング・オンにはあるんだけど、出張ヴァージョンで。
卓球「テレコ[3]でいいと思うんだけどなあ。楽だと思うよ。それぐらいのクオリティのやついっぱいあるよ、ポッドキャストなんか」
瀧「そんなんでいいでしょ」
●編集もやりやすいよね。
卓球「そうそう、データのほうがいいよ」
●これをデータ化してやるんだもん。
卓球「だからこれ、ムダだよ、ほんと（笑）」
瀧「[4]どうせデータ化するんだから、最初からデータで録ればいいんだって」
卓球「だからそれがわからないっていう」
瀧「まあね」
卓球「ここにさらにコンピュータなんか入ってきた日にはって話でしょ」
●うん。
瀧「DATでテープ[5]起こしとか嫌だろうなあ。あ、いっちゃった！って感じでさ」
卓球「早いしね、巻き戻し」
瀧「20分前までいっちゃうみたいな（笑）」
卓球「そうそう。っていうか、DATのことを話してんのがもう古いもん（笑）」
瀧「DATっていうか、弁当箱だもんな。久しぶりに見たよ」
卓球「デンスケ[6]だ。昔これでよくツアー回ったもんな」
瀧「回ったよなあ」

ヴュー、社員のブログなどを掲載している。07年6月9日にオープンした。

2 ポッドキャスト：インターネット上で音声や動画を配信するシステム。RO69でのポッドキャスト第1弾が『メロン牧場』になる計画もあった。

3 テレコ：テープレコーダーの略称。カセットテープに音声を記録するための機材。

4 どうせデータ化するんだから、最初からデータで録ればいいんだって：ポッドキャストで配信するには音声をデジタル化する必要がある

卓球「電気の初期、18年前とかだよ（笑）」
瀧「その頃の機材だよ」
●初デジタルって感じ。
卓球「18年遅れてるってすごいよね（笑）」
瀧「うん、すごいなあ」
卓球「しかもこれ、デンスケの一番初期型のやつじゃん。これ、うちら血眼になって探したやつだもんな」
瀧「うん。編集しやすいっていうんで」
卓球「モデルチェンジしちゃって」
●今はもっと小型で軽量化してんの？
卓球「っていうか、DAT[7]自体使わないでしょ、今」
卓球・瀧「テープメディアって」
一同「（笑）」

瀧「ンフフフフフ」
卓球「こういうとこがポッドキャストの醍醐味だよな（笑）」
瀧「今のもらったって感じ？（笑）」
卓球「『（ふたり同時に）』とか入れなくていいからな（笑）」
瀧「『（笑）』のとこもいろいろバリエーションがね」
卓球「っていうか、そうなってくると誌面のメロン牧場いらねえんじゃねえか？って話じゃない？（笑）。文字にする必要はあるのかって」
瀧「まあね。でも、文字だからいいっていうのもあるけどね。文字のほうが実はニュアンスも柔らかくなってるっていうのもあるかもしれないよ」

が、磁気テープに録った音声を後でわざわざデータ化するくらいならば、最初からハードディスクか何かで録っておけばよいのでは？……ということ。

5 テープ起こし：音声を文字に起こすこと。インタヴュー記事などは、カセットテープやハードディスクなどに録音された音声を文字に起こして構成する。

6 デンスケ：ソニーから発売されていたポータブルのDATレコーダー。ちょうど弁当箱くらいの大きさ。「デンスケ」はソニーの高音質レコーダーの伝統的シ

●だから、今回は文字ヴァージョンでお願いしますって言いながら、どう広げていけるかっていうのを探って……。
卓球「それをうちらでやらないでくれよ（笑）」
●だって、ダミーでメロン牧場はできないもん。
瀧「そうだけどさ。まあ、いいけど」
卓球「でもやりかねないぜ、ロッキング・オンだったら。ちょっと取材っていう形じゃなくて、メロン牧場の形で1回テストしたいんだよ、とかさ」
瀧「そうそう、『兵庫～』って感じの（笑）」
卓球「ロッキング・オンの会議室とかでな（笑）」
瀧「あとさ、これ（テープ）、回ってないけどいいの？」
●あ！
卓球「アッハッハッハッハッハッハ！」
瀧「ハハハハハハハハハハハ！」
●え、あ、こっち（DAT）は大丈夫。
瀧「これ（テープ）回ってる？（カウンター）ゼロだよ？」
卓球「え、回ってないの、ここまで？」
●いや、こっちは回ってるから大丈夫。失礼しました。
瀧「うわ、それも回ってないで欲しい。『あ！』だって。んふふふふ」
卓球「ひどいねえ。言わなきゃよかったのに（笑）」
瀧「ちらって見たら回ってないから（笑）」

リーズ。カセット→DATへと進化し、現在はPCMレコーダーのデンスケが発売されている。

7 DAT自体使わないでしょ：DATの「デンスケ」は05年12月を以て販売が終了した。

1 小山田（圭吾）：ミュージシャン。フリッパーズ・ギター解散後、93年にソロ活動をスタート。ソ

9月号

●そういえば、前、小山田[1]（圭吾）くんと渋谷のHMV[2]かタワーどっちかでトークイベントをやったのね。で、告知が遅かったのかなんなのかわかんないけど、異常に人が集まんなくて、小山田くんもまだニット帽かぶってる、一番ギンギンの頃[3]だったんだけど。そしたら店の人が控え室にきて、「申し訳ありません。ちょっとお客さんの集まりが悪くて、うちの準備不足で、ほんとにすみません」って言うから、どんぐらいなのかな？と思って（会場を）見たら、ほんとに人がいなくて。でさ、小山田くんとどうする？っつったんだけど、しょうがない、やるしかないよねっつって。いざ出て行ったら、例えば演奏とかだったらね、人がいようがいまいがとりあえず5曲やるとかあるけど。

卓球「ちなみに何人ぐらいだったの？」

●10人ぐらい。あれは辛かった。トークイベントで人がいないって、ほんとに辛い。終わりどころがわかんないんだよね。ドッとくるとかないじゃん。

瀧「終わりどころっていうか、始めどころもわかんないよね」

●わかんないね（笑）。

卓球「まず自己紹介からでしょ、全員（笑）」

道下「もう下に降りて話すでしょ（笑）」

●そうそうそう。

瀧「平等に発言権をって感じだよね」

卓球「うちらの経験の中で最も客が少なかった

ロ活動での名義は「CORNELIUS（コーネリアス）」。

2 HMVかタワー：HMVとタワーレコードはともに渋谷に大型店舗を構えていたレコードショップ（HMV渋谷店は10年8月に閉店）。小山田圭吾の作品はこれらのショップで大変人気があり、「渋谷系」の代表的アーティストに位置づけられていた。

3 まだニット帽かぶってる、一番ギンギンの頃：「渋谷系」が盛り上がっていた90年代半ば頃、小山田圭吾はニット帽をかぶっていることが多かった。

のは、大阪のスポーツ用品店の前の（笑）」

瀧「だってあれ、客って言わないだろ、もう（笑）。商店街だもん」

●スポーツ用品店の前でやったの？

卓球「あれ？ それってメロンで言ってなかったっけ？」

●初耳。

瀧「もうほぼ、[4]薬局のサトちゃんと同じ感じで」

卓球「15～16年前かな？ [5]FM802のイベントで、その日、大阪のいろんなところでスチャダラパー、[6]高木完、電気グルーヴがゲリラライヴを行います！ 場所は秘密です！っていう」

瀧「ジャックするぞみたいなノリの」

卓球「ちなみに、スチャダラパーと高木完が[7]アメリカ村の三角公園。それはみんなわかるじゃん。で、それはけっこう、ここじゃねえかってあたりつけて集まってきてて。で、うちらはそっからずいぶん離れたアーケードがある商店街のスポーツ用品店の前（笑）」

瀧「それもアーケードのかなり奥」

卓球「そんなのわかるわけないじゃん」

瀧「だから、今日はみなさん1日FM802を聴いてくださいね、何時何分からどこでやるっていうのは、オンエアで発表しますからっていうので、それで集まるっていう体なのよ。で、電気グルーヴやりますからーっつって、なんとか商店街の奥の普通のクリーニング屋の前って感じのとこで」

卓球「[8]武蔵小山商店街って感じのさ（笑）」

瀧「だからもう、ライヴじゃなくて待ち合わせ

4 薬局のサトちゃん：佐藤製薬のマスコットキャラクターはオレンジ色の象「サトちゃん」。薬局の前には、よくサトちゃんの大型人形が飾られている。ちなみにピンク色の象は妹の「サトコちゃん」。

5 FM802：大阪のFMラジオ局。国内アーティストの新人を積極的にプッシュする社風があり、フェスやイベント主催にも力を入れている。

6 高木完：ミュージシャン。ニューウェイヴバンドの東京ブラボーでの活動を経て、ヒップホップ・ユニットのタイニー・パンクスを結成。ソ

なんだよね」
卓球「そうそう！　しかも、そんとき瀧[9]勝で（笑）。俺とか逆に、こいつ見てたんだもん、することないからさ」
瀧「だーれもいないって感じ。だから客じゃないもん、あれ」
卓球「普通におばさんとかが自転車でスーッて走ってって、なんか歌ってる頭のおかしい奴って感じでさ（笑）」
瀧「やらされてるわね、みたいな」
卓球「カメラとかもないからさ、だからもうまったく意味不明でさ。で、急遽、『実は今日、○○商店街で電気グルーヴがやってます！　今からでも間に合うので、みなさんそちらのほうへ！』って、たまたま近所で聴いてた、電気のファンでもなんでもない人が2〜3人わらわらって集まってきて（笑）」
道下「『あ、いた』って感じで（笑）」
瀧「『ああ、ほんとにやってる』って感じで。確認して帰るみたいな」
卓球「そうそう、普通にバットとかグローブがあったもんな、店先に（笑）」
●それは何、局の見込み違い？
瀧「奇をてらいすぎたんだよ」
卓球「あと、隣の店の前まで行くなとか怒られてな。許可もらってんのはそのスポーツ用品店の前だけだから、隣のお店の前には行かないでくださいっていう（笑）」
道下「そこですでにそのキャパシティを想定してるってことですもんね、三角公園と違ってね

ロとしても活躍。主宰レーベル（MAJOR FORCE）からスチャダラパーを世に送り出すなど、国内ヒップホップに多大な影響を与えた。

7 アメリカ村の三角公園：「アメリカ村」は、大阪・西心斎橋にある繁華街の通称。服屋、雑貨屋、レコード屋などが密集しており、関西地区でのユースカルチャーの中心的発信地となっている。「三角公園」はアメリカ村の中にある三角形の公園。正式名称は「御津公園」。イベントなどがしばしば行われている。

8 武蔵小山：東京

（笑）」
瀧「わかりました、だって」
卓球「あははははは、聞き分けよくなっちゃって」
瀧「着物だっけ、あんとき？」
卓球「着物[10]、着物、着物。ひでえよな（笑）」
●でもほんとやることないよね、それだと。
卓球「やることないよ。だから、ただいただけだよ、俺とまりんとか。まりんいたっけ？」
瀧「いたよ」

＊＊＊

卓球「あと、横浜のイベントでも会場ガラガラだった」
瀧「クラブ24[11]？」
卓球「ああ、そうだそうだ。TVK[12]の収録でクラブ24で電気やったら、無料なんだよ？ なんだけど、客が3～4人で。で、瀧も客席下りて、客の女の子を小脇に抱えて客席走り回ったりとかしてて、何をやってるんだろう、俺たち？って感じの（笑）」
瀧「そんぐらいしないと楽しめねえって感じの（笑）。やる側も」
卓球「女の子も『キャ～』なんて喜んでて、あやしてるって感じの（笑）」
●すごい光景だな、それ（笑）。
瀧「緊張感ゼロっていう（笑）」
卓球「しかもそれ、収録だからさ。客席映すと客がいないのバレちゃうから、客席をずーっと撮ってなかったんだよ。だけど、お前が客席に出たおかげで、客がいないっていうの全部バレ

都品川区の地名。全長800メートルのアーケード商店街がある。

9 瀧勝：瀧は91年8月に演歌歌手「瀧勝」としてデビューシングル『人生』をリリース。一応、ピエール瀧とは別人物という設定であった。プロデューサーは犬。瀧勝は犬に噛まれて死んだ。

10 着物、着物：瀧勝は演歌歌手なので着流し姿であった。

11 クラブ24：正式名称はCLUB24YOKOHAMA。横浜にあったライヴハウス。07年12月に閉店した。

ちゃってさ(笑)。一番うしろまで行ってたじゃん」

瀧「うん。あれは少なかったね」

＊＊＊

卓球「あと、公開録音のエフエム山口[13]」

瀧「ああ、台風」

卓球「もうすっごい大型台風が直撃しちゃった日で。もう外出ができないぐらいのひどい台風で、結局それでも集まったんだよ、10人ぐらいきたんだっけ?」

瀧「きたきた」

卓球「だけど、台風で地域全部停電してて。公民館みたいなとこじゃなかった? 多目的ホールっていうか」

瀧「そうそう、中ホールみたいな」

卓球「周り全部停電なんだけど、そこは自家発電してるからっつって、そこだけ電気ついてて」

瀧「ただ、それ、自家発電であんまり電力使えなかったから、地明かり[14]の中でやったんじゃなかったっけ? 確か」

卓球「そうそう、照明とか使えないから、地明かりで」

●何をやったの?

卓球・瀧「ライヴ」

●マジで? (笑)。

瀧「そもそも、行くときから台風近づいてて、大丈夫かな?っつって。日本海側に甚大な被害を及ぼした台風[15]19号ってやつだったんだけど」

卓球「で、翌日電車動かないから、タクシーで

12 TVK:テレビ神奈川。神奈川県近辺で視聴できるUHFのテレビチャンネル。音楽情報番組が充実している。デビュー当時の電気は邦楽情報番組『ミュージックトマトJAPAN』などによく出演していた。

13 エフエム山口:山口県で唯一の民放FMラジオ局。85年開局。

14 地明かり:舞台全体を照らすライティング。舞台照明の基本となる。通常の電力状態ならば、色の入った光やピンスポットなど、様々なバリエーションも

広島まで行ったんだもんな」
瀧「着いたらどんどん雨足が強くなってくるし、風はすごくて、ああいうホールだと外に出るとこに鉄の扉があるじゃん。あれが風圧で開かないんだよ、ほんとに（笑）」
卓球「最初、ライヴ始まるっつって、ステージ出てって第一声が、『ほんとにきたの!?』っていうな（笑）。客全員と握手したもん、よくきたっつって」
瀧「そうそう。で、それでお客さん帰って、ちょっと収まるまで待とうっつって、そこのホールのとこでみんなで車座で座って時間潰して待つみたいな。で、雨足も弱まったし帰りましょうっつって、電車も全部止まってるから、広島までタクシーで帰るんだけど、その間、道とかも電柱がバーンッて倒れてるわ、木はメリメリいってるわ、看板とか散乱してて」
卓球「途中、橋が渡れなくて、そこで一晩すごしたもんな」
●マジで？
瀧「すごかったよ、ほんとに」
●そんなのさ、今日は中止にとかじゃない？
卓球「うん、俺もそう思う（笑）。なんであれ、やったんだろうな？」
瀧「（客に）こさせちゃダメ、ほんとに」
卓球「でも、公開録音だから録ってないと番組が放送に間に合わないから、一応形だけでもみたいな」
瀧「そうだけどさ〜！（笑）。それはそこを成立させるって意味ではそうだけど、別に差し替

加えてステージを盛り上げるもので、地明かりのみでライヴが行われることは、まずない。

15 台風19号：瀧勝のデビューと同年の出来事だと思われるので91年9月25〜28日に日本列島を直撃した台風19号。青森のりんご農家に甚大な被害を与えたことから「りんご台風」とも呼ばれている。

えりゃいいじゃん、他の企画に」
卓球「知らねえよ、俺がやったわけじゃないもん、だって（笑）」
瀧「だから『よくきたね〜！』っつって、ほんとに」
●でもよくやったね。
卓球「今やれっつったら、ちょっとサムくてできないよな、当時だからできたっていうか」
瀧「うん。けっこう客少ないのあったね。人生時代もあったよな。豊川[16]かなんかでやったときに、客よりメンバーのほうが多かったっていう（笑）」
卓球「ああ、あったあった（笑）」
瀧「ゼロはないけどね、さすがにね」
卓球「俺、なんかを観に行ったんだけど、すごい客が少なくて、そのうち俺がひとりになって、帰るに帰れなくなっちゃったっていうのあったよな。帰ると悪いみたいな（笑）」
瀧「なるほどね（笑）」

16 豊川：愛知県豊川市。豊川稲荷が有名。特産物はイチゴ、イチジク、大葉など。

©ピープロ

3

2009年

1月号

瀧「こないださ、映画の仕事で函館行ってきたんだけどさ。函館行ったことある？」

●函館は……あ、あるある。

瀧「北島三郎[1]記念館行った？」

●いや、行ってない（笑）。

瀧「絶っっっ対、行くべき！」

●マジで!?

瀧「ものっすごいおもしろかった（笑）。映画の仕事が午前中でもう終わっちゃったのよ。飛行機何時？っつったら3時って言うから、ちょっと時間あるなと思ってさ。スタッフが、『瀧さん、北島三郎記念館、ものすごいヤバイから行ったほうがいいですよ』って言うから、話のネタに行ってみようと思って、行ってみたのね。入口にコンパニオンみたいなのが3人ぐらい、『いらっしゃいませー』って感じで立ってて、『じゃあ、ご案内します』とかって言って、グループにひとりコンパニオンがつくのね。で、エスカレーター上がってくと、入口のところに昔の古ーいラジオが置いてあってさ、そこで『本日は北島三郎記念館にお越しいただきましてありがとうございます。それでは北島のほうからみなさんにメッセージがございます』っつって、『えー、北島三郎です。今日はありがとうございます。私の歴史を楽しんでください』みたいなことを言って」

卓球「それはラジオから流れるの？」

瀧「ラジオから流れるの。ディズニーランドっ

1 北島三郎：歌手。36年10月4日生れ。北海道上磯郡知内村出身。62年6月、〝ブンガチャ節〟でデビュー。

ぽいじゃん、なんか。まずアナウンスあってっていう（笑）。で、次何あるのかな？と思ったら、『幼少の頃から説明していきます』とか言って、子供の頃の写真があって。で、中入ったら、セットが作ってあってさ、北島三郎先生—本名は大野くん[2]っていうらしいんだけどさ、『大野くんが通っていた電車のホームです』[3]っつって、ラーメン博物館みたいに作ってあってさ。『こちらが当時の時刻表でございます』って再現してあって、『へえ～』なんつって」

●ははははは。

瀧「『それでは中のほうに』っつって、ガラガラ～って開けたら、中に汽車の車内が完全再現してあって。古い木のイスが並んでて、真ん中にダルマストーブがあって、そこに北島三郎の蝋人形の学生服着たやつが、弁当を持ってこうやって食ってるシーンでさ（笑）。ゲラゲラゲラゲラ～って感じでさ、何これ!?と思ったら、『それでは列車が発車いたしますので、お客様、席にお座りください』って言われて、席に座ると、プシュ～、ガタン、ガタンガタン、ガタンガタンって、車窓（の景色）がバーッて動くのね。けっこうすげえアトラクションになってんじゃんと思ったら、『どうも、北島三郎です。えー、この電車で私は通っていましたけども』ってアナウンスが入って、歌がパ～ッて流れるのね、旅情感のある歌が。で、歌が終わって、『私はほんとに親に感謝しております』っつって、パッて見ると、窓ガラスのところにお父さんとお母さんの写真がファ～って出てきてさ」

2 大野くん：北島三郎の本名は大野穣。

3 大野くんが通っていた電車のホーム：大野少年は地元の渡島知内駅から函館まで、約1時間半をかけて高校に通っていた。

一同「（爆笑）」

瀧「で、それ見てゲラゲラゲラゲラ〜って感じで、何やってんだかって感じで（笑）。で、次は青函連絡船[4]のセットが作ってあって。北島三郎が『私はここから東京に旅立って……』って言ってて。で、そこから奥に行くと、渋谷の飲み屋街のセットが作ってあって、流し[5]をやってた頃のやつが。ものすごいよくできてるんだよ。で、回ってって、歴史をいろいろ巡ってくんだけど、『では、こちらが最後になります』っつって、ホールみたいになってんだよ。その外で1回座らされて、VTR観させられて。星野哲郎[6]って、あの作詞とかやってるさ、その星野哲郎による北島談みたいな。『北島は清流に座っている、岩である』みたいな」

一同「（笑）」

瀧「『時に流れに逆らい、そして流れを分け……』みたいなやつを聴かされてさ、うんうんって感じで（笑）。で、中入ったら劇場みたいになってて、『それでは始まります』、ブーってなって暗ーくなると、ドンッドドンドンッドンッドドンドンッドンッ、♪ま〜つりだまつりだまつりだ〜っつって、バカデッカい宝船みたいなのがバッカーンッて出てきて。それが揺れるんだよ、七福神とかのせて（笑）。で、横のデッカいヴィジョンに、北島三郎がいつも（新宿）コマ[7]（劇場）とかでやってるやつのクライマックス（映像）がバーッて流れ、裸の男がダンッダダンダンッとかって踊ってるのを見せられて、『すっげえなあ！』とか思ったら、宝船の一番

4 青函連絡船：青森と函館を行き来していた船。88年に青函トンネルが開通したことにより廃止された。石川さゆりの〝津軽海峡・冬景色〟は、青函連絡船の旅情を歌っている。

5 流し：飲み屋の客のリクエストに応えて歌を唄う職業。店の専属ではないので、ギターを弾いて飲み屋街を歩きながら、客から声がかかるのを待つ。北島三郎が流しだった頃は3曲100円だったという。

6 星野哲郎：北島三郎、水前寺清子、都はるみなど、数々の演歌歌手に歌詞を

てっぺんから、ウィーンって感じで北島三郎の蝋人形が出てきて。『うわっ、蝋人形出てきた！』と思ったら、♪ま〜つりだってなったらそれが動くんだよ。『ロボットだ！』って感じで」
一同「（爆笑）」
瀧「『すごいよくできてる！』って感じでさ、ほんとに。手も握るしさ。『うわ、キてんなあ、ここ！』って感じでさ（笑）。だから、1500円ぐらい払うんだけど、全然もととれるって感じでさ。で、そのホール出て、北島三郎[8]のおみやげコーナーがあるんだけど、俺、DVDとか買ったもん、ほんとに」
一同「（笑）」
瀧「コマのすごいやつを。だって白馬に乗って歌ったりとかさ、不死鳥の上に立ってレ[9]バー1本持ちながら歌っててさ。周りに花笠の人とかが踊ってたりしてさ。それ観て完全に、『ま、負けた』って感じで（笑）」
一同「（爆笑）」
瀧「これはDVDを買って勉強するしかないって感じで（笑）。で、DVD買い終わったら、さっきのコンパニオンの子がすーって来て、『お客様、もしよろしかったらあちらに特設のステージがございまして、北島三郎先生のホログラフが出まして、そこでデュエットができるんですね。それを撮影していただいて、おみやげに持って帰っていただくっていうのがあるんですけど、やります？』って言われて。『ちょっと見ていいですか？』っつって見たら、ホニョニョ

提供した作詞家。北島三郎の曲は〝兄弟仁義〟〝函館の女〟などが有名。

7 新宿コマ劇場：北島三郎や美空ひばりなど、数々の大物歌手が座長公演を行った劇場。「演歌の殿堂」と呼ばれていた。56年にオープン、08年に惜しまれつつ閉館。コマのように回転する舞台があるため、コマ劇場と名付けられた。

8 おみやげコーナー：本文中で紹介されているものの他、饅頭、人形焼き、お茶漬けの素、提灯、大吟醸酒「男の涙」、お守り、湯呑などが販売されている。

ニョ～ンって北島三郎がホログラフで出てくんのね。その横に立って歌うと、ほんとにデュエットしてるみたいな感じで。『うーん……やります』っつって（笑）」
●やるんだ（笑）。
瀧「衣装とかちょっと置いてあるわけ、着流しっぽいやつとか、お客さんが着てやる用に。『衣装とかどうします？』『そうっすねえ……上半身裸でやっていいっすか？』っつって、『（小声で）お客さんいないんで、大丈夫です』って、上半身裸になって、その横で〝与作〟[10]を歌って帰って来た。ほんとにすごいんだよ、北島三郎記念館！　函館に行く人がいたら、ぜひ行ってくれって感じ。売ってるもんとかけっこうすごくて。〝与作〟の色紙を買って来た。〝与作〟って書いてあるやつ（笑）」
●高いもんとか売ってそうだよね。
卓球「ブロンズ像とかでしょ（笑）」
●そうそうそう。
瀧「うんとね、額。写真とか絵じゃなくて、北島三郎が銀のスーツ着てる刺繍の額があって、『あ、こんなのあるじゃん！』と思ってパッと見たら、8万円ぐらいでさ」
卓球「ははははは」
瀧「誰買うんだ、これ？って感じのやつとかあった」
卓球「俺以外で？（笑）」
瀧「俺以外で。危うくキャップ買いそうになった」
卓球「キャップ買えばよかったじゃん！」

9 レバー1本持ちながら：焼き鳥のレバーではない。

10 与作：78年3月リリース。大ヒットした。

瀧「でもキャップが黒で、ここに明朝体みたいな字で、『KITAJIMA』って入ってるんだよ。で、なんでかわかんないけど、『KITAJIMA』の横がバラなんだよ（笑）」
●あはははは。
瀧「CDのジャケットもバーッて並んでて、見たら、なんか漢字一文字の曲が多くてさ」
卓球「〝糞〟とか？（笑）」
瀧「んふふふ。漢字一文字の曲をいっぱい出してるとかいって、見たら、〝斧〟[11]とかあるんだよ」
卓球「あっはっはっはっはっはっは！」
瀧「〝斧〟!?って感じで。で、こっち見たら、〝竹〟[12]!?って感じで」
一同「（笑）」
瀧「すごいよ。だからその面でも『負けた！』って感じで。もう〝斧〟って曲出されてる！」
卓球「やられてる！（笑）」
瀧「やられてる！って感じで」
卓球「せいぜい〝角〟〝牙〟だろ、うちら（笑）」
瀧「ヘタすりゃ〝牙〟ももうやられてるかもわかんないよ」
一同「（笑）」
瀧「すごかった！　家帰ってDVD観たんだけど、DVDの最後とか、すごいよやっぱ。何やってんの!?っていう。買ってきたDVDが去年版のやつなんだけど、最後のクライマックスでいつも派手な出し物をやるんだけど、ねぶたに乗って登場だもん。ほぼステージと同じ大きさの（笑）。ちょっと1回（ライヴ）観に行こうかなと思ってさ」

11 斧：89年8月リリース。

12 竹：97年6月リリース。一文字のタイトルの曲はその他に〝恩〟〝橋〟〝母〟〝標〟〝纏〟〝運〟〝舵〟〝拳〟〝夢〟〝男〟〝宴〟〝風〟など。

卓球「毎年やってるんだよね？」
瀧「毎年やってる。前半が剣劇的なやつ。『（森の）石松』的なやつとかああいうのをやって、後半が歌謡ショーなんだけど、歌謡ショーがコンパクトでさ。それこそ、メドレーでもないけど、だいたいどの曲も1コーラス歌って終わりなんだよ。1コーラス歌って、普通にMCが入って、『世の中というものはなかなかね――』とかっていう曲にまつわるちょっとしたエピソードを言って、『ということで〝○○○〟です』みたいな。で、1コーラス歌ったら、ジャーンってなって、『いやあ、それでね』みたいな」
卓球「テレビサイズだ」
瀧「そうそう、そういうテレビ歌謡ショーみたいな感じでお送りしてて」
卓球「お送りしてて!?」
瀧「うん、お送りしてて、逆に観やすいって感じでさ、ほんとに。知らない曲、2コーラス歌われるよりはいいって感じで」

●勉強になった？

瀧「勉強になった、いろいろ。サブちゃんすげえ！ってことに（笑）」
一同「（笑）」
瀧「まさか、サブちゃんすげえ！って思わされて帰ると思わなかったからさ」
卓球「あと、自分のやってたこととの共通項を見つけて（笑）」
瀧「負けてる！っていうことを（笑）。で、気づいたらおみやげどっさり買っててさ。だって、しめて1万円ぐらい買ったもん」

1 GLAYミュージアム：正式名称は「Art Style of GLAY」だが、「GLAYミュージアム」と呼ばれることのほうが多かった。03年5月8日にオープンし、07年1月10日に閉館。GLAYミュージアムは、函館のウイニングホールという大型施設の中にあった。同所にある北島三郎記念館は現在も営業中。

2 別にGLAYに縁のあるものが置いてあるとかじゃねえんだ：衣装、ライヴのセットの模型などは展示されていたが、メインの展示物はGLAYをモチー

卓球「じゃあ次はその刺繍を買いに（笑）」

瀧「刺繍ね（笑）」

2月号

卓球「そういえば、北島三郎記念館、宇川くん、しょっちゅう行ってるんだって」

瀧「マジで？」

卓球「っていうのも、隣のGLAYミュージアム[1]用に作品を作ったんだって。っていうか、GLAYミュージアムとは名ばかりで、結局GLAYをテーマにした現代アートの美術館だったんだって。そんなもん、GLAYのファンなんて2回行くわけないじゃん」

瀧「チャック全開、お前」

卓球「（笑）2回行くわけないじゃん」

瀧「そうなんだ？ 別に[2]GLAYに縁のあるものが置いてあるとかじゃねえんだ」

卓球「違うらしいよ。MAYA MAXX[3]とか、宇川くんとか現代美術の連中が作ったのがあるんだって。で、宇川くんが——ギターの人、なんだっけ？」

●HISASHI[4]。

卓球「その人が、デロリアン[5]ってあるじゃん、車。あれがすごい好きで、金持ちだからそんなの買えるじゃん。けど、僕はまだデロリアンに乗れるような、そこまでのタマじゃないって言って、まだ買ってないんだって。それを聞いた宇川くんが、新品のデロリアン買ってきて真っぷたつに切って、鏡のところにつけたら、

フにしたアート作品であった。

3 MAYA MAXX：画家、イラストレーター、絵本作家。CDジャケット、書籍の装丁など、幅広いジャンルで活躍している。

4 HISASHI：GLAYのギタリスト。映画『バック・トゥ・ザ・フューチャー』の大ファン。トーカイ・タルボ、ゼマティスなど、金属製ボディ、金属プレートを貼り付けたギターを愛用している。これはデロリアン（次項で詳述）の影響だとされている。

ちょうどデロリアンが渋滞してるみたいに見えて。しかもアクセルを踏むと、HISASHIのギターソロが聞こえるんだって（笑）」
一同「（笑）」
卓球「それで、それをどうやって切ったらいいかわかんなくて、それもおかしいんだけどさ、日本デロリアン協会に――」
瀧「何、日本デロリアン協会って？　そんなのがあるの？」
卓球「あるんだよ。で、そこに電話して『切りたいんですけど』って言ったら、電話で1時間説教されたんだって（笑）」
●あはははは。
卓球「あんな貴重なもん切るんじゃないっつって。で、しかもそれ（GLAYミュージアム）がなくなったでしょ。でも、一応全部、現代アートの作品なわけじゃん。だから、『あれ、どうしました？　また回顧展やる時に出したいんで』っつったら、『いや、捨てました』って言われたんだって（笑）」
●マジで⁉
卓球「らしいよ」
瀧「『捨てました』と」
卓球「『捨てました』だって（笑）。あと、また関係ない話なんだけど、メロンで勝義の話したことあったっけ？」
瀧「あるんじゃない？　聞いたことない？」
●何？　知らない知らない。
瀧「知らないんだ。こいつの同級生で、中学生の時にひとり暮らしして。そこの家に行く

5 デロリアン：アメリカの自動車メーカーの名称。81年に発売されたDMC-12は、映画『バック・トゥ・ザ・フューチャー』に登場するタイムマシンのベースとなった自動車。ガルウィングのドア、無塗装のステンレス製のボディなど、斬新な仕様が話題となったが、デロリアン社は82年に倒産。DMC-12は同社の唯一の製品であった。

と、晩飯の時間だ、飯食おうっつって、イスじゃなくて正座で座る勉強机あるじゃん。あれの木のひきだしをパッて開けると、そこにタイヤキが裸で入っててそれを食ったりとかしてて（笑）。万引きで生計を立ててたっていう」

卓球「で、よく溜まり場になってたんだけど、そいつが今、レコード屋を静岡でやってて。未だに年末になると俺を呼んでくれてるんだけど、DJで。で、そいつが今度レコード屋たたんで、静岡でクラブ始めることになって。今月オープンしたんだけど、『石野、名前決めてくれよ。それにするから』とか言われて。で、ひとり暮らししてた頃、そいつの家が溜まり場になってて、けっこうな人数の連中がそこで童貞を捨ててたのね。それで、うちらの間で〝セックス館（やかた）〟って言われてて（笑）」

●あはははは。

卓球「今回クラブに名前つけてくれって言うから、『じゃあ、〝館〟』っつって（笑）」

一同「（笑）」

卓球「そしたら『他に名前ないかな～』『いやいや、〝館〟いいでしょ』っつって、結局〝J[6]AKATA（ヤカタ）〟になったの」

●マジで!?（笑）。

卓球「それで、俺、てっきりさ、DJバーみたいな小バコだと思って、この間静岡に行った時に、じゃあちょっと店見せてよって行ったら、すごいちゃんとしてて。もうマットから看板から、全部〝JAKATA〟って書いてあって（笑）。『うわ、適当に言って、ちょっと悪かっ

6 JAKATA：静岡県葵区呉服町でオープンしたが、その後閉店。現在はパーティイベント「JAKATA」として存続中。

たな』って思って」

●だってクラブに〝館〟て、無理だもんね、東京だったら。逆にひよるよね。ゴーサイン出さないっしょ（笑）。

瀧「いやでも、意味知らなかったらいいんじゃないの、別に。『ＪＡＫＡＴＡでも行く？』っつって（笑）」

卓球「でも言ってたんだけど、それよく考えたら、ＪＡＫＡＴＡオープンじゃなくて、ＪＡＫＡＴＡリニューアルじゃん（笑）」

瀧「ＪＡＫＡＴＡ復活ってことだもんね（笑）」

卓球「だから、最初のオープンの時も、『伝説の溜まり場として知られるセックス館が、クラブとなってリニューアルオープン！』っつって。『なお、店内での性行為等は禁じられております』だって（笑）」

瀧「『話と違うじゃん！』っつってな（笑）」

●静岡って変だね。

卓球「なんか変だった。あと、うちらが高校生の頃にいた時の感じともまた違うっていうか。うちらが高校生の頃とか、インターネットとかないから、地域差がデカかったじゃん。あと、東京と近い分だけ、東京の噂は入ってくるけど、うらやましいなあみたいなのがあったじゃん。今、逆にそれがなくて、それが強みになってるっていうかさ。近くて、しかも東京よりもある部分、純粋培養されて飛び出る、飛び抜けてるっていうかさ」

●育っちゃってるんだ、もう。

卓球「そうそう」

瀧「そんなに東京ほど雑多じゃないから、1ヶ所だけグーンと伸びちゃうんでしょ」
卓球「確実にうちらがいた頃とは違うんだけど、逆にでっぱってる感じっていうかさ」
●東京だとつっこむ奴もいるもんね。いろんな視点から。それがないんだね、きっと。
卓球「それ言ってた。静岡出身のお笑いのトータルテンボス[7]っているじゃん。あいつらの番組に出た時に、『静岡ってつっこみないですよね』っつって。だからボケるとみんなボケ重ねてどんどんいくっていう。まったくそうでさ。だからむしろ、うちらの概念ではつっこみとか気持ち悪いって感じなのね。何それ？　冷めるじゃんって感じでさ。なあ」
瀧「つっこみって、一種、つっこんで切り離して笑うみたいな感じじゃん。切り離さないんだよね、静岡は。それはそれでいてよしっていうか」
卓球「業務用って感じだよ、つっこみがいること自体が。関西では普通にいるじゃん」
●そうそう、そこでパッケージして、はい、笑ってくださいって切り分けるんだけどさ。
卓球「ないない。ないっていうか、ジャックで言うと、普通オス・メスのセットで売るじゃん。オスだけとかさ（笑）」
●ああ、でもこのふたりもそうだよね、そういえばね。
卓球「そうそう。典型的なそういう感じっていうかさ」
瀧「だから、みんなずーっと、いちゃいちゃい

7 トータルテンボス：藤田憲右、大村朋宏によるお笑いコンビ。結成は98年。ふたり共NSC東京3期生。

ちゃいちゃボケてる（笑）」
●あはははは。なるほどね。
瀧「いちゃいちゃいちゃいちゃいちゃ、ずーっとキャッキャ言って、じゃあ帰るわって感じ（笑）。あいう狭い田舎の町だから、目立つと釘打たれそうな感じもするから」
卓球「『釘刺される』と、『杭打たれる』と今混ざって、『釘打たれる』だって。『目立つと釘打たれる』だって、静岡は（笑）」
瀧「キリスト」
一同「（笑）」
卓球「『出る杭は打たれる』と『釘を刺される』がごっちゃになっちゃって（笑）」
瀧「『打つもの、打つもの、なんだっけ？』と思って（笑）」
卓球「『ヘル・レイザー』[8]みたいになっちゃってな、釘だらけで（笑）」
瀧「まあね、『出る杭は打たれる』の〝杭〟にはなんないけど、でもちょっと周りと一緒だと嫌だなあみたいなのもあるんだよね、なんかね。複雑な感じなんだよ、だから。それで結局、周りをどんどん認めてくしか、和平への道がないんじゃないかな（笑）」
●ああ、そういう感じする、確かに。
瀧「つっこみ文化ないね、確かに」
卓球「たまにだから、つっこみ文化がないもんだから、うちらとかがつっこみ的なものを言うと、単なるオカマのキツイ悪口にしか聞こえないっていうさ。つっこみじゃないんだよね」
瀧「辛らつなことを言ってるだけっていう

8『ヘル・レイザー』：87年に公開されたイギリスのホラー映画。頭に釘がたくさん刺さったピンヘッドというキャラクターが登場する。

（笑）。確かにつっこみ文化はないかも」
●そこは確かに、何年やっても独特の居心地の悪さがあるわ。つっこんで喜ばれないっていうか。
卓球「そうそう、ロッキング・オン[9]ってけっこうつっこみ文化っていうかさ。日本のミュージシャンに初めてつっこんだっていうあれでしょ（笑）」
●そう！
瀧「もうつっこみでしょ。途中のレヴューっていうか、音楽とはみたいなのさ、あれつっこみだもんね、自分なりのね」
卓球「だから、ロッキング・オンからすると他の雑誌とか、なんでお前らつっこまねえの？みたいなとこでここまできたじゃん。つっこみで急成長っていうさ（笑）」
●アーティストが作ったもんにどうつっこむかっていう（笑）。
卓球「逆に本質見逃しちゃってな、そこで（笑）。つっこみばっか考えてて」
一同「（笑）」
●確かに、それは言える。
卓球「でもさ、インタヴューの時はまだあるけど、これに関してはまったくそこがないじゃん。それが長続きの秘訣っていうかな（笑）」
瀧「まあ、つっこんでもしょうがないしね」
卓球「あ、そうか！　だから昔1回、兵庫とか鹿野さん[10]とか（が司会で）きた時、なんかギクシャクしたんだ！」
●つっこんでやろうっていうのがあるからね

9 ロッキング・オン：本書の出版元。

10 鹿野さん：鹿野淳。音楽雑誌MUSICA編集長。元ロッキング・オン社員。兵庫慎司と鹿野淳は山崎洋一郎に代わって『メロン牧場』の司会を務めたことがある。

（笑）。

卓球「つっこむとまた、文章が成り立ちやすいんだよね。『渋松』[11]じゃないけどさ。お互いにつっこみ合ってるって感じじゃん」

●そう。でもそれはダメだっていうのがわかった。

卓球「弛緩して流される場っていう（笑）」

●そう、高田文夫[12]方式でいかないとダメだっていう。

卓球「はははははは」

瀧「起承転、までだもんね」

●そうそうそうそう（笑）。

卓球「長年やってやっとわかったって感じだね（笑）」

瀧「つっこみが不在だったたっていう」

●怒られたこともあるしね、「何をまとめてんだ！」って。

一同「（笑）」

瀧「『まとめるのは仕事だろ！』（笑）」

卓球「編集だっつってんのにね（笑）」

瀧「こっちはまとめて金もらってんだよっていう（笑）」

卓球「むしろ散らかす方向でって感じでしょ（笑）。たまにだからさ、特に本誌[13]のほうのレヴュー書く、若い新入社員っていうか、新しく入った人たちとか、つっこもうつっこもうと思って、全然的外れなつっこみしてるよね（笑）」

●ものすごい空回ってる（笑）。

瀧「つっこみで目立たなきゃっていうのがある

11 渋松：洋楽専門誌ロッキング・オン内で長年に亘って連載されている対談。ロッキング・オン社長の渋谷陽一と、音楽評論家の松村雄策が時事ネタを絡めつつ語り合う。

12 高田文夫：放送作家。ラジオ・パーソナリティ、作詞家、コラムニスト、落語家としても活躍。83年に立川談志の落語立川流に入門。高座名は立川藤志楼。

13 本誌：洋楽誌「ロッキング・オン」のこと。

から、はたくのが強すぎるっていうか」
卓球「痛い痛い！（笑）」
瀧「バチーンッ、『血出てる！　血出てる！』っていうさ」
卓球「あっはっはっはっはっはっは」
瀧「『え、だってそれが僕の……』」
卓球「『ロッキング・オンはそうでしょ!?』（笑）」
瀧「『僕の生きる道ですから！』っていう（笑）」
●あるある（笑）。
瀧「『強いよ、つっこみが』っていう。今は『おいおい』でいいとこなのにさ、バチーンッてはたいたりしてさ（笑）」
卓球「どつき漫才だよな（笑）」
瀧「そうでしょ（笑）」

3月号

卓球「去年（08年）、俺、青葉台スタジオ[1]の地下でチャットモンチー[2]のリミックスの仕上げだったのね。そこの1階でチャットモンチーがやってて。で、入ってったら（09年2月号のロッキング・オン・ジャパンを見ながら）この人（福岡晃子／B＆Cho）かな？が来て、『どうも』とか言って。そしたら奥のほうからふたり[3]がパーッと出てきて。『あ、今日その仕上げで』っつって。『あの曲（〝シャングリラ〟）はMの女の子が言われたいことをSの男の視点で歌ってる曲だよね？』って言ったら、キョトーンって感じで」
一同「（笑）」

1 青葉台スタジオ：東京都目黒区青葉台にあるレコーディング・スタジオ。

2 チャットモンチー：徳島県で結成された女性3人組バンド。彼女たちが06年11月にリリースした〝シャングリラ〟を卓球がリミックスした。

3 ふたり：橋本絵莉子（G・Vo）と高橋久美子（Dr・Cho）。

卓球「何を言ってるんだ、このおじさんは？って感じでさあ（笑）」
道下「『怖い！』っていう（笑）」
卓球「鳴ってもいない携帯を耳にあてて地下に下りてくっていう。『もしもーし！』っつって、電波が悪い方向へ（笑）」
道下「しかも地下、圏外なのに（笑）」
●ははははははは！
卓球「キョトーンとしてたよ。『ヤバイ、俺これ以上ここにいると株が下がることはあっても上がることはない！』って（笑）」
道下「そして今、完全に引いている（笑）」
瀧「引かせるつもりなんかまったくないのに」
卓球「そうそう、よかれと思ってやったらって感じ（笑）。普通にこっちの感想を言ったのに、下ネタ扱いだよ。人を下ネタ扱いしやがって（笑）」
道下「率直な感想を言っただけなのに（笑）」
卓球「もう彼女たちとはしゃべりません（笑）」
●でも、会うの2回目ぐらいじゃない？　俺、初対面の瞬間見たもん。キューンで会って、「ああ、どうもどうも」って言った卓球の一言が、「じゃあ、もうしゃべることもないし」って（笑）。
卓球「そうだっけ？（笑）。で、本人に会って下ネタ（笑）」
道下「先月号見て、大人になっただって（笑）」
卓球「『惚れんなよ』っつっといて」
●あはははははは！
道下「瀧さん、確か対談[4]したことありましたよ

4 対談：音楽雑誌PATi-PATi07年1月号に掲載された。

ね」
瀧「デビューしたばっかの頃だよ。業界よくわかんないんですみたいな感じの」
卓球「今やもう完全上から目線だよ」
瀧「それで俺がアドバイスして、軽ーく追い抜かれちゃってな」
卓球「今や『シャングリラ』[5]といえばもうこっちって感じでな」
一同「（爆笑）」
卓球「そこもとられちゃって」
瀧「あっさりって感じ」
卓球「でも女の子に負けるのはまんざらでもないっていう（笑）」
瀧「女の子に負けてよかったって感じ（笑）」
卓球「もっと負けたい！だって（笑）。でも、ものすごい迷惑だよね、向こうね。表紙[6]になった号が今、目の前に置かれているばっかりにって感じで。今回、今年初めて（のメロン牧場）だよね？」
●そう。
卓球「正月に母親から年賀状が来たのね。っていうか、実家で飼ってる犬名義で俺に年賀状が来て、『今年もよろしく』って」
一同「（笑）」
卓球「で、見たら、『犬の十戒』[7]ってあるじゃん、『犬と私の10の約束』[8]の。それをなんかで見たらしくて、それが書いてあって。『何これ？』って正月に実家帰った時に言ったんだよ。で、これ映画のやつだよって言ったら、それを知らなくて、『あ、そう？ 観てみたいな』って言う

5 シャングリラ：電気が97年3月にリリースしたシングルのタイトル曲は"Shangri-La"。オリコン・シングル・チャートで10位を記録した。

6 表紙になった号：この回の取材現場に置かれていたロッキング・オン・ジャパン09年2月号の表紙はチャットモンチーだった。

7 犬の十戒：インターネットで広まった作者不詳の短編詩。犬からの飼い主への10個のお願いが綴られている。原文は英語。

8 『犬と私の10の約

から、ＤＶＤ買って来てさ。そしたらこいつが出てて。今年最初に観た映画がそれ（笑）」
瀧「俺はだから、その件でボロクソに言われてるんだよ（笑）。まあ、俺から返す言葉は、『観たお前が悪い』」
卓球「で、『観たぜ!』っつってメール送ったんだよ。そしたら『え、あれ観たんだ?どうだった? おもしろかった? おもしれえわけねえか』って書いてあった（笑）」
瀧「まあそりゃそうでしょ。最後まで観たんだ?」
卓球「観たよ」
瀧「ふーん……どういう映画?」
●はははははは!
卓球「犬拾って来て、死ぬ映画（笑）」
瀧「なるほど。犬が死ぬ映画（笑）」
卓球「『ゴースト』[9]って映画あるじゃん。この前、あれが出てこなくて、『なんだっけ、あのお化けがろくろ回すやつ?』って（笑）」
一同「（笑）」
瀧「和風になっちゃって（笑）」
卓球「っていうか、お化けって出てるのに『ゴースト』が出てこないんだよ」
道下「英語にすればいいだけなのに（笑）」
●カウントダウン・ジャパン[10]、幕張はどうだった?
卓球「あ、そういえば幕張から大阪に向かうバスの中で、また俺、おしっこしたくなっちゃって。さすがに停まってくれとも言えないから、ゲロ袋を３重にしておしっこして、ＫＡＧＡＭ

束」：08年に公開された映画。田中麗奈、加瀬亮などが出演。

9『ゴースト』：正式タイトルは『ゴースト／ニューヨークの幻』。90年公開のアメリカ映画。ろくろをまわしているヒロインを、後にゴーストとなる彼氏が背後から抱き締めて手を重ねるシーンが有名。

10カウントダウン・ジャパン：ロッキング・オン社が03年に立ち上げた年末の音楽フェスティバル。会場は幕張メッセ国際展示場。電気は08年12月28日に出演した。

ーの服の上にポンって置いたら、『うわー!』とかなって。瀧がそれを見るに見かねて『おい、よこせ!』っつって、窓をガラッと開けて、レインボーブリッジの上から捨てた(笑)」
瀧「パシャーンッ! コロンコロンコロン……暗闇の東京湾に落ちてった(笑)」
●あはははは!
瀧「これ以上あると大変なことになると思って、まず排除しようと思って(笑)。スペースシャトルと同じ方式だよ、だから。しょんべんはまとめて外へ(笑)」
●でもさ、それ瀧がやるっていうのもおかしいよね。何度か下の世話してるよね。
瀧「下の世話はしてないよ!」
●してるじゃん。だって[11]家来てさ、床に放尿した時とかさ。
瀧「まあね。俺が放物線を描いたよ。次の日、漁師が『クラゲかな? あれ?』って感じだったよ。『なんか入ってる……しょんべんだー!』って(笑)」
卓球「あ、正月にさ、静岡帰ってて、夜中にテレビ観てたら、ドラマみたいなので、[12]『グラビアティーチャー』っていうのやってて(笑)。1話10分の番組が3本やってて、まず『グラビアティーチャー』っていう名前のとおり、3人の女の子が家庭教師で、〝グラビアティーチャー英語〟〝グラビアティーチャー算数〟〝グラビアティーチャー国語〟とかいて、敵がいて、敵役のボスが[13]香田晋で。香田晋が『子供をバカにしてやる』っていう。その手先として、[14]ザブング

11 家来てさ、床に放尿した時:『続・メロン牧場』上巻04年ボーナストラック4月号の回を参照。

12 グラビアティーチャー:正式タイトルは『勉強美少女グラビアティーチャー』。小阪由佳、秋山莉奈、さとう里香などが出演。

13 香田晋:89年に〝男同志〟でデビューした演歌歌手。

14 ザブングルの加藤:99年結成のお笑いコンビ・ザブングルの加藤歩。相方は松尾陽介。

ルの加藤とますだおかだの岡田[15]が子供をバカにしに行くんだよ。そうするとグラビアティーチャーが変身して、それを倒すっていう番組なんだけど、すごーい安ーい感じの。それが相手を倒す時に必ず、ＢＧＭに〝虹[16]〟が流れてた（笑）」
一同「（爆笑）」
瀧「なんで？」
卓球「わかんねえ（笑）」
●あはははは！
卓球「ニーズでやってんのかよくわかんないけど、複雑な心境だった（笑）。よく凶悪犯罪とかのバックで使われてるよな、電気グルーヴ」
瀧「うん、犯人の心理状態とかのとこで」
卓球「『タモリ倶楽部』[17]のＢＧＭが全部ダジャレになってるっていうの、話したっけ？」
●知らない。え、そうなの？
卓球「そう。で、それ気にし始めると、番組全然入ってこないんだよね。わかんないのがあったりすると悔しいんだよね。一番すごかったのが、地図の特集みたいなのやってて、ドアーズ[18]の〝ジ・エンド〟が流れてて、『名古屋』ってバーンって出て。なんだろう？と思ってたら、『尾張名古屋』（笑）で。それがわかってすげえ嬉しくて（笑）」
●すごいね、それ。
卓球「『タモリ倶楽部』、お前出てないな。出てそうなのに」
瀧「出ない。出たことない」
卓球「あと、（『笑っていいとも！』の）テレフォ

15 ますだおかだの岡田：93年結成のお笑いコンビ・ますだおかだの岡田圭右。相方は増田英彦。
16 虹：電気が94年12月にリリースしたアルバム『DRAGON』の収録曲。95年4月にショート・ヴァージョンがシングルでリリースされた。
17 タモリ倶楽部：82年10月にスタートした長寿番組。タモリとゲストがロケ地を巡る本編の他、「空耳アワー」のコーナーが人気。
18 ドアーズの〝ジ・エンド〟：アメリカのロック・バンド、

ンショッキングに俺が出てないっていうさ。終わっちゃうから、友達いなくて（笑）」
●でも嫌でしょ、出るの。
卓球「やだ（笑）。恥ずかしいよね」
瀧「ものすごい言っちゃいけないことから順に言っていきそうだからやだよね（笑）」
●そういう場に出れば出るほど、ヤバイ橋渡ろうとするもんね（笑）。
卓球「挙句、黙ーっちゃって（笑）」
瀧「ヤバイ話をしゃべってるのに、途中まで気づかなさそう（笑）」
卓球「気づいてから途端に黙っちゃってな。天[19]久が昔、ラジオで放送禁止用語言った時、見たことない顔になってたもんな。目が点になってたっていうかさ、ほんとに。その後、完全に黙っちゃって（笑）。こいつ何しに来たんだって感じで」
瀧「『すいませんでした』って帰って（笑）」
道下「で、瀧さんが初めてお詫びを入れたんですよね」
瀧「んふふふふ。『先ほど、不適切な発言がありましたことを』だって。それっきり天久がどんどん小さくなってくっていう。ヤバイって感じで。しかも、自分でケツをぬぐえないって感じで（笑）」
道下「瀧さんがマジメに話してるってことで、ことの重大さに（笑）」
●そういえば昔、短波[20]放送って普通の人あんまり聴いてなかったじゃん。で、そうは言いつつ聴いてたんだけど、音楽枠でしゃべる番組があ

ドアーズが67年にリリースした1stアルバム『ハートに火をつけて』の収録曲。映画『地獄の黙示録』でも使用されている。

19 天久：電気と親交が深い漫画家の天久聖一。08年2月リリースの〝モノノケダンス〟のPVなど、電気の映像作品を度々手がけている。元刑務官というユニークな経歴でも知られる。

20 短波放送：ラジオ放送は周波数帯によって短波、中波などに区分される。AMは中波。短波放送は放送を受信できるエリアが中波よりも

るからっつって、30分、邦楽シーンがどうのこうのって話してて。で、X JAPAN[21]がまだXだった頃に、篠山紀信[22]を3時間待たせて挙句の果てに帰っちゃったとか、カレーが辛いっつって帰ったとか、業界ではそういう話があったけど、実はガチガチ原稿チェック[23]、写真チェックの世界で、ファンとかにはよく知られてなかったわけよ。でも俺若いし、業界のことをよくわかってなかったから、そういう話をガンガンしてたの。で、後からこういう話したっつったら、それ大変なことだよ!みたいなことになって、ヤバイ!と思って、その放送の翌日に短波放送のとこに電話して、「クレームとか来てないですか?」っつったら、いや、特にクレームとかはないですけど、遠洋漁業の船から1個無線が入って、ものすごいYOSHIKIファンの漁師が、「今日のあの放送の内容はほんとなんですか!?」っつって無線が入ったって(笑)。

瀧「遠い海から(笑)」

卓球「逆に短波ってそういうとこでしか聴いてないよね」

瀧「短波って聴いたことないんだけどさ、どんなことやってんの? 普通のAMラジオみたいにプログラムが組んであるの?」

●そうそう。でも、気象情報とかが多いの。

瀧「やってないだろ、お前。やってた?」

卓球「やってない。うちらの世代はあったよな。無線部ってな(笑)」

瀧「部にします、それ?っていう。電話部と一

広い。

21 X JAPANがまだXだった頃:X JAPANは元々Xだったが、海外進出に向けて動き出した92年に改称。アメリカでXというバンドが既に活動していたため。

22 篠山紀信:写真家。女優、俳優、文化人、ミュージシャンなど、幅広い被写体を手がけている。ヌード写真でも度々大きな話題を呼んでいる。

23 原稿チェック、写真チェック:取材、撮影された対象が原稿の内容や写真の確認を行うこと。

緒だもんな（笑）」

卓球「雑誌とかもあったよね」

●あったよね、『CQ[24]（ham radio）』とか。

瀧「あった、ラジオ技術みたいな特集するやつでしょ」

卓球「柴犬専門誌[25]ってあるの知ってる？」

瀧「知らない（笑）。でも今、犬ブームだからそういうのあるんじゃないの」

卓球「あれおもしろいよな、『酒とつまみ』って、ミニコミの。『タモリ倶楽部』でやってたんだけど。川辺（ヒロシ）がよく買ってくるよね。けっこうおもしろいんだよ。酒にまつわるインタヴューをいろんな人にするの。なぎら健壱[26]とか、安部譲二[27]とか」

瀧「あと、ウィスキーに合うつまみを100種類の中から決めようとか」

卓球「一番マドラーにピッタリなつまみはどれか？　とかいって、竹輪で氷回したりとかさ（笑）」

瀧「それ以外はずっとゲロの話（笑）」

●なんでゲロ？

卓球「失敗談」

瀧「ゲロと、酔っ払って金貸した話っていう」

卓球「だから取材来ないかなと思ってるんだけど（笑）」

●石の月刊誌とかもあるしね。

卓球「月刊で!?　そんなに情報あるの？」

瀧「いや、でもいるんじゃない、好きな人。姉妹誌出ちゃって、『月刊岩』だって（笑）」

24 CQ（ham radio）：CQ出版社のアマチュア無線専門誌。現在も刊行されている。

25 柴犬専門誌：辰巳出版から隔月で刊行されている『Shi-Ba（シーバ）』。

26 なぎら健壱：元々はフォークシンガーであったが、俳優、エッセイストなどとしても活躍している。

27 安部譲二：作家。86年『塀の中の懲りない面々』でデビュー。元ヤクザ。

卓球「『砂』とかな、ムックで（笑）」

4月号

卓球「昔デビューした頃に、今のキューンの社長が2〜3ヶ月マネージャーをやってた時期があって、その頃うちらデビューしたばかりでいろんな媒体を取材で回ったりしてたんだけど、電車移動でさ。電車移動の間に、こいつ必ず漫画を拾うんだよ、ゴミ箱漁って」

一同「（笑）」

卓球「しかも――」

卓球・瀧「『漫画！　漫画！　漫画！　あるかな〜？』」

瀧「『あった〜！　モーニング[1]〜！』」

卓球「で、モーニングをパンッパンッパンッてはらって、それを読んでて。で、俺が取材の中で、『こいつ漫画拾うんですよね』って言ったら、その後にのちのキューンの社長が、『すみません、さっきの漫画拾うところはカットで』って（笑）」

一同「（爆笑）」

卓球「で、それに対してこいつもなんか、『なんだよ！　いいじゃん！』って噛みついちゃってさ（笑）。『いやいや、そういうことじゃなくて……』『だって拾うじゃん！』みたいなさ」

瀧「『もったいないじゃん！』っつって（笑）」

卓球「『だって拾ってんのは事実だしさ、それでCD買わなくなるような奴は、最初から用ねえって！』とか言ってさ」

1 モーニング：講談社が発行している漫画雑誌。

瀧「へへへへへへ」

●でも俺からすると、そのセリフをちょっとカットでって言われてたんだね、初期の電気グルーヴは。そこに驚く。今だったらもう、普通にゲラゲラ〜って感じじゃん。

卓球「いやいや、その頃もそういうのを全部潰してたわけじゃなくて、いろいろ言ってた中でたまたまそれだけだったんだよね。もちろんうちらがいないとこで言ったわけじゃなくて、『（軽い感じで）すみません、さすがにあの漫画の話はカットで』っていう感じのノリで言ってたら、『何をー！』ってなって（笑）。拾った服を着た瀧が（笑）」

一同「（爆笑）」

瀧「『じゃあ裸で暮らせって言うのかよ！（笑）』」

卓球「ローソン[2]の店員が着てる服で（笑）」

瀧「拾ってたなあ、昔。ビデオとか拾ったりしなかった？」

●もちろん。

卓球「これ話したっけ？　ゴミ捨て場に業務用のテープが山ほど落ちてたって」

瀧「ベーカム[3]が山ほどあって、『これもしかしたらAVの制作会社が素材のテープ捨てたんじゃねえの？』っつって拾って（笑）」

●中身はおいしいはずだっていう（笑）。

瀧「中身はそういうもんだろうと思って観たら、石の静止画がずーっと入ってた」

一同「（笑）」

瀧「石碑がずーっと映ってたりとか（笑）」

卓球「素材ビデオだったんだ（笑）」

2 ローソンの店員が着てる服：ローソンの制服は、白と青のストライプがタテに入っているのが特徴。

3 ベーカム：正式名称はベータカム。業務用、放送用の高画質ビデオ。

瀧「そうそう。完全にほんとにマジメな素材ビデオだった（笑）」
卓球「石碑が延々（笑）」
瀧「『この静止画は何かで使えるかも……ハッ、何言ってんだ、俺！』（笑）」
卓球「ははははははは！　タダで手に入れたもんを、またさらに利用しようとしてるっていうさ（笑）」
瀧「この拾った骨、煮れば出汁が出るかもっていう（笑）」
一同「（笑）」
●1回俺、引っ越したばっかりで家具がなくて、ハタチぐらいの時に高円寺[4]の道歩いてたら、濃い紫のベルベットのソファがいくつも置いてあってさ。で、ベルベットのソファの上にガラスのテーブルが置いてあってさ。で、こりゃいいやと思ってさ、家に持って帰ってさ、すっげえおしゃれな応接セットができたと思ってさ、その翌日かなんかに、その商店街のもうちょっと先行ったらさ、ピンサロ[5]が閉店してて（笑）
一同「（笑）」
瀧「なるほど！」
卓球「みんなそこで射精してるし、肛門とかべったりついてる応接セット（笑）」
瀧「ケツ出して座ってるとこじゃん（笑）」
●ピンサロのソファほど染み込んでるもんないもんね（笑）。
卓球「一番いやだね、それ（笑）」
瀧「でも昔、燃えないゴミの日とかさ、山って感じでけっこういいもんあったよね」

4 高円寺：東京都杉並区の町。ミュージシャンや演劇関係者などが数多く暮らす。ライヴハウス、飲食店、風俗店、中古レコード店、古着屋などが密集し、独特な文化を形成している。毎年8月下旬には阿波踊りが行われる。

5 ピンサロ：正式名称はピンクサロン。表向きは飲食店だが、性的なサービスが主要な業務内容。

卓球「よく、骨董品屋とかそういうのでさ、明らかに死んだ人のコレクションとかあるじゃん、レコードのさ。その店にそぐわないさ、すごいマニアックなレコードとかが二束三文で並んでて、『お、見っけ！』とか思うんだけど、明らかに遺品っていうさ（笑）」
●あるあるある（笑）。
卓球「仏像の横にキリング・ジョーク[6]とかさ（笑）」
瀧「ボロ市とかも普通に昔の写真とか、普通の家の家族の集合写真とか売ってたりするよね。誰買うんだ、これ？っていう。それを見てる俺も俺なんだけど（笑）」
卓球「死んだ人の靴とかは履けないだろ」
●そうだよね。靴は無理。
卓球「中古のベッドとかも嫌だよね」
●でも、俺、ほんと金ない時、中古のベッドのマットだけを拾って。で、ビールの1ダースケースを下の台にして、その上にマットのっけて。
卓球「マットはやだねえ」
●でもどうしてもベッドに寝たいっていう（笑）。
瀧「なるほどね」
卓球「35過ぎの男だけ集まって、お互いの枕を持ち寄って、ジャンケンで負けたら嗅ぐっていうのもすごいやだよね（笑）」
瀧「なんの話だよ（笑）」
卓球「加齢臭[7]のさ。あと、お互いの電気ヒゲ剃りのここ（刃のところ）を嗅ぐ（笑）」
瀧「ああ、電気ヒゲ剃り。確かにね」

6 キリング・ジョーク：78年にイギリスで結成されたロックバンド。ノイジーなサウンドが特徴であり、後のインダストリアル・ミュージックに多大な影響を与えた。

7 加齢臭：中高年の男性が放つ独特な体臭。皮脂や汗が酸化することによって発生するノネナールという物質が原因。運動不足、脂質を多く含む食事を好む中高年男性に発生しやすい。若年層の皮脂や汗にはノネナールがほとんど含まれないため、中高年特有の体臭となっている。

●でもヒゲ剃りとか枕の臭いって、とりあえず引き込まれるじゃん、数秒間。
一同「(笑)」
卓球「あと、自分も例えば35ぐらい過ぎると、加齢臭は自分も出る臭いだってわかると、気を許して逆に落ち着いたりするよね(笑)」
●そうそうそう!(笑)。
瀧「臭いのわかってんのに(笑)。でも加齢臭もギンギンするよね。ほんとに」
卓球「うん」
●自分でする?
卓球「自分でするよ」
瀧「枕とかだってするでしょ? あと、自分の洋服ダンスをパカッて開けた時に、ほわ~んって(笑)」
卓球「あと、地方とか行ってて自分ちで寝ないで、ホテルで何泊かしてて、自分ち戻ってきて自分のベッドで寝た時に、『うわ、いない間に誰かおじさんかなんか寝た! あ、俺か!』っていう(笑)」
一同「(笑)」
卓球「間男[8]かなと思うっていう(笑)」
瀧「『眠りこけてたのか、ふてえ野郎だ!』って感じで(笑)」
卓球「加齢臭はどこから出てるんだろうね」
瀧「耳の後ろとかじゃないの?」
●でも、そっから出るっていうこと自体がさ、動物が発するなんかの信号って感じがするよね。成長過程においていろんなメッセージをこっから出してる感じでしょ。

8 間男:既婚女性、特定の男性と恋人関係を形成している女性と性的関係を結ぶ男性のこと。夫、恋人の男性が突然やってきた時、洋服ダンスやベッドの下に隠れるのが、映画やTVドラマなどでの間男のお約束となっている。

瀧「でも、男の生き物として活きがいいとき、要するにピークを過ぎてからそうなるわけじゃん。男の加齢臭のピークが下り坂になったら出るっていうさ、その終わりの合図じゃないけど、なんだろうね。エンディングテーマっていうか、長い（笑）」
一同「（笑）」
●確かにね（笑）。
卓球「あと、足の親指の爪のとこの垢とかさ、銅板の臭いがするじゃん（笑）」
瀧「ツーンとするやつね。あれも嗅ぐでしょ、だって。臭いで楽しもうみたいな時ない？ やっぱり臭い！っつって（笑）」
卓球「鼻かんだ後、（ティッシュを）開いて見ちゃうのと一緒だよね、確認作業っていうか」
瀧「クソ拭いて見るのとか」
卓球「ウォシュレット使うようになってから、クソ拭いたの見なくなった」
道下「ええ!?」
瀧「俺、見るよ」
道下「見るでしょ。もしかしたらまだ残党組がって（笑）」
瀧「別部隊がいるかもしれない（笑）」
卓球「今のモーニング娘。[9]みたいな感じでしょ。オリジナルメンバーはもうひとりもいないけどね（笑）」
瀧「今、パッて議題が一瞬頭に浮かんだんだけど、くだらなすぎて引っ込めたんだけど、最近、クソって浮かなくねえ？っていう（笑）」
卓球「はっはっはっはっはっはっはっはっ！」

9 モーニング娘。：つんく♂プロデュースで97年に結成された女性アイドルグループ。メンバーの加入、脱退の動きが激しく、別ユニットでの活動も度々行われるため、熱心なファン以外が全体像を把握するのは難しい。

瀧「昔もうちょっとクソって浮いてた感じがするんだけど」
●わかる！　昔、もっと流木みたいだったよね。
瀧「そうそう。浮いて水洗の湖面にプカーって（笑）」
●最近、1回も浮かないってことでしょ。
瀧「そうそう。最近1回も浮かないなあと思って」
卓球「『浮かない顔してるな？』って（笑）」
瀧「浮かない顔してるよね、最近。『どうした、浮かない顔して？』（笑）」
●水中にさ、スルスルスルって入ってく感じだよね、最近は。昔はもっと勢いよくダイヴして、ポチャンッて入って浮かんでくる感じだったのが。
瀧「なんならもう、沈んだ勢いでまた浮かんでくるっていう、シンクロって感じだったのが。あの、潜水艦がバーンッて出てくる感じの（笑）」
卓球「あっはっはっはっは！」
●ってことはさ、ちょっと柔らかいでしょ、前よりも。
瀧「そうかもね。柔らかすぎて、クソの表面がちょっと毛羽立ってる時がある。クリーム絞ったらちょっと毛羽立つじゃん。あの感じっていうか（笑）」
卓球「固体と液体の中間みたいな、外壁は（笑）」
瀧「そうそうそうそう！」
●っていうかさ、中学の頃ってさ、すっげえ硬いウンコした時に大きさといい色といい、硬さといい形といい、勃起したチンポとそっくりだと思ったじゃん。確かに最近は出てくるウンコの硬さが、今の自分の勃起したチンポの硬さに似通ってんだよ。

瀧「チンチンの硬さとクソの硬さは比例するってこと？（笑）」

一同「（爆笑）」

瀧「『えー、今回の研究の発表をしたいと思います。驚くべき衝撃の事実が！　だからクソが浮かないのか！』（笑）」

●そう！

瀧「『なるほど！』だって（笑）」

卓球「スタンディングオベーションで（笑）」

●だからちょっと寂しい感じがするでしょ。浮かないウンコが出ちゃった時に。

卓球「浮いてこそウンコっていう（笑）」

瀧「硬くてガッとなってて欲しいのに、柔らかい毛羽立った感じが、しゅるしゅるしゅるって沈んでる、カエル[10]の卵じゃないけどそういう感じの（笑）」

●衰えを感じるよね（笑）。

瀧「『タガメ[11]の巣かな？』って感じの（笑）」

卓球「用水路のとこにある感じだろ（笑）」

瀧「っていうような趣を醸し出してる時があんのよ、ほんとに。マジで（笑）。昔はもっとコンコンッとした感じで。いい色艶」

卓球「あっはっはっはっは。どこに出しても恥ずかしくない（笑）」

瀧「茶色もクレヨンの茶色みたいな。最近、色もクレヨンの茶色からもうちょっと黄色に寄っ

10　カエルの卵：透明の細いチューブ状の被膜の中に大量の卵が詰まっている。

11　タガメ：水生昆虫の一種。カメムシの一種であり、姿形がよく似ている。タイ、台湾などでは食用にされる。

てるっていうか、そんなだもんね。要はこっちの機能も衰えてるわけじゃん。っていうことだよね」

●ほんと明らかにそうだよね、ウンコ。仕事が全体に投げやりになってる感じ（笑）。

瀧「中のラインがでしょ」

卓球「たるんでるんだ（笑）」

瀧「まったくの同感だね（笑）」

●俺と瀧がここまで意気投合したことは、未だかつてなかったね（笑）。

瀧「もう今のクソの硬さと勃起の硬さが比例するっていうのは、すばらしいと思う！」

5月号

卓球「瀧ってさ、こういうとこ到着した時とかさ、必ず『プシューッ』みたいな感じでくるよね（笑）」

瀧「マジで？」

卓球「うん。『シュー』とかさ、『ふぇ〜』とかさ、オヤジだよ、ほんと」

瀧「『プシュー』って言うの？ トラック[1]と同じ理屈ってことでしょ、止まる時『プシュー』（笑）」

卓球「言うよね、必ず『プシュー』だよね」

道下「はい」

●これぐらいの歳でそういうのやりまくる人間と、まったくやらない人間がいるよね。

卓球「っていうか、昔からやってたけどね。『うぃー』とかさ」

1 トラックと同じ理屈：トラックなどの大型車は重量が重いため、通常の乗用車などで用いられるフットブレーキだけでなく、補助ブレーキも搭載している。補助ブレーキの代表的なものは排気ブレーキ。トラックなどが止まる時のプシューッという音は、この排気ブレーキから出ている。

瀧「『うへー』とか、『あー、かったりぃ』とか言っちゃう感じ（笑）。今も言ってた？」
卓球「うん、言ってたよ、『ぷしゅー』って」
瀧「マジで？」
卓球「ぷしゅー、登場（笑）」
瀧「ザク[2]って感じの（笑）」
●ははははは。
卓球「昨日、花見だろ？」
瀧「花見」
卓球「すんごい寒かったろ」
瀧「ゲキ寒で、みんな途中で座れなくなって、寒くて。みんな立ちになって、12時前ぐらいに『もうやめよっか』っつって、やめて。寒いんだもん、だって」
●あ、そっか、夜やるもんね。
瀧「夕方ぐらいからやってたんだけど」
卓球「今日明日、金土だと混むからでしょ」
瀧「いや、今日明日だと俺が仕事でいけないから」
卓球「お前の都合で全員寒い思いをして、もう花見どころじゃないよね」
瀧「じゃないって感じ、ほんとに。なんのためにやってんだろう？っていう」
卓球「もうギブって感じでしょ（笑）」
瀧「みんなもう、終われないって感じで」
卓球「『瀧さん、もう帰っていいですか!?』だって」
●和田アキ子[3]の誕生日みたいになっちゃってね（笑）。
卓球「『すいません、帰っていいですか？』だっ

2 ザク：79年のテレビアニメ『機動戦士ガンダム』に登場するモビルスーツ。

3 和田アキ子：歌手。68年に〝星空の孤独〟でデビュー。芸能界の首領「ゴッド姉ちゃん」と呼ばれていて、彼女の誕生会には多数の芸能人が集う。参加するとなかなか帰らせてもらえないことを、多くの後輩芸能人たちがネタにしている。

て（笑）」
瀧「幹事の奴が、てっぺん[4]前ぐらいに『瀧さん、もういいんじゃないですか？』って言って、『ぜひここは瀧さんの口から言わないと、みんな帰れないんで、言ってください』『わかりました』っつって、『帰りましょう、みなさん』って」
卓球「昨日、夜、外に飯食いに行ってさ、店出たらもう凍えるぐらい寒かったじゃん。ピューッ。花見だって（笑）」
瀧「キンキンに寒くてさ、途中、電話かかってきて、『これから向かいます！』みたいなのでさ、『絶対、来ないほうがいいですよ！』っつって。『今、建物から出ちゃダメですよ』っつって（笑）」
卓球「皇帝ペンギン[5]って感じだよな。全員で身を寄せ合って（笑）」
瀧「ドキュメントフィルムって感じだった、マジで」
卓球「『八甲田山』[6]（笑）」
瀧「ほんとに、シベリア抑留の模様を再現って感じで（笑）」
卓球「昨今の桜の歌ブームと真逆のとこにあるよな。♪こな〜ゆき〜[7]だろ、似合うのは（笑）」
瀧「桜の花びらを雪に見立てながら（笑）」
卓球「桜の歌で一番似合うのが、〝同期の桜〟[8]って感じだもん（笑）」
道下「（卓球が）来ないかなと思ったんですけどね」
卓球「行くわけないじゃん！　昼間に川辺から電話があって、『何時ぐらいに行くの？』って

4 てっぺん：業界用語で深夜0時の意味。

5 皇帝ペンギン：皇帝ペンギンは極度の寒さになると身を寄せ合って温め合う習性がある。

6 『八甲田山』：77年に公開された日本映画。雪中行軍の訓練中に多数の兵士が遭難死した1902年に起こった実際の事件を描いている。

7 ♪こな〜ゆき〜：レミオロメンの8thシングル〝粉雪〟の一節。05年11月リリース。

8 同期の桜：日本の軍歌。《貴様と俺

言うから、いや、俺は今日やめとくって言ってたんだけど、その後、夜になってあの天気じゃん。『うわ、行かなくてよかった～』と思ってさ（笑）」

道下「って思ってんだろうなって思ってました（笑）」

卓球「『行かなくてよかった～』、プラス、『でもやってねえだろうな、これじゃ』と思ってた。やるわけねえよなって（笑）」

瀧「がっちりやってたよ」

卓球「昨日、あれでやってたのはすごい。（道下に）最後までいたの？」

瀧「ミッチー、いつの間にかいなくなってた」

道下「いやいやいや（笑）」

卓球「いつの間にかいなくなって、隅っこで冷たくなってただって。『ミッチー！　ミッチー!!』（笑）」

●ほんっと嬉しそうだよね、人が辛い目に遭ってんの（笑）。

卓球「しかも俺、昨日の夜、すごいうまい焼肉屋に行ってて、すごいうまくて店出た時、ピューッてなって『やってんのかなあ？　ウッヒヒヒヒヒ』って（笑）」

瀧「『いい気味、いい気味』だろ（笑）」

卓球「ジューッてやりながら（笑）」

瀧「桜もそんな咲いてなかったしね」

●そうなんだ（笑）。

卓球「桜もビビるってやつだよ。『えー、今日!?』（笑）」

瀧「周りもちらほらいたけどさ、みんな身を寄

とは同期の桜》という歌詞が有名。44年ごろ流行した。

せ合ってって感じで」
卓球「で、一夜明けてこれ（晴天）でしょ」
●やっぱ今日、激変って感じだよね。[9]初回のフジロックって感じだよね（笑）。
一同「（笑）」
瀧「ごめん、初回のフジロックよりはマシ」
卓球「あっはっはっはっは！」
瀧「そんなではないよ！　何言ってんだよ、ぁれよりはマシだって。あれ超えちゃまずいよ、行楽で（笑）」
道下「しかも有志なのに（笑）」
瀧「やめりゃいいだけの話だもんね」
卓球「近所だしな（笑）」
瀧「何目的だよって話でしょ、だって（笑）。こないだ、キューンにいたらちょうど[10]配本の人がバーッてジャパンを置きにきてるところで、会ったら『瀧さん、今月はすごかったですね。久しぶりにウンコ話が炸裂で』って（笑）」
●嬉しそうに話してた？（笑）。
瀧「そう。『今月はきましたね』だって（笑）。女の人が何言ってんだろうなと思って」
●あいつ好きなんだよねえ。しっかし、読者の引きっぷりはすごかった。
卓球「えっ、引くようになったの!?」
●引くねえ。
瀧「引くの？」
卓球「世代交代だね」
瀧「引くっていう反応はだってわかんないでしょ、別に」
●いや、アンケートのよかった記事っていうの

9 初回のフジロック：97年に行われた第1回フジロック・フェスティバルは初日の7月26日に台風が直撃。豪雨の中、観客が泥だらけになりながら寒さで震えていた光景は、まるで災害地のようであった。2日目は荒天のため中止。

10 配本：ロッキング・オンでは刷り上がった雑誌を、関係のあるレコード会社などに直接配りに行く。

が、前だったらこれは爆発してたわけよ。ところがなんかね、引き気味なんだよ。

卓球「表紙誰だっけ？」

●細美[11]くん。

卓球「彼はウンコ系ではないの？」

●まったくない！（笑）。

卓球「ウンコ歌わない系？（笑）」

一同「（爆笑）」

●歌わない系！　歌ってるミュージシャンには申し訳ないけど（笑）。

卓球「糞尿NG系？（笑）」

瀧「引くんだ。へえ〜。『へえ〜』って言っても、そりゃそうかって感じだけど（笑）」

道下「誰が表紙なら反応がいいんだって話ですよね（笑）」

卓球「ウンコが引きになるアーティストの時に蔵出しって感じで（笑）」

瀧「ウンコが引きになるアーティストは表紙になんないよ。どうしたいんだよ、その雑誌って感じ。あと、誰だよそれ、ウンコOKの表紙の奴って（笑）」

卓球「（笑）。そういえば、先月さ、アゲハ[12]でライヴやって、リハでまたスタジオ入ってたのね。あそこってキューンの連中がみんな使う冷蔵庫があるじゃん。で、こいつがさ、冷凍庫開けたらハーゲンダッツのアイスクリームが入ってて」

瀧「クリームサンドみたいなやつね」

卓球「で、瀧が『ミッチー、これ食っていい？』『ダメですよ！　人の物を』っつって」

11 細美くん：細美武士。ELLEGARDENのヴォーカル&ギター。ELLEGARDENが休止中の現在、the HIATUSで活動している。

12 アゲハ：東京都江東区新木場で営業しているクラブ「ageHa」。

道下「前のバンドが入れた飲み物とか食べ物とか入ってるんですよ」
卓球「『ダメですよ、人のものを。それにいつから入ってるやつかわかんないですよ。賞味期限切れてんじゃないですか?』なんつってやりとりしてて。で、俺が『そういえば、アイスって賞味期限ないだろ』っつって。実際、ないの。俺、テレビで観て知っててさ。でも『ありますよ~』なんつってて」
道下「『絶対ある!』っつって」
瀧「『食いもんですよ?』っつって」
卓球「『絶対ないって。じゃあさ、ここネットあるからネットで調べて賭けようぜ。もしほんとに賞味期限がなかったら、往復ビンタね』って冗談で言ってさ」
道下「『え、なんでビンタなんすか? 絶対やだ』とか言って」
卓球「で、調べて」
瀧「俺はもうアイス食べ出してて」
一同「(笑)」
卓球「んで、見たら、『アイスクリームに賞味期限はありません』ってページがあって、『ほらー、ミッチー!』『ええ~、でも食べものだし』」
瀧「『2年も3年も経ったやつは食べないでしょ~』」
卓球「そしたら向こうでアイスを食べ終わった瀧がツカツカツカッてきて、パチンッパチンッて叩いて、頬を(笑)」
道下「『痛ー!』(笑)」

瀧「『うわっ！』っつって（笑）」
卓球「20年ぶりだっけ？」
道下「20年ぶり。高2のあたりに先生にビンタはられた時以来って感じで（笑）」
瀧「こっち（手のひらのほう）はスパーンッていったんだけど、こっち（手の甲のほう）はあんまやんないじゃん。こっちやる時ミッチーがこうやってうずくまったから、そこをこっちで追いかけながら（笑）」
●ハハハハハハ。
卓球「で、その後ミッチー、瀧が怖くなっちゃってな（笑）」
瀧「手を出すんだ、この人っていう（笑）」
道下「2日ぐらいちょっと怖くなっちゃって（笑）」
卓球「ハッハッハッハッハッハッ！」
道下「動物的勘で殴られるかもしれないっていう（笑）」
瀧「あいつは殴るんだっていう（笑）。噛む動物だったって感じでしょ」
卓球「俺も冗談で言ってたから、まさかほんとにやるとは思わなくて。で、結局こいつ、誰のかわかんないアイス食って、人殴ってっていうさ（笑）」
瀧「別に俺が約束したわけじゃないのにビンタ」
道下「ここのふたりのやりとりなのに（笑）」
瀧「もうグジュグジュ言ってたから、『あー、もう！』、パーンッ、パーンッて。『アイスおいしー！』だって。アイスも手に入れたし、ビンタもできた（笑）」
●でもビンタはないよ。しかも往復ビンタ（笑）。
道下「ちょっと上がったって言ってましたよね、瀧さん（笑）」
瀧「上がった、ほんとに。軽く勃起したもん、だって（笑）」
●あははは。またここで読者サーッと引くなあ（笑）。
道下「初めてビンタはられましたよ、仕事中に（笑）」
瀧「しょうがないよだって、賞味期限ないんだもん」
卓球「いや、ずっと俺黙ってたんだけど、『厳密に言うとあります』って書いてあった（笑）」
一同「（爆笑）」
道下「あるに決まってんじゃん！」
卓球「基本的に冷凍されてるもんだし、ないんだけど、さすがに30年前のアイス食う奴はいねえだろっていうことで。だから今、ミッチー、瀧にビンタはっていいよ（笑）」
瀧「全然いいよ。また殴り返すだけだから（笑）」
●暴力が出たんだ（笑）。
瀧「暴力が出て現場が締まった」
一同「はははははは！」
卓球「恐怖政治（笑）」
瀧「そう（笑）。キュッと締まった」

6月号

卓球「俺この前、瀧をアザだらけにしたけどね

（笑）」
瀧「こいつさあ、最悪！」
●なになに？
瀧「とりあえずスタジオで作業終わって、飯食い行こうっつって、焼き肉屋でみんなで飯食ってたの。で、そこでけっこう飲んじゃって、途中からなんだかわかんない朝鮮人参の酒とかもガンガン飲み始めて。で、そこを出て、もう1軒行こうぜってなって、この近くあんま店ないから、知ってるカフェがあるからそこ行って飲もうっつって、そのカフェに行って。そこでも何杯も飲んでたらもうベロンベロンになって。お開きかな、そろそろ、と思ってたら、こいつが『あ、そういや今日さ、フミヤ[1]がパーティやってるから行こう！』っつって」
卓球「田中ね（笑）」
瀧「『あいつ今日、とことんやるみたいなパーティの日だからそこ行こうぜ！』っつって、みんな『えー!?』って思ってたんだけど、『行こうぜ！　行こうぜ！』って言うから、『じゃあいいよ、行こう』っつって、スタイリストの車の後ろに俺とこいつが乗って、ブーッて現地まで走ったら、こいつその中でも酔っ払ってキャッキャ言っちゃってさ。で、『瀧！　瀧！』って言いながら、俺の、この二の腕の内側の柔らかいとこあるじゃん、ここと内ももの柔らかいとこを、ニーッてやって『痛たたたた！』って」
卓球「静岡弁で柔らかいことを『みるい』って言うんだよ。『お前、みるいとこはやめろ！

1 フミヤ：田中フミヤ。テクノDJ、アーティスト。『メロン牧場』で出てくる「フミヤ」は、特別な断りがない限り、藤井フミヤではなく、田中フミヤ。

みるいとこはやめろ！』（笑）」
瀧「『みるいとこ！　みるいとこ！　痛たたた、痛い！　痛い！』って言って」
卓球「『みるい！　みるい！』だって（笑）。それがまた俺、すげえおもしろくって」
瀧「でもほんとに全力でギューッてやるから、『ギャ――――ッ！』て感じで（笑）」
卓球「あはははは！『ギャーッ！』て、それがまたすげえおもしろくて、ギュウギュウやってて」
瀧「そしたら俺、痛くて汗びっしょりになっちゃってさ、ほんとに。痛みに耐えてて。汗ダラーッ、『痛ー！』ってなって、もう途中で、こいついい加減にしろと思って、頭ガツーンッてやって、『痛い痛い痛い』とか言ってて、またギューッてやるから『ギャーッ』ていうのをずーっと（笑）」
道下「何やってんだ（笑）」
卓球「で、お前、家に帰ったらな（笑）」
瀧「パーティが終わって帰ったのよ。で、風呂入るかっつって、バーッて脱いでたら、嫁が『それどうしたの!?』っていうからパッて見たら、ものすげえ青アザがここにバーッてあって。こことかもう宝の地図って感じでほんとに（笑）」
卓球「ジ[2]・アザー・トゥーだろ（笑）」
瀧「そうそう、ジ・アザー・トゥー、ほんとに。アザがふたつで（笑）」
一同「（笑）」
瀧「それでものすごいアザがついてさ、それ見

2 ジ・アザー・トゥー：ニュー・オーダーのメンバー、スティーヴン・モリスとジリアン・ギルバートが90年頃より始動させたユニット。ニュー・オーダーは卓球に多大な影響を与えたイギリスのニューウェイヴ・バンド。

たら一緒に入ろうと思ってた子供がさ、『お父さん、それどうしたの?』って言って、『あ、これはちょっと……言えない!』って感じで、子供には(笑)。『うん、これ、お父さんね、あの、ちょっとケガしちゃった、転んで』っつって」

卓球「で、次の日スタジオ来て、『お前なあ、子供に言えねえことすんな!』だって(笑)」

一同「(爆笑)」

瀧「マジギレ(笑)。『ダメ! お前はほんとに。子供に言えないことしちゃダメ!』っつって。すごかったんだって、ほんとに! しょうもないでしょ。ンフフフフ」

●何をしてんのかね(笑)。

卓球「つねりとビンタが横行する職場(笑)」

瀧「生傷ありって感じの(笑)。びっくりですよ、ほんとに」

道下「怖い、何が起こるかわかんない(笑)」

卓球「気が抜けない。それが締まったってことかな?(笑)」

道下「確かに、常に締まってる(笑)」

瀧「いやあ、驚きだよ、ほんとに。ダメでしょ?そんなことしちゃ」

●あり得ないよ(笑)。

瀧「40過ぎて何やってんだと思ったもん、俺、鏡見ながら。まあ俺じゃないんだけど、やってんのは」

卓球「傷害だもんな(笑)」

瀧「何これ?と思って。バンドがバンドなら解散だよ。そんなことするバンドねえわと思って(笑)」

卓球「解散の理由、インタヴューとかであんまり言えない感じのな。『あいつ、つねるんだよね！』。痛いから辞めるだって（笑）」

瀧「デカい字で、『あいつ、つねるんだよ』って（笑）」

卓球「『みるいところをつねるんだよ』（笑）」

瀧「読者、キョトーンだって。今月は買わなくていいやだって（笑）」

卓球「あ、全然関係ない話なんだけど、卓球のホームページにメールがきて、ある大学生からすっごい丁寧な文章で、『先日、初めて友達と大学のサークルでパーティを開いて、DJをやりました。音楽の楽しさに目覚めてしまい、CDJ[3]が欲しいなと思いました。ただし、残念なことに僕たちは働くということに関してアレルギーがあり、どうしてもバイトをしたりして買うことができません。僕たちが考えた結果、石野卓球さんのようなご職業をされている方でしたら、新製品を次から次へと入れて、クローゼットの肥やしになっているCDJがたくさんあるはずですので、つきましてはそれを譲ってください』（笑）」

●はははは！

道下「丁寧な文章なんですよ（笑）」

瀧「『いただけないでしょうか？』って（笑）」

●すごいなあ！（笑）。

卓球「もちろん今使ってるやつとは言いませんよ、型落ちでいいんで（笑）」

瀧「使ってないやつ何台かあるでしょ？　それをくださいと。理由は、『僕たち、働くという

3　CDJ：アナログのレコードプレイヤーに近い操作方法で曲の頭出し、スクラッチなどを行えるDJ用のCDプレイヤーのこと。ピッチやテンポを変化させることもできる。パイオニア社の商品が有名。

言葉にアレルギーを感じるので』（笑）」
卓球「新しい！　それは（笑）」
●すごいねえ。
瀧「うん、ゆとり教育もここまできたよ（笑）」
●体罰しかねえって感じだよな（笑）。
瀧「ほんとに。こっちを見てみろと、アザを見せて（笑）。これだぞと」
●こうやって稼ぐんだぞと（笑）。失礼な奴だなあ、でも。失礼っていうか、怖いね、ちょっと。
瀧「失礼だと思ってない人いるじゃん。『いいところに気がついた』っていう感じの」
卓球「他のＤＪのところにもいってんじゃねえかなと思ってさ」
●返信したの？
卓球「してないでしょ？」
道下「してない」
卓球「する必要ないでしょ、そんなの」
道下「『申し訳ありませんが』って（笑）」
瀧「『お役に立てません』（笑）。こいつからそれがメールで送られてきて、その子たちのブログのページがあるのね。楽しそ〜にやってんだよ、20人ぐらいでパーティを」
卓球「レンタルスペースみたいなとこで（笑）」
瀧「『イエーイ！』って感じで（笑）」
卓球「そこで盛り上がる感じっていう。『卓球だったらくれんじゃね？』みたいな。『あいつ余ってっしょ！』みたいな（笑）」
瀧「『何台もあるでしょ！』みたいな」
卓球「『いきなりクラブで会って、それくれっていうのもあれだから、一応丁寧に文章書けばさ、なんとかなんじゃねえの?』っつって(笑)」
道下「『送ろう送ろう!』だって(笑)」
瀧「考え方としては、小さくなった消しゴムをくださいみたいな感じだもんね、だって。ノリとしてはそのぐらいだと思ってるっていう(笑)」
●大学生でそれってすごいね。それが小学生ぐらいだと、逆にちょっと送ってやってもいいかなって感じだけど(笑)。
卓球「うん、あげようかなって感じだけど。そしたら今度、同じ奴から『ボクは～』とか小学生を装って送られてきたりして(笑)」
●ゆとり教育の弊害だよね(笑)。
卓球「まさにでも、その世代でしょ」
道下「そうじゃないですか? 今20歳前後ってことでしょ」
瀧「暴力、暴力、解決策は」
卓球「戸塚ヨットスクール[4](笑)」
(瀧、手錠でガッツポーズ)
卓球「それ捕まった時の? 手錠でガッツポーズ(笑)」
瀧「『大丈夫だから』っていうアピールな(笑)」
卓球「満面の笑みで(笑)」

7月号

卓球「遡るんだけど、去年(08年)の暮れにさ」
瀧「ある日さ、こいつからメールが送られてきたんだよ。それにMP3が貼り付けてあって、これなんだろうなと思ってパッて聴いたら、

4 戸塚ヨットスクール:76年に創立されたヨットスクール。ヨットの訓練を通じて人格形成を行うことを目的としている。極めて厳しいスパルタ教育を行っていて、非行少年や不登校児を更生させる施設としてマスコミに華々しく取り上げられていた。しかし、訓練生の事故死、体罰死が発覚。83年に戸塚宏校長ら、関係者が逮捕された。連行される戸塚校長は、報道カメラに向かってガッツポーズをした。

1 オールナイトロング:電気の前身バンド人生の代表曲。〈金玉が右に寄っ

“オールナイトロング”[1]なんだよ、人生の」

卓球「《金玉が右に寄っちゃった》っていう」

瀧「あの曲が貼り付けてあって、聴いたこともないアレンジになってて、あれ?と思って。で、ちょうどその頃、盤作ってたからさ、これを入れようって意味なのかと思って。ボーナストラックかなんかで。で、いいじゃんいいじゃんって思ってたら、その後こいつから電話がかかってきて、『これ、ある奴から送られてきた』っつって、そのある奴っていうのが」

卓球「DJ OZMA[2]が今度ラストアルバムを出すんで、それに“オールナイトロング”のカヴァーを入れたいっつって。で、カヴァーするのは別に許可いらないじゃん、変えない限りさ。だから、ほんとはこっちの許可なんかなくて出せるんだけども、向こうはエイベックスなんだけど、律儀にこういうの出しますんでって言ってきてくれたのよ。で、もう完パケてて、ちなみにこういうものですっつって送ってきて。で、キューンの人からそれに関してちょっと相談があるって言われて聞いたら、実はあの曲、著作権登録されてなくて(笑)」

●そうなの!?

卓球「『あ、そう!?』みたいな感じでさ。でも、それってナゴム[3]のやつだからしょうがねえかなと思ったんだけど、瀧がベートーベンでやってるよなと思って」

●確かに。

瀧「ピエール瀧とベートーベン[4]であの曲やって、DVDで出てるのね、ライヴ盤で」

ちゃった》というフレーズが何度も繰り返される。

2 DJ OZMA:06年にデビューした男性アーティスト。氣志團の綾小路翔とは別人物。

3 ナゴム:ナゴムレコード。ミュージシャン、劇作家のケラリーノ・サンドロヴィッチが主宰していたインディー・レーベル。有頂天、ばちかぶり、人生、筋肉少女帯、カステラ、たまなどのレコードをリリースしていた。

4 ピエール瀧とベートーベン:03年10月10日、新宿リ

卓球「で、売ってるからそれはもちろん向こうのエイベックスの人もさ、当然登録されてるもんだと思うじゃん、著作権が。で、『登録されてないんですけど、エイベックスからこういう話がきたんだけど、どうしようか今困ってて』みたいな話で。じゃあ登録したらいいんじゃないですかっつったら、ネックが、〝クラリネットをこわしちゃった〟って曲あるじゃん、♪どーしようっていう。あれが[5]半分入ってるから人の曲なんだよ、要は。で、それがあって登録してなかったっつって、じゃあ今から登録すればいいんじゃないのっつって。しかも、OZMAのほうも発売がすごい迫ってて、もうギリだったんだよ。で、その〝クラリネットをこわしちゃった〟を調べたら、曲はフランス民謡かなんかで、もちろん著作権の権利は切れてんのね。ただ、それの日本語訳っていうのがあって、それを訳した人がいるから、その人の許可がいるっつって。で、その人のところに、『すみません、あなたが訳したものに金玉のせてみました』っつって（笑）」

瀧「いいっすかあ？っつって（笑）」

卓球「でも聞かなきゃしょうがないから、一応聞いてみてよって話になって、まさに♪どーしようになってて（笑）。で、もしかすると最悪の場合、もう無許可で売っちゃってるから訴えられるかもしれないって言われて。で、俺、『えー!?』じゃん、そんなの。16歳の時に作った曲でさあ、41になって訴えられるとか言われてもって話じゃん。殺人でも時効じゃん、そん

キッドルームでライヴを行ったピエール瀧のスペシャル・バンド。この時の模様は、04年12月にリリースされたDVD『ピエール瀧 presents COMIC牙 デラックス／ピエール瀧とベートーベン LIVE at LIQUID ROOM』に収録されている。

5 あれが半分入ってるから：〝オールナイトロング〟の一部で、〝クラリネットをこわしちゃった〟のメロディと日本語詞を引用している。

なのさ。でも金玉で大騒ぎって感じになっちゃって」
瀧「平成の金玉裁判（笑）」
卓球「金玉裁判かもしれないとかって言われて、でも俺何もしてないのに！って感じじゃん。しかもすごいのが、16歳の時に作って、41になって初めて発覚した事実が、オリジナルのクラリネットの歌詞がきたんだけど、歌詞間違ってんの、俺（笑）。で、間違ってたから、そこはいいと。その♪どーしようっていう部分だけなのね。で、その部分だけだから、OZMAさんのほうに言って、そこを歌詞を変えてもらってっていうのはどうですか？って言われて。いやいや、ちょっと待ってっつって。それって筋が違うっていうかさ。確かにパクったのは俺だけど、向こうもなんでそこで変えなきゃいけないの？って話じゃん」
瀧「こっちも直すんで、そっちも直してください（笑）」
卓球「そうそうそう。むしろそれはOZMAのほうにも失礼っていうかさ、こっちの不手際でそんなこと言ったら。で、それはないでしょって言ってて、結局、もうマスタリングに間に合わなくて、それカットになって。向こうからの返答がこないから。で、どうなるかまだわからないからみたいな感じになってて、訴えられるかもしれないとかなってて。で、それで訴えられても、何億円とかって絶対ないじゃん。だったらそれおもしろいからいいかって思ってたら、向こうからの返答で、『もう二度とこれはリリースしないでください』って（笑）」
●あはははははは！
卓球「『私の訳したものに金玉をのせるな』って言われてさ。で、なんかわかんないけど、どうもすいませんでしたって感じになってさ（笑）。すげえ貧乏くじ引いたの俺っていうかさあ。まあ、パクっといて言うのもあれだけどさ」
瀧「まあ、巻き込まれたのはOZMAだよね（笑）」
●ほんとだよね。
卓球「ほんとにそれ、悪いなって感じでさあ。で、こっちから『先日の金玉の件はすいませんでした』って言うのも（笑）」
瀧「金玉ダメでしたっつって（笑）」
卓球「そうそう。金玉を中心にさ、エイベックスとソニーと2大メジャーレーベルが右往左往してさ（笑）」
瀧「金玉はありかなしか（笑）。結論は金玉はなしだったんだよな。で、『どうしましょう、瀧さん。ここでまた問題が勃発してます』っつって。『瀧さんのは出して売っちゃってるじゃないですか』っつって」
●そうか！
卓球「金玉出しちゃってるからね」
瀧「金玉売っちゃってるから」
卓球「出した金玉引っ込められないよ（笑）」
●しかも、金玉自体が問題なんじゃなくて、金玉の台座にしたものが問題なわけでしょ？
卓球「そう、金玉は別に問題じゃないんだよ」
瀧「うん、金玉に罪はない」

●金玉の座布団にしやがったっていうことでしょ（笑）。
瀧「そうそう。で、『瀧さんのやつ出しちゃってますけど、どうしましょう』っつって、会社が言ってきたのが、これから先、あそこを抜いたやつをまた再プレスして出すっつって。金玉抜きで（笑）」
卓球「去勢されて（笑）」
瀧「そうしましょうかって、『いいよ、別にそんなの！』っつって（笑）。でも金玉歌ってるとこ、メロディも歌詞も違うんだけどね（笑）」
●そうだよね（笑）。
卓球「結局そんなのがあって、年末年始それで話題騒然ていうか、そこまでいくともう笑い話じゃん。で、SUG-URUMN[6]っていうじゃない。SUG-URUMNとDJ一緒になった時にバックステージでその話をしてたのね。それでSUG-URUMNも人生の頃のその曲知ってるからさ、それ送ってくださいよって言うから、MP3で送ってやったんだよ、あいつにも。そしたら、翌々日ぐらいにSUG-URUMNから電話がかかってきて、『卓球さん！あの曲聴いて、今日いつもスタジオで一緒にやってるマニピュレーターの子あれ打ち込んだんだって！』っつって（笑）」
●マジで!?（笑）。
瀧「へえ（笑）」
卓球「金玉が回ってきた！って感じで（笑）」
瀧「金玉の連鎖だ、んふふふふ」
卓球「すごい話でしょ？」

6 SUG-URUMN：DJ、ミュージシャン。元エレクトリック・グラス・バルーンのヴォーカル&ギター。

●すごい爆発力だね。
卓球「しかもライヴでもやってたんでしょ？」
道下「ライヴでアンコールのほうでけっこうやられてたみたいですよ」
●OZMAが？
卓球「OZMAが」
●ああ、そうなんだ。
卓球「でもこれは笑い話にすると向こうサイドに悪いっていうかさ。向こうはもちろんなんにも悪いことしてないっていうか、もう知る由ないじゃん、登録されてないなんて。しかも、ましてやちゃんと律儀に、こういうの出しますってわざわざ連絡までくれて、そこにお金も発生してるわけじゃない。そこで、ちょっとこっちの都合ですいませんって言っちゃったのが悪いなっていうさ。だから、この場を借りて『OZMAさんサイドには、ほんとに申し訳なかったです』っていうのは書いておいて」
瀧「『OZMA、ごめん！』と（笑）」
卓球「それは必ず書いておいてね」
瀧「でもそんぐらいかも。『OZMA、ごめん！』（笑）」
卓球「うん、ごめん！　ただ、悪いのは俺じゃねえよっていうか（笑）。俺もちょっと悪いけど」
瀧「俺も金玉も悪くないと」
卓球「まだ高校生の頃だから、16歳の頃の犯罪だから、若気の至りっていうか（笑）」
瀧「んふふふふふふ」
●いい話だよ、これ。誰も悪くないしさ（笑）。

瀧「訳した人の言うこともしかるべきだし。まったくそのとおりです！っていう（笑）」
卓球「例えばハタチぐらいの時にそうやって言われたら、『なにー、このやろう！』ってなったかもしれないけど、もうこの歳になると、ごもっともですって感じじゃん（笑）」
●いやー、これはいい話だよ。
卓球「うん、俺もいい話だと思うんだよね」
●ヘタしたらすごい極悪な話になりかねないじゃん。これで訴えられてどうのこうのって。でもそうもならず、なんとなくみんながちょっとずつへこむぐらいの感じで大人になっていくっていうのが、いい流れだなと思って（笑）。
卓球「っていうか、なんにしろ話の中心に金玉があるから、怒るに怒れない感じっていうかさあ（笑）。怒るのバカバカしいっていうか、その権利を主張するのもバカバカしいっていうか」
瀧「そして三者とも、特にそれで懐が潤わないっていうね（笑）」

8月号

卓球「ある焼きそば屋があって、新しくできたから行こうっつって行ったら、そこ、すごい独特のローカル・ルールで」
瀧「味つけは客なの」
卓球「すごい変わってる店だからっつってうちらも行ったんだけど、瀧がごく普通に取り皿をくれみたいなことを言ったら、けっこうムッとされて。そしたらその後、瀧が食ってる前で、カウンターごしに店の奴が腕組みして睨みつけてて（笑）」
一同「（笑）」
瀧「麺を頼むと、なんにも味がついてないプレーンな状態でくるわけ。で、あとは調味料がいっぱい並んでいて、それをお客さんがかけて、ご自分の唯一の味を見つけて楽しんでくださいっていうシステムの店なのね。で、いっぱい調味料があるからさ、いっぱい試したかったから、『すいません、小皿お願いします』っつったら、『チッ、めんどくせえ』って感じで――チッは言ってないけど（笑）持ってきて、それでやってたら、こいつはうるせえ客だみたいな感じで、ずーっと目の前にいて（笑）」
卓球「4人で行ったんだけど、瀧だけ先に食い終わって、『俺、ちょっと外でタバコ吸ってくる』っつって逃げちゃって（笑）」
瀧「中で吸えるんだけど（笑）」
一同「（笑）」
卓球「で、外に行ったらまた外をこうやって睨んでて（笑）」
瀧「なんで睨まれてんのかな？　怖えって感じで（笑）」
道下「瀧さんは小皿貸してくれとしか言ってないんですよね？」
卓球「あとは、どんなのがオススメですかとか」
瀧「『いろいろ置いてありますけど、オススメがあるわけでしょ？　どの組み合わせがいいですか？』って聞いたら、『いや、もうそれはあなた次第ですよ』っつって」
卓球「宇宙にひとつだけのって（笑）」
●小皿でちょっとずついろんな味を食われるのが嫌だとかあるんじゃない？
瀧「でもそれは客の自由でしょ？　ひとつの味を見つけようとしてるんだから」
●それで憤慨だ。
卓球「それがすんげえおもしろかった、睨まれてる瀧が（笑）」
一同「（爆笑）」
卓球「何こいつ睨まれてんだ？って（笑）」
瀧「最初の言い方もよくなかったのかもしれない。いろいろ味試したいんでとか、オススメないんですかとか、うっせえなって感じだったんだと思うんだけど、でもそれはそうじゃん（笑）。『一応あるわけでしょ？』って言ったら、『チッ、うっせえな』っていう。チッは言ってないけどね（笑）」
一同「（笑）」
卓球「すげえおもしろかったよ、それ。両者一歩も譲らず、睨む店主、そしてその睨みに気づかないふりをして食べる瀧（笑）」
瀧「食いにくいなあと思って（笑）。どうすんだこいつって感じで見てんだもん、前で」
卓球「わけわかんなくなってな、タバスコ飲んじゃって（笑）」
●ははははは！
瀧「一応言うから、向こうの人が。女性は酢で食べたりしますけどね、みたいなことを言うから、酢もかけて食ったら、ゲホッとかなって

（笑）」
卓球「ひどいよ、あそこは。あと、ミッチーがムカつくって話もあるんだけど（笑）」
●なになに？（笑）。
卓球「スタジオでミッチーがいない時にミッチーの陰口言ってたのね（笑）。で、すげえ盛り上がってきちゃって、ミッチーのあそこがムカつくとかいう話になって。まず最初が、フェスとかの会場入りした時に、はしゃいでものすごい早足になるっつって。一緒に入ってってんのに、ひとりだけ早足でサッサと行く時があって」
瀧「俺らにしてみたら、先にグイグイ行っちゃってるけど、俺らが行かないと仕事になんないんだから、俺らを届けないとダメじゃんって話なんだけど、もう浮かれちゃってグイグイ行くわけ」
卓球「パスつけた瞬間に別人格になるもんね」
道下「顔つき変わって（笑）」
瀧「で、それをうちらが見てると、ものすごいイラッとくる時があるんだよ、ほんとに。何あいつ？って感じの」
卓球「あのはしゃぎ方がムカつく！って感じの。あとさ、ラーメン屋行く時にすごいはしゃぐよなっつって（笑）」
瀧「ラーメン屋に行くと自分発信的な感じの、自分が開いた会だ、みたいな感じになる時があって（笑）。初めて入ったとこでも、このラーメン屋のラインナップだったらこれ食うのが正解だ、みたいな感じの」

卓球「そのラーメン屋に向かって歩いてる時も、『♪ラーメン！ ラーメン！』とか言ってて（笑）」

●マジで？（笑）。

道下「多分言ってると思います（笑）」

卓球「で、それがどういう時にイラッとくるかっていうと、こっちの虫の居所が悪い時っていう（笑）。あん時そうだったよね。陶芸やってさ、飯食いに行く時。黄色信号ひとりで走って渡って、向こうで待ってるみたいな（笑）」

道下「それはでも違いますね。それはちょっとこう、立場上、早く行って車を停めなきゃとか」

卓球「違うよ、車置いてからレストランに行く時だよ。もう腹減ってしょうがなかったんだよ（笑）」

瀧「今そういうことを言ったけど、その観点ってあんまりないからね。安室[1]のマネージャーじゃないんだからさ、そこで30秒路上にうちら立ってたって、別になんのことはないじゃん。それで仕切りが悪いとか文句言わねえしさ（笑）」

道下「確かに（笑）」

瀧「火事の時もそうだわ」

卓球「そうそう、20周年のキャンペーンで、DVDとCDを買って応募券を送ると、プレゼントがもらえるっていうのがあって。で、金賞が5名で、何にしよう？っつって、じゃあ手作りで陶芸でなんか作ろうっつって（笑）」

瀧「焼き物あげようっつって」

卓球「で、作りに行ったのね。ろくろ回すよう

1 安室：歌手の安室奈美恵のこと。

なとこ行って、うちら5つずつ作ってさ」
瀧「で、それが終わって帰るかっつって、車でバーッて走ってたら、こいつが『おい、あそこなんか黒い煙もくもく出てねえ？』っつって、『ああ、ほんとだなあ』っつって、ちょうどそっちが帰りしなだったのね」
卓球「行ってみようっつって（笑）」
瀧「『なんだろう？　あっち側行ってみる？』っつって、パーッて回ってったら、ウゥ〜、火事だー！ってなって」
卓球「で、着いてパーッて行ったら、うちら消防車よりも早く現場着いたの（笑）」
瀧「普通に人んちの駐車場にキキーッて車乗りつけて、行くぞ！っつって（笑）」
卓球「そしたらミッチー、サーッと走ってって、ほんとに大人が走ってるって感じで、その後ろ姿でまた俺らイラッてきて（笑）」
瀧「カチーンッて感じで（笑）」
卓球「パーッて走って、途中で『あれ？　ついてきてない』って気づいて、100メートルぐらい先で、『はっ』って振り返って（笑）」
道下「『あれ？　いない！』って感じで（笑）」
一同「（笑）」
瀧「その感じもイラッとくる（笑）」
卓球「何火事ではしゃいでんだよっていうさ（笑）」
瀧「いや、火事で全員はしゃいでたんだけどね（笑）。なんか急いでウキウキ走ってくミッチーの後ろ姿見てると、イラッとくる時あんだよね、ほんとに」

卓球「体型かな？（笑）」

瀧「多分、『あいつ、何真っ先にありつこうと思ってんだよ』みたいなことだよ」

卓球「アハハハハハハハハ」

瀧「オアシスに向かって走ってく感じなんだよね」

一同「（笑）」

瀧「さっきまでみんなで水とか分け合って、いい感じでみんなで遭難感出してたのにさ、『オアシスだーっ！』って、ダーッて真っ先に飲み干そうとしてる感じっていうか（笑）」

一同「（爆笑）」

瀧「それを見て、このやろう！っていう（笑）」

卓球「あっはっはっはっはっはっは！」

道下「いや、俺が先だとは思ってないですよ！（笑）」

卓球「火事はみんなのものなのに！（笑）」

瀧「そう！（笑）」

卓球「あいつだけ先に火の粉浴びようとしやがって！だって（笑）」

瀧「お前が見つけた火事じゃねえんだからなー！って感じの（笑）」

卓球「どっちもどっちだけどな（笑）」

瀧「小学生だよね、その感覚が。イラッとくる感じも含めて（笑）」

卓球「うん。火事に向かって走るほうも小学生だし、それを見てイラッとするほうも小学生だよね（笑）」

道下「先に行ってみたくなっちゃったんですよね。それ以外の理由はまったくない（笑）」

●ミッチーすぐウキウキするよね。
道下「『すぐウキウキするよね』って（笑）」
卓球「だから、ウキウキしてるのは別にいいんだけど、ウキウキして周りが一切見えなくなるところが、はしゃぎすぎててムカつくって感じ（笑）」
瀧「自覚あるでしょ、でも？」
道下「まあ、言われるとある。でもその現場ではない（笑）」
瀧「じゃあないんじゃん（笑）」
卓球「そのないのがムカつくんだよ！（笑）。俺、忘れもしない、[2]エレグラ（エレクトラグライド）の時だね。エレグラの幕張メッセの時、やっぱ[3]ほぼ小走りに近い感じでサーッて行って、俺、途中でわざと歩みを緩めて。でも目で追ってたら、途中で気づいて『はっ』てキョロキョロしてんのとかさ、ざまあみろ！って感じで（笑）」
道下「あん時は完全にもう早く行きたいと思って」
卓球「音鳴ってるとダメでしょ？（笑）」
道下「はい（笑）」
●俺は数は少ないけど、チラチラそういうシーンを見たような気がする。
瀧「そうでしょ？ で、こっちに黒い気持ちが芽生えるのもわかるでしょ？」
●わかるわかる。マネージャーって、常に真っ先にそういうのやんなきゃいけないからっていうのはあるけど、ここぞという時は自然とスッと引いてるっていうか、はい、どうぞって感じで身をかわすんだけど。

2 エレグラ（エレクトラグライド）：大規模屋内レイヴ。国内外の有名アーティストが多数出演する。

3 ほぼ小走りに近い感じでサーッと行って：後に何度も語られる、ミッチーのフェス走り。

道下「（小声で）やってますよ」
●そのブレーキがまったく効いてない時があるよね。
卓球「いちオーディエンスになってる時あるもん、完全に（笑）」
瀧「だからさ、現場に早く着くっていうのはいいんだけど、with俺たちじゃん、基本。そのwith俺たちがいつの間にか抜けて、現場に早く着くっていうミッションオンリーになってる時があるんだよね（笑）」
道下「そうっすね。たまに、（ふたりが）遅いなって思う時ありますよ（笑）」
一同「（爆笑）」
●「あいつら遅ぇ！」って？（笑）。
道下「うん。『はぐれちゃうじゃんか！』って（笑）」
卓球「『早く付いてこいよ！』って？（笑）」
道下「うん（笑）」
●子供っぽいんだね。
卓球「それが酒飲んで酔ってててっていうのだったらまだいいんだけど、しらふでそれだとすげえ腹立つんだよね」
●タイプは全然違うけど、兵庫がわりとね。
卓球「ああ、ありそう！」
瀧「ああ、なんかわかるような気がする」
●方向性は違うんだけど。
卓球「わかる、なんか」
道下「なんかわかる（笑）」
●わかるんだ（笑）。
卓球「ふたりでフェス行きゃいいじゃん、すげえ気合うと思うよ（笑）」
道下「早さも（笑）」
瀧「フォーメーション崩す感じがね（笑）」

9月号

●このアー写[1]（ロッキング・オン・ジャパン09年8月号に掲載）、よくオッケーもらえましたね。
道下「それ、今権利を持ってるのがキングレコード[2]の方らしくて、ふたつ返事で、『ああ、いいよ、いいよ。ポジも貸しますよ』っつって、すぐ貸してくれて」
卓球「すごい有名な人なんでしょ？」
道下「『エヴァンゲリオン』のプロデューサーをやってた方らしくて」
●しかも、こう使われるってわかんの？
卓球「もちろんもちろん」
道下「で、『あがりも見せましょうか？』って言ったら、『別にいいよ、いいよ』みたいな。顔変えるって、けっこうすごいことだと思うんですけどね（笑）」
卓球「『電人ザボーガー[3]』の〝で〟の字も入ってないでしょ、だって（笑）」
●ほんとだね。あ、〝電〟がかぶってるんだ。
卓球「それも後で気づいた（笑）」
一同「（笑）」
卓球「最初選んだ時、まったくそんなの思ってなかったんだけど、たまたま新幹線の移動中に読もうと思って本屋で買った特撮ものの本が

1 このアー写：『電人ザボーガー』（別項で詳述）のバイクに瀧の顔を合成したアーティスト写真が掲載された。本書09年扉ページを参照。

2 キングレコードの方：大月俊倫氏。キングレコード専務取締役。『新世紀エヴァンゲリオン』他、多数のアニメ作品のプロデューサーとして有名。

3『電人ザボーガー』：74～75年に放送されていた特撮TV番組。ロボットのザボーガーが人間と協力し合って悪を倒すストーリー。普段のザボーガーはバイクだが、命令によって

あって、それを見てたらこのもとのやつがあってさ。で、ちょうどアー写どんなのにするかって決める時だったから、『あ、これいいじゃん！』と思って、ミッチーのとこにデジカメで撮って送ってさ。そしたらとんとん拍子で。アー写の撮影、1時間かかんなかったもんな」

瀧「うん。確かに『電人ザボーガー』と電気グルーヴ似てるな、すげえ（笑）」

●しかもこの瀧の顔は狙って撮ったの？

瀧「それは今、エンジンかかってないからっていう自分なりの演出。今エンジンかかってないし、ファイティングポーズでもないからっていう」

●そうなんだ（笑）。

瀧「そうそう、スタンドかかってんだもん、だって」

卓球「それは俺も今初めて聞いた（笑）」

瀧「スタンドをカチャンて外した時に、ちょっとキリッと、『行くのか？』って顔になる（笑）」

道下「スタンバイ中ですね（笑）」

瀧「そうそう、待ちの状態だから」

●すごい無の顔してるもんね。これには絶対勝てないなあ。もうロッキング・オン・ジャパンの撮影の企画会議が大変なんだよ（笑）。

卓球「別に対抗する必要ないいじゃん」

●そうなんだけどさあ。

卓球「全然関係ないけど、『DOLL』[4]なくなるじゃん。で、最終号だから買ってみようと思って買ってさ、またその新幹線の移動中に読んでてさ、最後のほうのメンバー募集みたいなペー

人型ロボットに変身する。バイクの状態の時は、ヘッドライトの部分にロボットの顔がくる。瀧の顔は、ロボットの顔と合成された。

4 DOLL：パンク・ロック専門誌。国内外のパンク・ロックの記事を掲載していた。09年8月号を以て休刊。

ジあるじゃん。あそこのところの上に、『ニューロティカ[5]　結成25周年！』」って書いてあってさ（笑）。まだ上には上がいて、逆に頼もしいって感じでさ」

●そうか、人生を合わせると同世代？

卓球「うん、だいたい一緒ぐらい。人生はだって、83年からだからね」

瀧「人生入れたら26年か」

卓球「そう」

●すごいね！

卓球「そっか、83年だからそうなるのか。そこでデビューとは言わないだろうけど、すごいねえ。同期がデキシーズ・ミッドナイト・ランナーズ[6]とか、そういう感じでしょ、ヘタすりゃ（笑）」

瀧「そうだね」

卓球「アート・オブ・ノイズ[7]とか、フランキー・ゴーズ・トゥ・ハリウッド[8]とかさ（笑）。怖いよ」

●ほとんどの人は20周年だって思ってるから、自然にサバ読んでることになるよね。

卓球「そう、電気グルーヴで20周年だからね。いわゆるレコードデビューっていうか、音源[9]が売られたのが86年だから、正式に言うと芸歴は一応23年ってことか」

●俺、ロッキング・オンに入ったの86年。

卓球「じゃあ同期だ（笑）」

瀧「一緒だって言いたいの？　今？（笑）」

●いや、その俺より前にやってたんだと思ったの。俺のほうが全然年上なのに。

瀧「その3年ぐらい前からやってるもん」

卓球「デビューしたのが上京した時で、18だも

5 ニューロティカ：84年結成のロックバンド。メンバー・チェンジを経つつ、現在も精力的に活動中。

6 デキシーズ・ミッドナイト・ランナーズ：イギリスのロックバンド。78年結成。80年リリースの1stアルバム『若き魂の反逆児を求めて』は、現在でも高い評価を受けている。

7 アート・オブ・ノイズ：83年デビュー。サンプリングを多用したサウンドが、世界中のアーティストに多大な影響を与えた。

8 フランキー・ゴーズ・トゥ・ハリウッ

ん。10代でデビューだもん。もちろんプロじゃないけどね、一応音源が出たってだけだから。すごいねえ」
瀧「高校卒業と同時にソノシート[10]が出たんだから、だって」
卓球「そうそう、この前（7月11日[11]）の（20周年記念）ライヴでCD-R投げて配ったじゃん。なんか配ろうっつってて、最後に。最初、餅投げようっつってたんだよ。でも前、瀧も自分のライヴでやってるから、今回はじゃあCD-Rでっつって」
瀧「引っ張り合いとかになってたりしてっつって（笑）」
卓球「それが見たくて、できる限りくだらないやつにっつってしてさ。そしたら案の定（笑）」
瀧「みんな（手を伸ばして）こんなんなっちゃってな。『欲しいー！』だって（笑）」
卓球「そこでいい音源配るぐらいだったら売るよって話じゃん、だって。昔はだって、入り口で入場者全員に藁プレゼントとかってやってたじゃん。それに比べりゃいいよな、まだ。そんな出オチじゃないっていう」
瀧「とりあえず下敷きはみんなもれなくもらえたわけだし」
卓球「CDも聴いた時のがっかり感（笑）」
瀧「家に帰ってからもまだ続いてる感じがさ。もう熱出るよね、ヘタすりゃ（笑）」
卓球「4時間観た後にな（笑）」
瀧「明日、会社休もうって感じだよ（笑）」
卓球「ステージからわかったもん、グッタリし

ド・イギリスのバンド。70年代末に結成された前身グループを経て、80年代初頭からフランキー・ゴーズ・トゥ・ハリウッドを名乗るようになった。83年にリリースした〝リラックス〟が大ヒット。

9 音源が売られたのが86年：電気の前身バンド人生の1st作品『9 TUNES（FOR MIRA-）』がナゴムレコードからリリースされたのは86年。ソノシートだった。ソノシートについては次項で詳述。

10 ソノシート：アナログレコードの一種だが、極めて薄い

てるっていうのが（笑）」
瀧「一応、もう1曲アンコールができなくもない感じだったんだけど、何ひとつアンコールかからずにっていう（笑）。そらそうかっていう」
卓球「早く帰りたいって感じだったもん」
瀧「もう1曲聴きたいけど、もう1曲の前にまた30分ぐらい話聞くのかっていうさ。そっちが怖かったんだと思う、多分（笑）」
卓球「小学生が下校の時にさ、あっちの道から帰ったほうが近いんだけど、デカい犬がいて吠えられるから遠回りして帰るみたいな。だったらいいやって感じのな（笑）」
●しかも、どんどんついてこれる奴が限られる話へと遠ざかっていく感じ（笑）。
瀧「全員振り落とされてたもんね（笑）。あんまないよ、そういうの」
卓球「トライアスロンだよな（笑）。持久レースだもんな」
瀧「ほんと、稲穂がパタパタパタパタパタッて倒れてって、枯れて更地になって、さらに土掘り返すって感じだったじゃん。見てて、あーあーあーあーと思って」
卓球「助けるはずの瀧も二重遭難って感じでな（笑）」
瀧「そう、助けに行ったはいいけど（笑）」
●存在しないものの名前の率がどんどん増えていってさ。
卓球「どんどんファンタジーの世界へ誘われたでしょ。『不思議の国のアリス』って感じで（笑）。最後、ないものしか言ってなかったもん

ペラペラの塩化ビニールでできている。通常のLP、EP盤に較べて製作コストが安い。アニメソングなどを収録したソノシートは、かつての児童向け雑誌の人気付録であった。

11（7月11日）の（20周年記念）：恵比寿リキッドルームで行われた。トークが全体の半分近くを占め、約4時間にわたって繰り広げられた伝説のライヴ。終演後、出口で記念品の下敷きが観客に配布された。

ね。客出しの時、お祝いムードゼロになってたもんな」
瀧「うん、MC聞いてクラクラするってないと思うよ、マジで」
卓球「しゃべりでとばされるって（笑）」
瀧「途中からみんな、インドネシア語聞いてる感じになってたもん。『え？　何語だろう、これ』っていう（笑）。たまにちょっとわかる、トゥリマカシー（インドネシア語で〝ありがとう〟）ぐらいはわかるから、それで『トゥリマカシー？』と思ったら、やっぱ全然わかんないやっていう（笑）」
卓球「過去最狂だったね。狂うほうの」
●過去最狂だった。しかも、話が細切れだから、次はなんか自分にヒットするネタがあるかもと思ってさ、休めないんだよね。
瀧「話してて枝葉に分かれるから、またここに戻ると思ってちょっと置いとくじゃん。で、100は聞けないから、ここに15ぐらい置いといて、残りの85でこっちにいくのにまたそこで分かれるから、これも置いといてっていう。で、40ぐらいで聞いてって、あ、ここ戻んねえんだ!?で、消してみたいな。それをやりながら聞いてるからさ」
●そう！　それがものすごく疲れるの。
瀧「秒単位でリプリントっていうかさ（笑）。それはぶっとぶよ、ほんとに」
●もうジョブが溜まって溜まって（笑）。
卓球「急いで捨ててる頃にはもう別のものがきてるんだよ（笑）」

瀧「コピペのコピー1個しかできないのにっていうさ」

●で、また使ったりすんじゃん、無責任に思いつきで（笑）。

瀧「次のMCで使ったりして、えー!?って」

卓球「dj KENTARO[12]のスタイルだからね（笑）。何人かトラウマになってそうだもん」

瀧「初めて観た子とか、もう恐怖すら覚えてると思うよ」

卓球「心なしか、最後のロビー打ち（上げ）の時、俺に話しかけてくる人少なかったもん（笑）。もう戻りたくないって感じで。で、パッて見ると瀧の周りには人だかりができてて、俺なんかふたりとかでさ」

瀧「お前、挨拶してる時も、向こうでキャッキャキャッキャキャッて話しててさ、俺、それ見ながら、『あいつ、まだ話したかったの!?』って思って（笑）。何を言ってんの?って感じ」

卓球「しゃべり過ぎて声ガラガラになってたもんね（笑）」

瀧「ほんとに、さすがの俺もびっくりした。『ヤバイ、これはもう修正できない……』って感じで、諦めたっつって操縦桿を向こうに。外眺めちゃって」

卓球「はっはっはっはっは！　きりもみ状態」

瀧「雲がビュンビュン流れる外を眺めて」

卓球「涙がツー、だって（笑）」

瀧「これはもう管制塔に報告してもしょうがない。後はブラックボックス[13]に聞いてくれって感じの（笑）」

12 dj KENTARO：DJ、サウンドクリエイター。世界最大規模のDJバトル「DMC World Final 2002」にて、大会史上最高得点で優勝。アジアからの初チャンピオンであった。

13 ブラックボックス：事故の原因究明のために航空機に搭載されている機械。交信音声、飛行データが記録される。高い耐衝撃性、耐火性を持っているため、航空機が大破してもデータが保存されている場合が多い。

卓球「『タイタニック』[14]の演奏してた人たちだろ。沈みながらも演奏は止めねえっていう（笑）」

瀧「1回楽器置いたけど、もうしょうがねえなって感じで（笑）。弾きながら沈むかっていう」

一同「（爆笑）」

瀧「なんだあれって感じだもん」

卓球「我ながら（笑）」

10月号

卓球「俺さ、スタジオ借りてんじゃん、マンションの。で、この前仮歌入れるっていう作業をひとりでやっててさ。仮歌だからビールでも飲みながらやるかっつって、ビール買いに行って戻ってきたら、階段のとこ通ったらすげえ臭いんだ。それで、臭えなって思いながらその日は終わって。そっから1週間後に、隣のマンションのオーナーっていうのが友達で、その人から電話がかかってきて。『卓球さん、大変ですよ！ 卓球さんのスタジオ借りてるマンションから、バラバラの腐乱死体が！』って」

●えー!?

卓球「『今、警察がきて現場検証やってますよ！』っつって、朝9時に。で、『えー!?』っつって、『ハッ、あの臭いの！』っつって。で、俺もそん時『臭えなあ、人とか死んでたりして。な～んちゃって』とか思いながら通ってたのね。だから『やっぱり！』と思ってさ。んで、俺、上がっちゃって（笑）。『誰かに言わなきゃ！』っ

14『タイタニック』：97年に公開されたアメリカ映画。1912年に起きた豪華客船タイタニック号の海難事故を描いている。沈没する中、演奏を続ける楽団のシーンが劇中に出てくる。

て感じで。そこで、『最近来たのは……あ、牛尾だ！』って思って。ａｇｒａｐｈ[1]の。あいつに電話して、朝だからまだ寝ててさ、『あ、おはようございます。どうしたんですか？』『今、スタジオの上から腐乱死体が出て』『えーっ!? えーっ!? えーっ!? えーっ!?』とか言ってて（笑）」

瀧「『えーっ!?』ボタン（笑）」

卓球「で、実はその連絡があった前日に、うちのスタジオから牛尾が機材運び出してんのね。そん時にすごい臭かったんだって。それで、『あ、そういえば1階で老夫婦が夜中にマスクしてゴミ出してました！』とか言ってて、『え、それ犯人なんじゃねえの？』とか言って、さらに上がってさ（笑）。で、いろんなとこ電話して。でもみんな寝ててさ、あ〜とか思ってたらかかってきて、瀧から。それで『いや、腐乱死体が出て』」

瀧「『えー!?』」

卓球「って言ってる時にも、『ちょっと今、キャッチかかってきたから、また後でかけるわ！』っつって（笑）」

●はははは。

卓球「大忙しですよ、もう（笑）。受話器両肩にはめる感じのさあ。んで、ちょっと見に行こうっつって、自転車でサーッて行ったのね。そしたらやっぱ現場検証やっててさ。で、警察に『なんかあったんですか？』って知らんぷりして聞いて。そしたら『いや、まだ言えないから』みたいな感じになってて、うわーと思って。で、

1 ａｇｒａｐｈ：牛尾憲輔のソロユニット。電気、卓球ソロ、ＤＩＳＣＯ ＴＷＩＮＳなどの制作、ライヴでのサポートを経て、08年12月にアルバム『ａ ｄａｙ，ｐｈａｓｅｓ』でデビュー。

その日は外のスタジオで仕事だったのね。で、午後にみんなで合流して、牛尾もきて瀧もきて、すげえなあなんて話してて。で、多分バラバラ殺人だから、ニュースで出るはずっつってて、1日ニュース速報のページに牛尾を張りつかせて」

瀧「作業やりゃあしねえの（笑）」

卓球「で、夕方のニュースもつけっぱなし、ザッピング」

瀧「『どこでやってんだよ？　牛尾！　〝世田谷死体〟って検索しろ！』っつって」

卓球「そしたら大原麗子[2]のやつしか出てこないんだよ。で、結局その日、スタジオでなんにもできなくて」

瀧「『今日は上がろう』だって（笑）」

卓球「しかもその日、焼き肉食いに行ったんだよな（笑）」

●うわ～（笑）。

卓球「で、結局、管理してる不動産屋に電話して聞いたんだよ。そしたら『言えない』って言われて、『事情で言えないのはわかりますけど、じゃあ事件性があったのかないのかだけ教えてください』っつって。そしたら『それはないです』って。で、自殺か孤独死かどっちからしくて、それ聞いた途端に萎えちゃって。けっこういろんな奴にバラバラ殺人って言っちゃってるじゃん。牛尾なんか、ゴミを出してるってさ、よく考えたら臭くてマスクしてたんだよ、その人たち（笑）」

●ははははは。

2 大原麗子：女優。64年、NHKドラマ『幸福試験』でデビュー。映画、TVドラマ、CMなどで活躍。ギラン・バレー症候群のため療養していたが、09年8月6日に自宅で死去しているのが発見された。

卓球「で、それでさらに電気の〝20周年のうた〟[3]で、♪死体を片付けろ～とか、それ地でいっちゃってるっていうさ（笑）。のちに死体が腐るその下で《死体を片付けろ》って歌ってたっていう」

瀧「『ひらめいた！』だって。『《死体を片付けろ》ってよくねえ？』だって（笑）」

卓球「すごいでしょ」

瀧「だからこれから異臭がするなと思ったらこいつを呼んで、『卓球、これ、死体かどうか嗅いでくんない？』っつったら、『あ、これは死体じゃない』ってわかるよね」

卓球「そう。死体の腐敗臭っていうフォルダができちゃったじゃん。俺が今まで嗅いだにおいの中で一番臭かったんだよ、ほんとに。クソより臭いっていう」

瀧「って言ってた。クソより臭いんだって。どういう臭いだろうね？」

卓球「だから糞尿とかももちろん出てくるわけじゃん。で、糞尿プラス、肉の腐ったにおいと、あと思いつく限りの臭いにおいを全部ミックスした感じ。すっげえ臭い足とか、腐った魚とか、そういうの全部」

瀧「それわかんないもんね。腐乱死体のにおいは嗅いだことがないもんねえ」

●でも、わかるって嫌だね。

卓球「うん。でも翌日ぐらいに業者がきて、消臭作業やったんだけど、まだ臭いよ」

●そうなんだ。うわ～。

卓球「その後、俺、さんざん言った人にお詫び

3 20周年のうた：正式タイトルは〝電気グルーヴ20周年のうた〟。09年8月リリースの電気グルーヴ20周年記念アルバム『20』の収録曲。《死体を片付けろ》という一節が出てくる。

行脚「（笑）」
一同「（笑）」
瀧「『事件性はございませんでした。バラバラではありませんでした』だって（笑）」
●でもそういうのによく遭遇するよねえ。
卓球「びっくりした、俺もそれは。この夏一番のトピックだったもん」
瀧「でも、こいつがデマを吹聴して回ったっていうのがもう1個あって（笑）」
卓球「俺、朝ワイドショー観てたら、高相容疑者[4]の別荘あるじゃん、千葉の。ここで高相容疑者が覚せい剤を作ってたってワイドショーでやってて。『作ってたんだあ！』と思って。で、俺、その日もスタジオ行って、瀧に『作ってたらしいぜ』っつったら、こいつも『えー!?』っつって」
瀧「『え、マジで!? 組織レベルじゃん！』っつって」
卓球「で、なんか知らないけど食いついてて、それに。異様に（笑）」
瀧「『〝作ってた〟はなかなか聞かないわ』っつって」
卓球「それを1日中言ってたのよ。運転中も『いや、でも作ってたのすごいわあ！』っつって。で、俺も詳細をよく見てなかったから、夜のニュースで観てて、全然やんないんだよ、その作ってたニュースを」
●大ニュースなのにね。
卓球「大ニュースじゃん。でも全然やんなくて、ニュース観てて、『あれ？ 作っていた、作っ

4 高相容疑者：酒井法子の元夫。09年8月に覚せい剤取締法違反で逮捕された。

ていた、作っていた……使っていた？』」（笑）」
一同「（爆笑）」
卓球「『使っていた……聞き間違えだー！』と思って。で、一方その頃、瀧は映像関係のスタッフに『作ってたらしいぜ！』っつって（笑）」
瀧「プロデューサーとかに『高相作ってたんだって！　すごくないっすか!?』っつって、『マジっすかー！』とか向こうも言って、俺、鼻高々って感じで。『知らなかったでしょ、このニュース？』っつって（笑）」
卓球「で、次の日に『瀧、昨日のあれ、聞き間違えだった』っつって、『えー!?　俺、すげえ言っちゃったよ！』とか言って（笑）。『でもこれ、向こうが聞き間違えたって言い張るしかねえ』とか言ってて」
瀧「もう今さら間違いでしたって言えないから、『いや、僕、使ってたって言ったでしょ！』って。『作ってるわけないじゃないっすか～！　いちサーファーが！』っつってキレるしかねえっつって（笑）」
卓球「こうやってデマって広がってくんだなって感じで（笑）」
瀧「衝撃って感じだったもん、マジで（笑）」
卓球「あともう1個あって、奄美大島の皆既日食[5]、高相も行ってたっていう。あれで俺、ＤＪやったじゃん。で、皆既日食だからすごい人が集まるじゃん。で、主催者のほうから行く前に『すみません、部屋が全然ないんで、ケンイシイさんと相部屋でいいですか？』って言われて。で、『向こうがいいって言うならいいです

5 奄美大島の皆既日食：09年7月22日に皆既日食があったが、日本国内の陸地で観測できるエリアは奄美大島、屋久島などに限られていた。奄美大島では当日「ＥＣＬＩＰＳＥ ２００９～奄美皆既日食音楽祭」が行われた。

よ』っつったのね。で、いざ島に着いて、部屋の前まで行ったらカギが閉まってて。そしたら運転してくれた人が、『イシイさんが持ってっちゃってると思うんで、電話します』っつって、『卓球さんがきたんでカギ開けてください』っつって。そしたら、『え、どういうこと？』みたいな感じでさ。『え、イシイくん聞いてないの？』『や、何を？』『相部屋なんだって』『えー!?』とか言ってさ。で、向こうに言ってなかったらしくて、俺も『なんか、ごめんね』みたいな感じになっちゃってさ（笑）。で、イシイくんも『部屋見たらこれ、ちょっと無理だよ』って言うから、開けてもらったら、６畳一間に俺とイシイくんと、イシイくんのマネージャーと俺のマネージャー、男４人」

●ははははは。

卓球「で、どう考えても無理なんだよ。で、部屋にもうみんな入んなくて、表で『どうする？』みたいな感じになってて（笑）。そしたらイシイくんが、『僕と卓球くん、仲悪いってことにしてさあ』っつって。『でも俺、もう聞いちゃってオッケーしちゃってるから』『どうしよう？』なんつってたら、実はその話してた隣の部屋に、その主催者とかがいて、全部筒抜けだったの（笑）」

一同「（爆笑）」

卓球「で、バツが悪くなって。結局、もう部屋もないって向こうも言ってるから、しょうがないから部屋に一旦入ろうっつって４人で入って、全員で車座に座って、『どうやって布団敷く？』ってことになって（笑）。で、お互い、壁に頭を向けた状態で足を向けて寝るのがいいんじゃないかとか、いろいろ言ってさあ。で、結局、最終的に出した結論が、寝ないっていう」

●あはははははは。

卓球「うちら次の日フライト早かったから、イシイくんたち寝てていいからっつったら、『いや、それも悪いから』って言うから、じゃあみんなで起きてようっつって（笑）」

瀧「じゃあ部屋いらねえじゃん（笑）」

●なんでクレームつけなかったの？

卓球「いや、もう部屋がないんだって、ほんとに。言ったところで」

瀧「だって、観光客がバンバンくる島じゃないでしょ」

卓球「で、これは完全に俺の憶測なんだけど、高城夫妻[6]がきてたじゃん。高城夫妻が泊まってたホテルはそこそこちゃんとしたとこなのよ。で、高城たちがパパラッチ対策で両脇の部屋とか下とか、全部押さえてたんじゃねえかなと思って」

●なるほどねえ。

卓球「ま、あくまで俺の推測だけどね（笑）」

瀧「エリカ様のあおりを食ったってことにしたいっていうさ（笑）」

●言っちゃいそうだよ。「卓球がエリカ様のあおり食っちゃってさあ」って話を（笑）。

卓球「真ん中ごっそり抜いてそれだけ言ったらそうなるよね（笑）」

瀧「ま、そんな小ネタの日々（笑）」

6 高城夫妻：ハイパーメディアクリエイターの高城剛と女優の沢尻エリカ。

●その全てに事実がないっていう（笑）。
一同「（笑）」
卓球「確実にあったのは、イシイくんと相部屋と、死体が腐ってたっていう。でも、それだけでも十分強烈なんだけどさ」
瀧「話ごっちゃになっちゃって、イシイくんが腐ってただって（笑）」
卓球「イシイくんと相部屋の部屋の上で人が死んでたとか（笑）」
瀧「どうもそれに沢尻エリカが関係してるらしいってなっちゃって（笑）」
●相部屋のイシイくんが腐ってたとか（笑）。
瀧「新聞社、飛びついてきちゃってね。『ケンイシイ殺人事件の話なんですけど』っつって。でも、ウンコより臭いってすごくない？」
卓球「死体でも、結局クソの話に繋げるっていう（笑）」

11月号

卓球「お前そういえば、昼間ラジオやってんじゃん[1]。あれ聴いてたら、こいつが『クソをしてから手を洗わない』って話をしてて（笑）。『拭いても手に直接つくわけじゃないから洗わない』って言ってて」
瀧「便所に入ってクソをして終わるまで、1回もケツの穴触らないじゃんっていう」
卓球「それで小島慶子ってアナウンサーがもう大パニック。『キャーッ！』って感じでさ。そりゃそうじゃん。それで俺、ふと思い出したのが、

1 昼間ラジオやってんじゃん：TBSラジオで放送されている『小島慶子キラ☆キラ』の木曜日パートナーとして出演している。放送時間は13時～15時半。

2 初台：東京都渋谷区の町。

昔、初台[2]に住んでた時に、米を炊きすぎたからおにぎり作ってやるっつって、台所行って、その頃、猫飼ってたから、『あ、先に猫のクソを』つって片づけた後に握り始めてさあ。食えるかっつうの」

●はははははは。

瀧「確かに同級生の作ったおにぎりは食いたくないよね」

●いやいやいや！

卓球「そういう問題じゃないよ！　全っ然違うよ、お前！（笑）」

瀧「確かに食いたくない」

一同「（笑）」

瀧「手は洗わないね」

●今まで一貫して？

瀧「一貫して洗わないよ」

●そうなんだ（笑）。でも、拭き損じる時あるじゃん。紙が破けて指がケツの穴のところにいっちゃった時。

瀧「え、そんなことある？」

卓球「あとは、たまに下痢でピシャッて広がって、まさかと思うところについてたりするじゃん。必ずしもクソって、こう出てきて（肛門の）周りだけ汚れるわけじゃないじゃん。ベシャッて出た時にこういうところについてるじゃん（笑）」

瀧「みんな、どうやって拭いてんの？（トイレットペーパーの）先で拭かないの？」

●先で拭くよ。

卓球「先で拭くけど、先で拭いても横のほうにそれてたりするじゃん。で、それを気づかないでこう拭いた場合に、例えば指がついちゃって、『うわっ』ていうのあるよね」
●あるある。
瀧「あ、そう？　ないと思うけどなあ（笑）」
卓球「ないことはないよ。毎回、うさぎのクソみたいなのをコロンコロンコロンってしてるわけじゃないじゃん」
瀧「そうじゃないけど、こうしてこうやって、こう持ってこう拭くでしょ？」
卓球「そうだよ」
瀧「でしょ？　つかないじゃん」
一同「……」
卓球「なんでお前、そうやってクソをして手を洗わないってことを堂々と言うの？」

瀧「（外から家に）帰ってきて手を洗うっていうのはあるけど、トイレのそれはまったく洗う必要性感じたことがないんだけど」
卓球「公衆便所とかでウンコして、それでも手洗わないんだ？」
瀧「公衆便所でウンコしても洗わないねえ」
●基本的にクソは汚くないと思ってるでしょ？
瀧「そんなことはないよ！（笑）」
卓球「クソは友達？（笑）」
瀧「そんなアヴァンギャルドな考え方はしてない（笑）。クソは汚いに決まってるじゃん」
卓球「じゃあクソが汚いんだったら、手についてる可能性だってあるじゃん、気がついてないだけで。しかも他人のクソが。公衆便所なんかだったらどこについてるかわかんねえよ」

●紙なくて手で拭いた奴がさ、ドアのノブ開けて出てったかもしれないわけじゃん。

瀧「うん、まあね。ただ、腹痛くなったりとかしたことないよ、でも」

●え？

瀧「だからそれによって病気になったことがあるかっていう」

●だからまたクソは汚くない説じゃん（笑）。

卓球「ちょっとぐらいクソがついてたほうが免疫が手についていい、だって（笑）」

瀧「クソは汚いよ、確かに。それは声を大にして、いや、級数[3]デカくして言わせて。クソは汚いよ、もちろん！」

卓球「そんな手洗わない奴が、クソは汚いっつっても、級数デカくする意味ねえじゃん（笑）」

瀧「クソは汚い。それは絶対そう。クソは汚いけども」

●でも無害だと。

卓球「あっはっはっはっはっはっは！」

瀧「無害？ 無害だとも思わないけど……」

卓球「悪者でもない？（笑）」

瀧「あんまないもん、実害が。『あ〜、すっげえ腹下したわ〜。ああ、あん時便所入って手洗わなかったからだ』っていうのは」

卓球「でも、それはすごいひとりよがりな考えで、その手でお前が食べ物とか、『ちょっと食べる？』って言ったらさあ」

瀧「それで相手が腹を壊してる可能性はあるよ」

卓球「ハハハハハハハ」

3 級数：活字の大きさを表す数字のこと。

●でも俺、実はちょっと瀧のその感覚わかる。クソは有機物じゃん。化学薬品とかじゃないじゃん。だからなんか害があったとしても、なんとかなるぐらいの感覚っていうか。

卓球「水銀とウンコだったら、全然まだウンコは友達っていう」

●だから、薬品の臭いを感じて「クサい！」って思うのとさ、ウンコとか屁の臭いで思うのと、ちょっと優しさが違うじゃん。

一同「（笑）」

卓球「アコースティックだっつって（笑）」

瀧「あれでしょ、漢方的なことでしょ？　ケミカルじゃなくて（笑）」

●そうそうそう（笑）。「臭っ！」て言いながら、どっかしら優しい気持ちで言ってるっていう。

卓球「あはははははは」

●あとさ、最近、手をかざすだけで水が流れるセンサーみたいなやつがあるけどさ、すごい感度が悪いやつとかさ、一生懸命こうやってるとテルミン[4]やってるみたいで。

一同「（笑）」

瀧「あれ、感度悪いから最終的にもうこうやってふさぐじゃん。何人これをふさいでるかなっていうの思うよね（笑）」

●キリないよ、衛生のこと言ったら。

瀧「でもこないだ怒られた、俺。スタジオでやってたら、牛尾（ａｇｒａｐｈ）がギャーッとか言って戻ってきて、『瀧さん、お願いですから下痢をした時は流してください！』って」

一同「（爆笑）」

4 テルミン：20年にロシアの科学者レフ・セルゲイヴィッチ・テルミンによって発明された世界最古の電子楽器。アンテナに向かってかざした手の距離によって音階、ヴォリュームを調整する。ミュージックソーに近い音色。昔のSF、怪奇映画の効果音で頻繁に使用された。

瀧「うち、便所が勝手に流すやつなんだよ」
●何それ?
瀧「ウンコして、(便座から立ち上がって)こうやってカチャカチャってやってると、センサーが反応して、あ、いなくなった、じゃあ流しますっつって、ジャーって流してくれるんだよ。けっこううちはそれが習慣づいちゃってるから」
卓球「流さない習慣づいちゃってるんだ」
瀧「そうそう、もう流れるもんだって思っちゃってるのかなんだかしんないけどさ、それで流さずにきたら、その後牛尾が悲鳴を上げて、こいつとかにも『流せよ』って言われて(笑)」
卓球「『瀧さんがまだいる!』っていう(笑)」
一同「(爆笑)」
瀧「『お願いですから流してください!』って。それはね、ちょいちょいやっちゃうんだよね。クソ流さないのは申し訳ないなと思うんだけどね。ンフフフフフ」
●流さないのはあり得ないわ。
卓球「でも、風呂場でクソするの気持ちよくない?」
瀧「風呂場でクソすんの、お前!?」
卓球「うん、するよ。だってしたくなった時にしない?」
●流れないじゃん。
卓球「いやいや、シャワーで砕くじゃん(笑)」
一同「え――――――っ!?」
卓球「するよ!」
瀧「マジで!?」

卓球「するよ」
瀧「今も？」
卓球「そんなしょっちゅうはしないよ。非常事態だよ、それは」
瀧「お前それは！ 手を洗ってない俺が説教じみたことを言うのもどうかと思うけど（笑）」
●温水で溶かすわけ？
卓球「溶かすし、もちろん（クソが）硬い時はしないよ。だいたい風呂場でしたくなるって、下痢してる状態じゃん。だから軟便だよね」
瀧「クソの湯気が充満しちゃうじゃん！」
卓球「クソの湯気？（笑）」
瀧「シャワーでジャーッてやった時の、ほわ〜んっていうのが浴室に」
卓球「流れてくもん。違う違う、そこの話じゃなくて、気持ちがいいのは、素っ裸でウンコをして、さらに拭かなくてシャワーでシャーッて流せばいいから、この、何？ 解放感？（笑）」
瀧「解放感……解放感とも言えるし、奴隷とも言える、それ」
●ほんとだね、着るもんもなければ便所もねえっていう（笑）。
瀧「風呂の中でクソして、ホースでジャーッていうのと同じじゃん（笑）」
卓球「違う違う、自主的だもん（笑）」
瀧「同じじゃん！ すげえいいもののように今言ったけど（笑）。悪いけど風呂場でクソしたことないわ」
卓球「いや、そんなしょっちゅうしないよ、ほんとに」

瀧「いやいや、しょっちゅうとかじゃなくて！」
卓球「だって、大なり小なりケツにクソついてんだぜ？　風呂入ってケツ洗うだろ？」
瀧「洗いますよ」
卓球「そん時なんかしらで洗うだろ？」
瀧「洗います洗います」
卓球「別にケツの穴拭く専用のがあるわけじゃないじゃん」
瀧「ないけどね」
卓球「一緒じゃん。それでまた顔拭いたりするでしょ？」
●極論を言ったら、便所って別にいらないってことだよね。
卓球「便所はいる！（笑）。いやいやいや、それはほんとに緊急事態だから、やっぱ不潔は不潔だよ。大腸菌とかさ、菌のレベルで」
●でもションベンはするじゃん、風呂で。
卓球「するする」
瀧「ションベンはする」
卓球「俺、百発百中ションベンする。風呂入ったら。入るともうしたくなるんだよね。で、浴槽の中でションベンしなくなったのはハタチぐらいかな（笑）」
●えーっ!?
瀧「それ、すごいわ」
卓球「それまでは普通に浴槽でしてた（笑）」
瀧「だって自分が浸かってるわけだから」
卓球「だって俺、自分のが汚いと思ってなかったもん（笑）」
●ほら、出た！　やっぱ瀧と同じ！

瀧「でしょ？　なんで俺、さっき説教されたのかわかんないんだけど（笑）」
卓球「ただ、それを家族に言うと怒られるのはわかってたから黙ってた（笑）」
●そっちのほうがタチ悪いよね。
瀧「そうでしょ？」
卓球「どうせ出て洗うし、流すじゃん」
瀧「違う違う違う違う！」
●その後、ひとっ風呂浸かって出るじゃん。
卓球「また流すし、最後」
瀧「その次に入る人もいるじゃん」
卓球「知らねえよ（笑）。だって、風呂場の浴槽のあのお湯の量にしたら、ションベンの量なんてたいした量じゃねえよ」
瀧「……お前んちで風呂入ったことあるわ」
一同「（笑）」
瀧「うん、昔、カネノリ荘の頃」
卓球「あの頃まだしてたよ」
一同「（爆笑）」
卓球「普通に。お風呂とかけっこう（笑）」
瀧「『ああ、さっぱりした！』みたいなことでしょ？」
卓球「あはははははは」
瀧「（卓球を殴る）」
卓球「ギャッ！（笑）」

12月号

瀧「今大河[1]の撮影やってるんだけど、すごいんだなあと思うのがさ、地方にロケに行くわけ

1 大河：10年1月から放送されたNHK大河ドラマ『龍馬伝』。福山雅治が坂本龍馬、瀧は土佐藩郷士・溝渕広之丞を演じた。

よ。今日はこのホテルですって言われて、駅にロケバスが迎えに来て到着するんだけど、そうするともうホテルの前に軽自動車とかが6、7台停まってて。そこに福山[2]（雅治）待ちの人プラス、大河だー！っていう人がどっさり待ち構えてることが多いのね。こないだ地方でホテル行ってさ、ガラッて車のドア開いたらやっぱ殺気立つわけ、『誰だ』みたいな感じで。で、俺がのて〜って降りて来たら、待ってたおばちゃんがさ、『あーあ、みんな残念だったわね。せっかく待ってたのに』だって（笑）」

●マジで？（笑）。

瀧「もう声に出ちゃう感じなんだなっていう（笑）」

卓球「『なんだよ、瀧か』ですらないって感じの（笑）」

瀧「ない。でさ、ロケの規模とかもすごくて、幕末の話だから近代的な建物とか建ってちゃいけないんだよ。で、山の盆地みたいなとこでさ、盆地だから360度ほんとになんにもないの、近代的な建物が。で、見たら小屋があってさ、それは最近の近代的な納屋みたいなやつなんだけど、それも全部周りに板打ちつけて、藁とかかけてそれっぽくしてあって、コンクリートの橋とかあるんだけどさ、それも全部木を打ちつけて、しかも全部バーナーで焼き入れて、ものっすごいなじむようにしてさ。で、そこに扮装してヅラかぶって」

卓球「そこにTシャツで？（笑）」

瀧「Tシャツで、アフロのヅラかぶって」

2 福山雅治：歌手、俳優。歌手としてのデビューは90年3月にリリースした〝追憶の雨の中〟。俳優としてのデビューは88年公開の映画『ほんの5g』。

卓球「ハイテクスニーカーで（笑）」
瀧「セグウェイ[3]に乗って登場（笑）。それで、『じゃあ、始めまーす。よーい、ちょっと待ってー！』『はい、ちょっと休憩入りまーす！』って、パッと見たら、飛行機雲が出てた（笑）」
●ははははは（笑）。
瀧「だからそれが消えるの待ち。まさかの飛行機雲っていう。こないだも船に乗って江戸に行くみたいなシーンを撮ったんだけど、ほんと木の和船で、どっから持ってきたんだ!?っていう、デッカい帆がついててさ。これどうしたんですか？っつったら、遠いとこから持って来たって言ってて」
卓球「ははははは」
●やっぱり他のドラマとはスケールが違うんだね。
瀧「映画に近いかな。規模とか小道具とかセットとか。『宿屋のシーンで畳でこうやってやり合うから、貧乏な宿屋でこんな感じかなあ』って想像してると、だいたいそれの上いってるよね。よくできてるなあ！っていう。そういう面で映画以上の部分もあるんだけど、ただ、映画の現場ってだいたい怒声が飛んでんのね。その怒声もない」
●瀧の場合さ、その時やってる仕事で全然人格変わるじゃん。芝居の時とバラエティ的な仕事の時と、映画の時と、全然違うね。映画やってる時は、すっごい横柄になってない？
卓球「俺、あんまりわかんないな。でも、もともとそういう奴だよ（笑）。それにさらにって

3 セグウェイ：アクセルやブレーキはなく、重心移動によって制御する乗り物。01年にアメリカで発表された。

ことでしょ」
●だから今回は大河だからものっすごい横柄に、灰皿投げるぐらいの感じかと思ったんだけど。わりと謙虚、大河なのに。
瀧「謙虚にもなるって。周りのメンツ見てみ？『広末[4]じゃん！』っつって、ちょっと近づきたいみたいなさ（笑）」
一同「（笑）」
瀧「そらそうでしょ！『わ、広末だ！』っつって、『ちょっと近く行ってみようかなー』って（笑）」
卓球「（笑）『近くに行ってみようかなー』って、語尾を伸ばして朴訥とすることによって、さらに謙虚さをアピール（笑）。自分のこと僕って言ってんだろ、俺じゃなくて」
瀧「うん、カタカナで、しかも（笑）」
●Tシャツの裾ズボンに入れて（笑）。
瀧「ボタン締めて、上まで（笑）」
●でもすっごいでしょ、親戚とかのリアクションは。これまでと全然違うでしょ。
瀧「全然まだなんにも」
卓球「オンエアされてないんだもん、だって。1回目で死ぬんだっけ？」
瀧「うん」
一同「（笑）」
卓球「ここまでのあらすじっていうところで（笑）」
瀧「死ぬところから、『ワーッ！』つって（笑）」
道下「死なないっすよ（笑）」
瀧「石器時代的な設定だもんね。悠久の人類の

4 広末：女優の広末涼子。『龍馬伝』では龍馬に想いを寄せる幼馴染・平井加尾を演じた。

歴史の中で、『ワーッ！』って石器で死んでく役でしょ（笑）」
卓球「来年の今ぐらいの頃に、お前がサイボーグになって出てくる感じだろ（笑）」
瀧「ほんとに、ロボ龍馬で（笑）」
●なんていう名前の役？
瀧「溝渕広之丞。……溝渕広之丞、ぜよ」
卓球「誰か仲良くなった？　現場で」
瀧「まあでも今、ましゃ、香川照之[5]さん、俺のシーンが多いから、その3人ぐらいだけど。『はい、カットー！　オッケー！』って、プレビューしてくれるのを見るんだけど、もうこっぱずかしい！って感じ」
卓球「できれば見たくないって感じ？」
瀧「そう。上手だねえ、役者さんはやっぱりっていう（笑）」
卓球「役に入り込む以前に、足を引っ張らないようにがんばるって感じだろ（笑）」
瀧「いや、マジでそうだよ、ほんとに」
●だって役者だったら間違えたら、「ああ、間違えちゃった」ってへこんだりするけど、間違わなくてもへこむって状況でしょ？
瀧「そう！」
卓球「あはははははははは！」
瀧「昨日とか、龍馬がドーンッて突き飛ばされるシーンで、俺が『あっ』て駆け寄るんだけど、とりあえず『あっ』て駆け寄った感じでやってってプレビュー見たら、普通にこう（体を曖昧に移動させる）」
卓球「あはははは、作業員って感じだ！（笑）」

5 香川照之：土佐藩の地下浪人・岩崎弥太郎を演じた。

瀧「オッケーって言われて、プレビュー見て、『わ、これでオッケーなんだ!? 俺、諦められてる!』って感じでさ、もう（笑）」

卓球「ちょんまげのコスプレをしたピエール瀧がそこにいるっていう（笑）。すんげえゲーム集中できるだろ、空き時間。そこを忘れるために（笑）」

瀧「うん、ハイスコア連発だもん、集中しすぎちゃって」

一同「（笑）」

瀧「『うわ、下手だなあ』と思ったけど、すぐ忘れることにしようっていう（笑）」

卓球「それを笑える余裕はないって感じだろ」

瀧「現場で笑う余裕はまったくない」

●一緒に笑ってくれる人がいないからね。

卓球「笑ってちゃまずいでしょ。『下手だなあ!』ってプレビュー見ながら（笑）」

瀧「『ですよね〜、ゲラゲラゲラ〜』じゃまずいでしょ、だって（笑）。やっぱカチッと撮るしね。あと、撮り方が独特でさ、シーン丸々撮るんだよ。カメラ3、4台で構えて、よーい、スタートってシーンを丸々全部やって、それができたらアングルちょっと変えて、また丸々やるってやつで。役者さんみんなすごくて、どう立ち回って、ここで何持って何やったかって、全部わかっててさ。もうキレーさっぱり忘れちゃってるんだよ、俺。さっきのテイクはそこで話聞いてたのに、次のテイクで刀差してるとか」

卓球「画面変わると急に変わってんだ（笑）」

瀧「最後、ワーッてなってる時に俺、龍馬の後ろに隠れちゃって（笑）。しょうがないからゆっくりこう移動したりとかしてて。で、映ったかなあ、なんて思って次のテイクやったら、今度、『あ、俺、龍馬の横にいる！』と思って（笑）」

卓球「テレポーテーションしちゃって（笑）」

瀧「『ヤバい、ここからあそこまでゆっくり動けねえなあ、どうしよう、うーん』っつって（笑）」

卓球「で、またその不安げな表情が全部カメラに撮られてんだろ（笑）」

瀧「がっちり。キョロキョロしちゃって（笑）」

●いつから放送？

瀧「年明け、1月3日が1回目。3話から出てくるよ、俺」

卓球「でもそれ、8時からだろ？　その時間、CSで小薮と兵動のトークの番組やってるから[6]、観れねえんだよな、俺」

瀧「観る気ないだろ、そもそも最初から」

卓球「あはははは」

瀧「何今まで前のやつは観てきたけど、みたいな言い方してんだよ（笑）」

卓球「しかもCSでな（笑）」

6　CSで小薮と兵動のトークの番組やってるから：CSフジ「兵動・小薮のおしゃべり一本勝負」。実際は、毎月1回の放送。

ボーナストラック

2009年

4月号

瀧「貧乏時代住んでたアパートの裏が電気屋で、その裏に（客から）引き上げてきた家電があってさ、デカい電子レンジ、古ーい型の、それを持ってきて。で、当時、[1]小田急の地下のおこわ屋でバイトしてたから、終わるとおこわが手に入るの。で、だんだんその周りのお店の人と知り合いになってくから、それこそとんかつ屋さんとか、『瀧くん、これ余ったからちょっと持っていきな』とか、中華のお惣菜屋さんの人とかが『これ持っていきな』とか、ようはホテルのやつとかだからものすごいいいんだよね。それをどっさり持って帰ってきて、けっこういい食生活をしてたんだけど、温かくして食いたいなと思ってたときにそれを拾って。落ちてる！　と思って」

卓球「落ちてるんじゃねえよ、置いてあるんだよ、それ！（笑）」

瀧「そうそう、これから処理するんだけど、でも『捨ててある！』と思って、これはもうパクるしかないと思って、そーっと行って持ってきて、家でやったら動いたんだよ、それが。カチャ、ピッてやったらブーンって。で、動いた！　と思ったらいきなり、[2]バコーンッてブレーカーが全部落ちて。昔のだから電圧がかかるんじゃない？　で、真っ暗になっちゃって。でも動く！っていうのを発見して、それからは毎日家に帰ってくると家の電気を全部消して、全エネルギーをその拾ってきた電子レンジに注入して

1 小田急：小田急百貨店。小田急電鉄が経営しているデパート。地下は食料品、酒類、惣菜などの売り場。有名店や一流ホテルの店舗が多数出店している。

2 バコーンッてブレーカーが全部落ちて：東京電力の場合、10～60アンペアの間の7段階から契約を選べるが、様々な電化製品を所有していない住民を対象としている古いアパートなどでは、10アンペア、または15アンペアの契約となっていることが多い。このような部屋でエアコン、電子レンジなど、電力消費量の大きい電化製品を同時に使

暗ーい中でずっと、ブーーーンってやって、チーンッていうと電気を全部つけてディナーを食うってことをやってた（笑）。全部もらいもんだからね、それも」
卓球「もらいもんじゃなくて盗んできてんじゃん！（笑）」
瀧「食料も電子レンジも」
卓球「今の『全部もらいもんだからね』（笑）」
瀧「全部もらいもん」
卓球「レンジはお前が勝手に持ってきてるだけじゃん（笑）」
瀧「でも、電気屋の裏で雨ざらしになりますよっていうのの、雨が降る前の段階だもん」
卓球「あはははは！」
道下「救出的なね（笑）」
瀧「そう、救出」
卓球「泥棒だよ、泥棒」
瀧「でも泥棒なんだよね、それやるとね」
●今はね。
卓球「昔はまだ電化製品拾ってきたとかあったじゃん。危険物[3]の日とかさ、拾いに行ったりしてたじゃん、子供の頃。あの頃ってまだ捨てるときに金かかんなかったじゃん。捨てると金かかるってなってから拾わなくなったよね」
●そうなんだよ。あれほんと、意味も何もないよね。
瀧「そういう業者みたいな奴もいたよね。本積んであると、それを物色して」
卓球「雨が降ると重くなるからいいとか言って」

用すると、ブレーカーはすぐに落ちてしまう。

3 危険物：危険物とは劇薬や爆発物なども意味するが、かつては家電やタンスなどの粗大ゴミも「危険物」と呼ばれていた。メーカーによる家電の回収とリサイクルが義務化され、有料の粗大ゴミ回収が各市町村で行われるようになって以降、後者の意味での「危険物」という言葉を耳にする機会が減った。

＊＊＊

瀧「前、ヤフオク[4]で連載やってた時、おもしろがってアメリカの50年代の高校の卒業アルバムってやつを落札して、見たはいいんだけどなんかダークでさ（笑）。で、怖っ！　て感じで。でも捨てるに捨てられないっていうか」

卓球「怖いよ、人の思い出がこもってるものは」

瀧「そうそう、だから今も自分の部屋の陰なスペースに置いてある（笑）。たまーに古着屋とかでも古いスニーカーとか売ってたりするけどさ、あれは無理だわ。人からもらった靴とかも絶対履けないでしょ、だって」

卓球「ギリ上着でしょ、どれか着ろって言われたら」

瀧「上着、そうだね。ボタンのシャツもギリ大丈夫かな。Tシャツは無理だな」

卓球「死んだ人の靴履けって、その罰ゲームって感じの。そこに倒れてる人の靴脱がせて履いてみろ（笑）」

瀧「それは中古だからじゃなくて、死んでるからでしょ。ちょっと今、論点ずれてんじゃん（笑）」

卓球「『おくりびと』[5]って感じの（笑）」

瀧「上着ならギリいけるよったって、死んだ人の上着は嫌でしょ？（笑）」

道下「ユーズドじゃないもんね、それ（笑）」

卓球「戦場だもんな、もう（笑）」

瀧「やだよ、そんなの（笑）。死んでんだもん。中古のヘッドフォンも無理じゃない？　マイクはセーフかな」

4 ヤフオクで連載やってた時：ヤフーオークションの楽しみ方をテーマとした連載「ヤフオクだらけの水泳大会」。06年12月～07年3月まで続いた連載の中で、カマキリの卵、天然猪・肩ロース肉1kg、ライト付きキーホルダー100個セットなどを落札した。

5『おくりびと』：08年公開の日本映画。遺体を棺に納める職業「納棺師」を描いている。第81回アカデミー賞・外国語映画賞、モントリオール世界映画祭・グランプリを受賞し、話題となった。

卓球「マイクのほうが気持ち悪いよ。ツバ飛ぶじゃん」
瀧「あれはスタッフがケアしてくれてるから」
卓球「消毒してるよ」
道下「消毒してるんですか？」
卓球「うん、なめて（笑）」
道下「してるんですか？」
卓球「最近あんま見たことないけど（笑）」
瀧「お湯で煮沸したり（笑）」
●でもたまにMCで、「今日のマイクくせー！」とか言ってる奴いるよね。
卓球「ライヴハウスとかはね、（ケア）してることとしてないとこあるよ、やっぱり」
道下「間接キッスじゃないですか」
卓球「そうそう（笑）」

●間接キッス（笑）。
道下「べたーってつけてみんな歌ってるから」
瀧「まあね」
卓球「鍋ダメな人とかいるじゃん」
瀧「鍋？」
道下「一緒につっつくの嫌な人ね」
瀧「なんだ、中古の鍋のこと言ってるのかと思った」
一同「（笑）」
瀧「中古で鍋もらうことなんてあるの？　と思って」
卓球「中古の鍋やだな」
瀧「やだよね」
道下「じゃあ、逆に中古のものでありのものってなんですか？」

●オーディオ。
卓球「電化製品は大丈夫だね」
瀧「レコードとか」
卓球「俺、本とかけっこうダメなんだよね」
●ああ、気持ち悪いかもね。
卓球「たまに読んでてさ、古本しかなくて買ったときに、食べカスとか入ってたりするとすごい嫌じゃない?」
瀧「米が固まってたりとかな(笑)」
●染みとかね。
卓球「でも、古本の匂いっていうのが好きな人もいるじゃん」
瀧「文庫本とか、あの感じでしょ」
卓球「なんでだろうね? レコードだって基本的には同じはずなのにね」
●なんか染み込んでる感じなんじゃない?
瀧「手に触れてる時間の長さとか」
●ああ、それもあるよね。だって1ページずつめくるわけだから、それを全部累積するとそうとうの手脂だよね。
瀧「うん。あとギターとかもさ」
卓球「楽器はね」
瀧「なんなら中古のほうが値段が高かったりするのもあるわけだし」
卓球「楽器でも管楽器とかさ(笑)」
瀧「管楽器やだなあ~(笑)。まあ、マウスピースは換えるにしろ、やだねえ~、管楽器」
●ラッパ(笑)。
瀧「ラッパ、ラッパ(笑)」
道下「でも中古のシンセとかはそういうの全然

ないんですかね？」
卓球「メンテナンスしてるじゃん、ちゃんとしたとこで買うと。で、キレイになってるからそんなに。あと、電気通ると念がこもりにくいみたいな迷信があるっていうかさ（笑）」[6]
道下「イメージの問題ね（笑）」
瀧「でも中古の車とかもあるよね、なんか。古い感じで生活が染みついちゃってるような車だとさ、ちょっと。中古のチャリとかさ。ペダルがなんか傾いてるんだよね。そいつが長年踏んだことによって、ペダルがカスタマイズされちゃって（笑）」
卓球「それでこんな曲がんないだろ（笑）。どんだけ乗ってんだよ、それ」
瀧「なんか違和感あんなあっていうさ」
卓球「転んだだけだよ、それ（笑）」
瀧「違う違う、踏み込みの具合によって左足のほうが強いみたいなのとかさ」
●三輪車のハンドルの端から出てる色とりどりのリボンみたいなやつが、片方だけとれてるとかね。
瀧「ああ。……っていうか、そんなの乗ることあんの？」
一同「（笑）」
瀧「1回飲み込んだけど（笑）」
卓球「よく、幼稚園の帽子とか、靴が片っぽとか落ちててさ、電柱とかに引っかけてあるじゃん、落としましたよって。あれも昔から言ってるよな、切ないっていうか気持ち悪いっていうか、なんとも言い表しがたい気持ちにさせるっ

6 電気通ると念がこもりにくいみたいな迷信：そんな迷信はありません。

ていう」
●あと紐でつながった手袋。
卓球「そうそう。あと、手袋片っぽ落ちてると、すごい悲しいよね」
瀧「怖いものあるよね、ダークな。でも子供が生まれてわかった、あの靴落としてる理由が」
●何？　抱っこしてて？
瀧「やっぱ抱っこしてこうやって歩いてると、片足の靴とかポロンと脱げたりするんだよね。ああ、こういうことかと思って」
●しばらく行ってから、「あ、靴ねえじゃん！」っていう。
瀧「うん」
卓球「『じゃあ俺も！』っつって（笑）」
一同「（笑）」
卓球「ひたひたひたひた……（笑）」
瀧「『あっ、足の爪がない！』（笑）」
卓球「電柱のところに28.5っていうのが（笑）」
瀧「ハイヒールが。ンフフフフ」
＊＊＊
卓球「昔、ハタチぐらいの時に加齢臭を嗅ぐと、『うわ、臭！』って、屁と同じとかだったんだけど、今むしろその臭いほうのサイドにいるから、最初、臭い！って思うんだけど居心地よくなるよね」
瀧「屁とかクソとかの臭い！っていうのは、もう自分がその瞬間遠ざけたいっていう、逃げろ！っていうのが頭に染み込んでるけど、加齢臭ってなんかさ、その臭いに集中しちゃわない？」

●そうそうそう。
卓球「だって、それがもうたっぷりついた枕で毎日寝てるんだもん。ああ、落ち着くなあってなってるってことでしょ」
瀧「そうなんだけど、それが親とか人のだったとしても、なんか一瞬集中して嗅ぎにいっちゃうっていうか」
卓球「加齢臭はだって、そんなに差がないじゃん。屁は少なくてもおおざっぱに分けて3種類ぐらいはあるっていうかさ（笑）」
瀧「あるね」
卓球「硫黄系とかさ、人糞系、馬糞系とか、いろいろあるけど、加齢臭って実はあんまないじゃん、種類が。合わせ技で加齢臭プラスタバコとかさ、加齢臭プラス整髪料の匂いとか、そういうのはあるけど、基本的に一緒じゃん。だから吸い込まれるんだろうね（笑）。だからいいチェックだと思うよ。自分が人の加齢臭を嗅いだ時に1分間嗅いで吸い込まれなかったらまだ若いってことだよ」
瀧「なんで1分間も嗅ぐんだよ」
●でも加齢臭って、例えば子供の頃にお父さんに抱っこされた記憶とか、そういうのにつながってて、基本的に命に危機を与えないっていうのがあるからさ。
瀧「温もりの記憶ってことね」
●そうそう。絶対、「うわっ」ていうのはないよね。
卓球「あと、自分もそっちに足を踏み入れてしまったっていうさ、その認めたくない感じと

（笑）。汗とは違う」
瀧「味わい深いものがあるよね、加齢臭はね」
●でも子供の頃、オヤジの加齢臭って逆にいい匂いって思ってたけど。
卓球「だから加齢臭だってわかんなかったじゃん。お父さんの匂いだったよね。それがだんだん、思春期ぐらいになってくるとおっさんの匂いみたいになって、最も同性で遠いとこになってくるから嫌になるんだよね」
●それがやっぱり巣立つ時期なんだろうね、きっと。
瀧「そうかもね」
道下「そしてまた帰ってくる（笑）」
卓球「それで自分の枕を目いっぱい吸い込みながら、落ち着いて寝るっていう（笑）」
瀧「でもそれと似たような段階かわかんないけど、男はその段階が巣立ちの時っていうか、生体として変わる感じの時じゃん。女の子って、女子校の匂いっていうか、女子の部室の匂いってあるじゃん、甘ーい感じのさ」
●知らねえよ！（笑）。
瀧「知らない!?」
卓球「あるある。うち、実家の隣が女子校だっていうのと、ライヴとかでもあるよ」
瀧「甘ーい匂いがするんだよね、女の子って」
卓球「女の子が多いライヴとかで、例えば開演前に袖に行くと、明らかに女の匂いってあるよね」
瀧「しかも若い」
卓球「経験あるでしょ？」

瀧「でも男子校だったんでしょ？」
●男子校。
卓球「いやいや、ライヴとか行ってあるでしょ。特に開演前とかすごいわかりやすいよね」
●あ、そう？　いやあ、わかんない。
卓球「今日女の子の客多いなとかって、明らかにわかるよ」
瀧「あれもメスになりましたっていう合図っていうか」
卓球「甘ーいようなね」
瀧「完全に憶測だけど、生理始まったらそういう匂いになるのかなとか。そういうフェロモン的な、オスいらっしゃいってことなのかなと思って」
卓球「でも経験あると思うよ」
●シャンプーの匂いとかじゃなくて？
瀧「違う違う、もっと甘いような、ちょっと酸っぱいような独特の」
卓球「ヴィジュアル系のバンドのコンサート行けばすぐわかるよ、ライヴハウスで。きっとすごい匂うと思うよ」
●ふーん……。
瀧「完全に話に加われてない（笑）」
●……おまんこの匂いじゃないよね？
卓球「おまんこの匂いではない」
瀧「女の子がみんなおまんこビロビロさせて歩いてるわけないじゃん」
●そっか（笑）。
瀧「でも加齢臭が25ぐらいの、ほんとにギンギンにちんちんも立つしっていうときに出るんだったらなんかわかる気もするんだけどさ、そうじゃないじゃん」

●逆にそれが衰え始めたときに、そうじゃないもので惹きつけようとして出すんじゃない？

卓球「あと、コマネチ[7]のとこのここの臭い、臭いよね〜」

●誰の？

卓球「いや、全員」

道下「嗅いだことない（笑）」

●どうやって嗅ぐの？

瀧「こうやって嗅がない？」

卓球「コマネチのここ」

瀧「え、嗅がないいんだ!?」

卓球「マジで!?」

道下「ちょっと、ここだけＮＧで（笑）」

瀧「そんなので判断する奴に買って欲しくないよ！」

一同「（爆笑）」

瀧「タマキンの臭いでさあ」

卓球「タマキンじゃなくて、タマの脇。玉脇さん（笑）。あそこは一番すごいと思うわ。ある意味、クソを超えてる！」

一同「（笑）」

瀧「しかも嗅いでる側から言わせてもらうと、座ったら98％ぐらい必ず嗅ぐ」

●へえ〜。

道下「別にウンコっぽい臭いではないの？」

卓球「ウンコではない」

瀧「もっと酸味っていうか。強い、なんか」

卓球「さきイカ系（笑）」

7 コマネチ：本来は76年に行われたモントリオール・オリンピックで史上初の10点満点で金メダルを獲ったルーマニアの体操選手ナディア・コマネチのこと。しかし、ビートたけしのネタが有名になって以来、レオタードの股間部分／地肌の境目ラインに沿って下から上に向かって左右の手刀を同時にスライドさせるポーズ、通称「コマネチ」のことを意味する場合が多い。卓球がここで指す「コマネチのとこ」とは、陰嚢と太腿の間の辺りだと思われる。

●あ、そっち系なんだ。

瀧「ツーンとするというか」

●知らなかった。

卓球「ほんとに？」

●じゃあ、フェラチオのたんびにそれ嗅いでるの？

卓球「いやいやだから、そこはあんまり臭いから、俺、風呂入って最初に洗うとこかも。ここ とか足とかさ」

道下「臭いのか。……ちょっと（嗅ごうとしてみる）」

卓球「いやいや、そんなんじゃこない！」

瀧「こっからモワ～ンってくるじゃん。揮発性の臭いじゃない、もっとこうして（こすった指を鼻先に近づけて）これをこうやって」

卓球「で、けっこう落ち着くっていう（笑）」

瀧「だからそれは、昔ココリコ[8]の遠藤が、『僕、小鼻の横の臭いが大好きで』っつって。ここもこうやってやると臭うじゃん。『それがすごい落ち着くんですよね』『ああ、ちょっとわかる』っつって」

＊＊＊

瀧「（ウンコが）浮かないのはどうしてかなと思って（笑）。わかるでしょ？」

●わかるわかる、1回も浮かない、そういえば。

瀧「そうなんだよ、浮かないんだよね」

卓球「便器の形が変わったとかじゃない？ 洋式でもさ、湖面が広いやつと狭いやつがあるじゃん。その違いなんじゃない？」

瀧「いや、うちずっと湖面が広いやつだから、

8 ココリコの遠藤：92年に結成されたお笑いコンビ・ココリコの遠藤章造。相方は田中直樹。瀧はココリコのレギュラーTV番組『ココリコミラクルタイプ』でミラクルさんというキャラクターの声を担当していた。

それで全然浮かないよ。水の量の話じゃない」
卓球「『浮かないよ』（笑）」
道下「水圧？」
卓球「糞圧（笑）」
瀧「便器とか水の話じゃなくて、クソの問題、ようは。クソの構造が変わったのかなと思って（笑）」
卓球「あっはっはっはっは！」
瀧「俺の中の工場のラインが変わったのかなと思って（笑）」
●水分を吸収するあれが落ちたんじゃないの？
瀧「水分を吸収する機能が？　俺の腸が？（笑）」
卓球「昔のカール[9]、今のカールみたいな感じで。昔ハッピーターン[10]は粉がまばらについてたけど、今はけっこう均一になってる気がするみたいな、ラインが変わったのかなっていう（笑）」
瀧「ラインが変わってクソを作る精度が上がったのかな？」
●違うよ！　体の脱水機能が落ちたんだよ。
瀧「腸の水分吸収の？」
●そうそうそう。
瀧「そうなのかな？」
●吸収しきれないままベロベロって出ちゃうようになったんじゃない？　前まではカッチカチに絞ってたのが。
卓球「ほんとにいらない排泄物のみでっていう」
瀧「ギューって絞って、日向にしばらく置いといて、みたいな」

9 カール：明治製菓が68年7月25日に発売を開始したスナック菓子。当初は「チーズ味」「チキンスープ味」の2種類だった。

10 ハッピーターン：亀田製菓が76年に発売を開始した揚げ煎餅。表面の溝を増やしたため、現在は以前よりも調味料が満遍なく全体に馴染むようになっている。これは「新・パウダーキャッチ製法」と呼ばれている。

●そうそうそう。

瀧「それが最近は甘いってことでしょ。なるほど」

卓球「だから、本来だったら体に吸収されるはずだったものも出てしまってるってことね」

●そう、ゆるんでる。

瀧「クソに含まれて（笑）」

卓球「だからその分、クソが重みを増して」

瀧「本来、ションベンに向かうところが、クソに含まれたままいっちゃってるって。もう合わせ技で出てきてるってことでしょ、クソが（笑）」

●もう区別がつかなくなっちゃって、「どっちでもいいや」っていう（笑）。

瀧「なるほど。昔はもっと乾いたカステラみたいだったのが、洋酒を染み込ませたケーキみたいになってるってことでしょ（笑）」

卓球「はははははは。くだらないねえ」

瀧「でもそうかもね。腸の脱水機能が落ちてるのかもしれないね、もしかしたら。……そうなのか」

卓球「あはははははは」

瀧「違うと思うけど（笑）」

卓球「『違うと思う。でもこれ以上話したところで結論も出ないから、このへんで手を打っておこう』（笑）」

瀧「こっちの片隅で違うと思っても、こっちの片隅で『いや、でも結論は絶対出ないよ、こんな話』っていう（笑）」

卓球「出たところでって感じだよ（笑）」

瀧「別にクソが浮かないからって、困ることもひとっつもないんだけどね。検便のときに有利かもしれないね（笑）」

●ああ、唯一ね（笑）。

瀧「でもよかった、それ同意してくれる人がいて」

10月号

●そうとう長く死体とともに暮らしてたってことだよね。

卓球「まあ、俺が嗅いだのはその1日だけなんだけど、その間、すごい雨とか多い時期で、暑い時期だったから、腐るのも早かったんだと思うよ」

●なんの歌を歌ってたの？

卓球「え、今度[1]のシングルのやつの仮歌ね。それは別に死体（の歌）じゃないんだけど」

●でも死体の臭いが刻み込まれているんだ。それ、大丈夫なんすか？（笑）。

瀧「死体の下で歌ってたの」

卓球「仮歌だよ、でも」

●死体の下で歌ってた新曲（笑）。

道下「なんか、うまいこと書いておいてください」

●どう書くのよ（笑）。

瀧「『幽霊の声入り』みたいなもんで、『死体の下で考えました』っていう（笑）」

卓球「爆風[2]スランプの〝大きな玉ねぎの下で〟みたいな。〝腐った死体の下で〟っていう（笑）。

1 今度のシングルのやつの仮歌：アルバム『20』収録の〝電気グルーヴ20周年のうた〟。結局シングルとしてのリリースはなかった。

2 爆風スランプの〝大きな玉ねぎの下で〟：爆風スランプは84年にメジャーデビューしたロックバンド。〝大きな玉ねぎの下で〟はアルバム『しあわせ』の収録曲で、後にシングルとしてもリリースされた。日本武道館のコンサートにペンフレンドがやってこなかった悲しみを描いている。歌詞に登場する〈大きなたまねぎ〉とは、日本武道館の屋根の頂にあ

でも仮歌だから、それ残ってないんだよね」
●ああ、そうなんだ。
卓球「うん、残念ながら（笑）」
瀧「ちゃんと本ちゃんの歌は死体がないとこで歌ってるから」
卓球「恐ろしいでしょ。強烈でしょ」
●強烈。たわいない下ネタ話から、スカトロに進み、遂にここまできたのか。
卓球「ここまできたのかだよね（笑）」
瀧「ネクロフィリア[3]（笑）」
●これぐらいじゃねえと上がれねえって感じの（笑）。
卓球「麻痺しちゃってね、もう（笑）」
道下「確かに、死体が出てきたのは初めてかもしれないですね（笑）」
●初めてだね、実物はね。
瀧「こんだけ死体のこと歌っておいてね、遂に」
●すごいわ。
瀧「まだ足りない？」
●いやいや、今日はキレイにまとまったねえ。
卓球「この話、タワーのトークイベントを大阪と東京でやったから、まとまってるでしょ（笑）」
●うん、困る部分がない（笑）。
瀧「俺が途中で入れる合いの手みたいのも、計算ずくでしょ（笑）」
●すごい得した気分。ダメージ受けずにおもしろい話だけを持って帰れるっていう。何よりって感じ（笑）。

る金色のたまねぎ状の物体「擬宝珠（ぎぼし）」。つまり「大きな玉ねぎの下」とは日本武道館の場内のこと。

3 ネクロフィリア：死体に欲情する性的嗜好のこと。性的倒錯の一種。

11月号

瀧「風呂でションベンして、家で注意とかされなかったの?」
卓球「言うわけねえじゃん、怒られるに決まってるもん。こっそりするに決まってんじゃん」
瀧「すげえ。肌がツルツルになったりしたらおもしろいのに、尿酸の効果で。『しっとりするわ〜』だって(笑)」
●でも臭いとか出そうじゃない?
卓球「出ない出ない」
瀧「ションベンはそんなしないんじゃない?」
●でも見えるよね。透明な液体の中に。
瀧「煙っぽく、ほわ〜んって」
卓球「うん、陽炎っぽくなるんだよね(笑)」
瀧「砂糖水作るときみたいな」
卓球「そうそうそう!(笑)」
●レモンティーにガムシロ入れた感じの(笑)。
瀧「それ見て『お、ちょっと不思議』とか思ったんだろ(笑)。でも、クソはないわ」
卓球「クソはほんとに緊急事態だよ。数年に1回だよ。しかも下痢グソに限る。だって、もうがまんできない!って時あんじゃん。で、便器がびちょびちょになるのが嫌だから、いちいち拭いてさ、便所行ってっていう手間を考えたら、その場でしちゃったほうがっていう」
瀧「ふ〜〜〜〜ん」
卓球「してみ? 1回したほうがいいって」
一同「(爆笑)」
卓球「やってみりゃわかるよ。もちろん排水溝になるべく近づけてしないと。追いやらなきゃいけないから」

瀧「なるほどね。溜まる隙を与えないってことね（笑）」

卓球「そうそう」

瀧「ないなあ、風呂場でそれは。野グソはたまにするけど。……手を洗わないって小さいことだなと思った（笑）」

卓球「一緒だよ、一緒！　何お前、自分のほうが罪軽いみたいに言ってるけど、同じだよ？　不潔っていう範疇で。不潔に貴賤なしだよ」

瀧「不潔っていう範疇ではそうかもしんないけど」

●でも不潔ポイント違うよね、人によって。

瀧「うん。便座を拭くみたいなやつとか、あれがあんまりよくわかんないんだけどさ」

卓球「なんで？」

瀧「クソしてるときにそこに人が乗っかってるから、便座が汚れるってあんまないじゃん」

卓球「だからさっきも言ったけど、ポタッて落ちるんだよ」

瀧「ポタッて落ちるのは和式の場合でしょ？」

卓球「違う、洋式であるよ。下痢グソしてると全然あるよ」

●えー？

卓球「拭こうとして、立ち上がった時に」

●立ち上がんないもん。

瀧「俺はうしろから拭いてるけど、立たないよ。ずらすというか」

卓球「俺は立つんだもん」

瀧「便座のとこを三日月状に開けて、その三日月から拭くっていう」

●だって、立ったらケツが締まるじゃん。開いたまんま？

一同「（笑）」

卓球「そうだよ」

瀧「チュパカブラ[1]的な立ち方ってことでしょ（笑）」

●なんで？　前からのほうが完全に拭けるよ。

卓球「タマキンの裏にべっとりついてるよ。塗り広げてるだけじゃん（笑）」

瀧「前から拭く時って、ここ（腕の内側）にションベンがつかないの？」

●いや、全然。

瀧「ここにションベンの雫ついてるじゃん」

●あれ？　ちょっと待って？　俺、うしろから拭いてるわ。

瀧「そうでしょ？　男で前から拭いてる人なんかいないでしょ。あの雫どうするんだろう？（クソと一緒に）ションベンしねえのかな？」

卓球「……」

瀧「お前に聞いても知らねえか（笑）」

卓球「俺も今、前向きにちょっと判断しようかなと思っちゃった（笑）」

●確かにつくね。

瀧「そうでしょ？　しかも、キンタマっていう障害物を越えて向こうにいくわけでしょ？」

●そうだね。

卓球「やっぱうしろだよ」

瀧「うしろだよね」

1 チュパカブラ的な立ち方：チュパカブラとは、南米で多数目撃証言があるUMA（未確認動物）の一種。家畜の血を吸うとされている。中腰気味に両足を開いた立ち方をしている想像図が多い。

卓球「だから俺はこうやってちょっとケツ浮かせた時に、下痢便とかちょっとポタッて落ちるんだよ。センターからずれるから。そのときにポタッてなって、『あっ』て」
瀧「便座についちゃうってこと?」
卓球「うん。で、その後はもう座らないから、流して出るだけじゃん」
瀧「便座にはつけとくんだ、それ(笑)」
卓球「つけといて、その時に気づいてない場合とかもあって、次に入った時にそこが黄色く乾いてて、明らかにションベンじゃなくてクソの汁だなっていう」
瀧「ああ、糞汁(ふんじゅう)ね」
卓球「うん、糞汁(笑)。だからそういうのがあるから便座は拭くべき。だから見てみ、公衆便所とか。普通に糞汁の乾いたのついてるから」
瀧「なるほど」
卓球「お前もう、すぐしちゃうだろ、なんの確認もせず」
瀧「すぐしちゃうかも」
卓球「拭くね、俺。拭く[2]のがあれば拭くし、公衆便所だとかぶせる[3]やつあるじゃん。あれは使うようにしてるよ」
瀧「紙のやつ。ふーん」
卓球「あれで好きなのは、ベローンっていう真ん中のとこあんじゃん。こうやって座ってクソをした時に、あれにドサッてクソが落ちて引っ張られる感じが(笑)」
一同「(笑)」

2 拭くの：公衆便所に設置されている便座クリーナー。トイレットペーパーにジェル状の消毒液を付けて便座を拭く。

3 かぶせるやつ：使い捨ての便座シート。四角い紙製のシートだが、便座の形状に合わせた穴を空けるためのミシン目が入っている。シートに刻まれているミシン目はU字状。穴の部分を覆っていた紙は切り離さず、便器の中に垂れ下がる。

卓球「あれがなんか充実感があるっていうか（笑）」
瀧「紙にテンションかかる感じでしょ（笑）」
卓球「そうそうそう（笑）」
●虫捕り網にセミが入ったって感じの（笑）。
卓球「そうそうそう。で、それが体験できるんだったら使うでしょ、普通」
瀧「うーん、まあね。あれ、流す時もおもしろいんだよね。その真ん中の部分が流れてく時に、回りの紙が引っぱられてくっていうさ。『飲み込まれてく〜』みたいな感じが（笑）」
●手品って感じの（笑）。
瀧「あと最近、ウォシュレット使ってるじゃん。でも、クソのキレが悪くて、最後ちょっとちっちゃいクソがふたしてる時ってない？　ケツの穴の付近を。なんか残ってんなって時に、ウォシュレットでそれを破壊する時ない？（笑）」
一同「（爆笑）」
卓球「ある！（笑）」
瀧「あるでしょ？（笑）」
卓球「衛星をビームで破壊する的な（笑）」
瀧「スナイプするっていうかさ。ジョーッて当ててると、だんだん崩れてって、今崩れた！って時に、『ンッ』てしてシャッて出す時っていうかさ（笑）」
●あるあるある。
瀧「あるよね」
卓球「あと公衆便所で（水勢を）最強にしてあるやつとかあんじゃん」
瀧「みんな最強にするんだって、おもしろいから」
卓球「痛くて？」
瀧「家にねえ奴が最強はどんぐらいだろう？ってやってんだって」
卓球「痛いよな、あれ。痛たたたたた！って時ない？」
瀧「あるある」
卓球「痛たたたたってなって、ずらしたいんだけどずらすとこうくるから、ケツで弱めるとかさ。腹立つよね」
瀧「小さい槍で突かれてるみたいな時あるんじゃん」
卓球「ははははは」
瀧「痛い痛い痛い！っていうさ（笑）」
●あるある。それが肛門を貫通した日には、もう「ウヒャーッ！」て感じだよね（笑）。
卓球「でも、便意を促進させるために、ちょっと軽く緩やかに当ててる時とかない？」
●プチ浣腸として使う時あるよ。
瀧「あるあるある」
●硬くてさ、いくら力んでも出ないって時に、ウンコと肛門の隙間から水分をこうね。
卓球「アッハッハッハッハッハッハ！」
●潤いを入れることによって、滑りをよくするっていう（笑）。
卓球「潤滑剤だ（笑）」
瀧「クソし終わって、ウォシュレットやってて、それでアンコールきた時あるもん」
卓球「ああ、あるある！　ウォシュレットが呼び起こすアンコールね（笑）」

●あるある（笑）。

瀧「それが2、3回続いちゃう時あるじゃん」

卓球「あるある！（笑）」

瀧「クソのバック・トゥ・バック[4]みたいになっちゃって」

一同「（爆笑）」

卓球「カーテンコールで何回も出てくる感じのな（笑）」

瀧「まだやるんだ!?みたいな（笑）」

卓球「ウォシュレットも1回使うと、もうないとダメだね。すごい汚い感じがする」

瀧「うん、あるね。……しょうもない話してんなあ（笑）」

卓球「今日、ハードコアだな（笑）」

瀧「クソの話しかしてないもん」

卓球「クソとションベンと便器だな（笑）」

12月号

●信長[1]のCMは大河が始まる前に終わるの？

瀧「なんで？」

●同じ時期に信長とかぶるじゃん。

瀧「それは関係ないでしょ（笑）」

●そうなんだ？　じゃあかぶるんだ？（笑）。

卓球「そこまでのしばりはないでしょ」

瀧「ヅラしばり的なこと？」

●そうそうそう（笑）。

瀧「スポンサー的な？（笑）」

卓球「時代が違うからこのヅラはダメとか（笑）」

4 バック・トゥ・バック：複数のDJが1曲ずつ交代しながらプレイするスタイルのこと。

1 信長のCM：東京ガス『ガス・パッ・チョ！』のテレビCM。俳優の妻夫木聡と瀧が共演。ガスで便利な暮らしをしている妻夫木聡の元に織田信長に扮した瀧がタイムスリップしてくる。飄々とした織田信長のキャラクターが好評となり、続篇がいくつか制作された。

瀧「『観てる方が混乱しちゃうんで』みたいなこと？」
●そうそうそう（笑）。
瀧「『へえ、龍馬、[2]信長と江戸に行ったんだあ』みたいな（笑）」
一同「（笑）」
●（ミッチーも）当たり散らされたりとかしてなさそうだもんね、今回ね。
道下「してないです。でも、僕もロケとかあんまり行ってないんで」
卓球「別の人に当たり散らしてんだって（笑）」
●誰に？（笑）。
卓球「現場マネージャーに（笑）」
瀧「こら！っつって」
卓球「福山とかで惨めな思いをしたのを、全部下の者にっていう、野球部方式。次の代に繋げるいじめの連鎖（笑）」
瀧「正座だ！　みたいな（笑）」
卓球「いじめの伝統の火を絶やすな（笑）」
瀧「すごいよ、でも」
●おもしろい？
瀧「おもしろい。社会科見学としてはさ、最高のレベルじゃん」
●ああ、確かに。
瀧「だからおもしろいね」
●言葉は完全にそっちの？
瀧「言葉が土佐弁のさ、『〇〇だぜよ』とかさ、『おまん、何を言うがじゃ』みたいなやつとか言うんだけどさ、土佐弁のグルーヴがまったくないじゃん、俺。当然だけどさ。それを覚え

2『龍馬、信長と江戸に行ったんだあ』：織田信長（１５３４～１５８２年）は戦国～安土桃山時代の武将。坂本龍馬（１８３６～１８６７年）は幕末期に活躍した土佐藩の志士。龍馬と信長が江戸に一緒に行くことはあり得ない。瀧が『龍馬伝』で演じた土佐藩郷士・溝渕広之丞は、龍馬が初めて江戸へ向かった際に同行した。

るのがけっこう大変。[3]静岡弁にしてもらっていいですかね？ってことは思ってても絶対言えない感じ（笑）」

卓球「この連載も読まれたくないだろ（笑）」

瀧「お願いだから読まないで！（笑）」

卓球「できればそのロケの話に触れて欲しくないだろ（笑）」

瀧「『瀧さん、現場ではすごい楽しくていい人なのに、なんかここだと伸び伸び話してるんですよねえ』ってなるのもどうかと思うからさ」

一同「（笑）」

●しかもね、前号も読んでみようかなっつって読んだ日には（笑）。

瀧「うん。『あ、あの人、緊張してんだ！』みたいな感じで（笑）」

●クソして手洗わねえんだって（笑）。

卓球「その手で牡蠣食べてたんだ（笑）」

瀧「ンフフフフフ」

3 静岡弁にしてもらっていいですかね？：瀧と卓球は静岡県静岡市出身。

2010年

1・2月合併号

卓球「クリスマスの予定ないの？」
●全然ない。
瀧「やったことある？　サンタがほんとにやって来る的な演出」
●ないねえ。せいぜい夜中にプレゼントつるしとくぐらいだよね。
卓球「子供の頃、物心ついた時、もうサンタ云々より、欲しいものがもらえるっていう印象しかないから」
瀧「そうだね。サンタを信じてた記憶もないからね、別に」
卓球「だって俺、幼稚園の時にサンタにさ、[1]『マジンガーZ』のジャンボマシンダーを頼んだら、枕元に地球儀があって、ものすげえ嫌だったもん（笑）」
●地球儀とか、一番がっかりするよね。
卓球「そうそう。しかも一筆添えてあって、『もうお兄ちゃんなんだから、おもちゃで遊んでないで……』みたいなさあ（笑）。お前、欲しいもんもよこさない上に説教かよ！っていう（笑）。俺、誕生日が12月26日だからさ、もう一緒くたじゃん」
瀧「クリスマスのケーキ、まだ残ってるって感じだもんな」
卓球「だから俺、誕生日のケーキがだいたいサンタのってたもん」
瀧「お前、誕生日のケーキにサンタのってたんだ（笑）」

1『マジンガーZ』のジャンボマシンダー…『マジンガーZ』とは、72～74年に放映されたアニメ。原作は永井豪。ジャンボマシンダーは、正義のロボットのポリプロピレン製フィギュアのシリーズ。マジンガーZ、グレートマジンガーなど、様々なロボットが商品化された。マジンガーZのジャンボマシンダーは、オモチャとしては異例の全高60㎝。当時の子供たちに大きなインパクトを与えた。

一同「（笑）」

瀧「それをとる手間も省いたんだ、親（笑）」

卓球「で、小学校の高学年ぐらいになると、お年玉も一緒にされてたからね（笑）。ひどいよね」

●さっきからなんでこんなテンション低いのかなと思ったら。

卓球「そうだよ。あとさ、クリスマス・ソング流れるじゃん。落ちるよね、クリスマス・ソングって全体的に。『ああ、今年も終わるなあ』っていうかさ。あと、クリスマスでそういう感じにさせられて、しかもクリスマスが終わった段階で、すげえ終わった感があるじゃん。で、その終わった後にくる正月の異物感っていうかさ、もうピーク終わっちゃってるよって感じのさ」

●それに誕生日とか入ってくると。

卓球「そうだよ、誕生日も（クリスマスが）終わった後だもん。消化試合だもん、だって、27、28、29とか、大晦日とかさ。もう1月2日とか、最悪だよね。今でこそ店とかやってるけど、昔って店、三が日休みだったじゃん。で、お年玉はもらって金はあるのに使うとこがねえっていうさ。早く買いに行きてえけどっていうさ」

瀧「かと言って、友達と遊ぶ感じでもねえしっていう（笑）。3日までは我慢しなくちゃいけないっていう感じだったよな（笑）」

卓球「そうそう、行くのも来るのもなんか……っていうな（笑）。あと、小学校の頃ってさ、友達の親に会うのとか、すげえ恐怖じゃなかった？ お母さんはまだしも、友達んちで遊んでてお父さんが仕事から帰って来た時とか、もうこの世の終わりっていうかさ。野球盤[2]やっててもさ、4回裏でも、『はい、もうゲームセット！』って感じの（笑）」

一同「（笑）」

瀧「うっかり下行って、下の茶の間でお父さんが飯とか食ってようもんなら」

卓球「座り小便だよ、もう（笑）」

瀧「『キャーッ！』ていう（笑）」

卓球「まあ、自営のうちだったらまあいいけど、友達んちで遊んでて、勤め人のお父さんが帰って来た時の、あのハルマゲドンぶりって感じ（笑）」

●あはははははは。

卓球「大津波だよね、もう（笑）」

●お母さんとかが「おかえりー」みたいなこと言った瞬間、もうどうしよう!?って感じだよね。

卓球「『こ、殺される！』（笑）」

一同「（爆笑）」

瀧「一緒にご飯食べてく？みたいなさ。『食べるわけねえだろ！』って（笑）」

卓球「あはははははははは」

瀧「『バカやろう！』って感じの（笑）」

卓球「それはもう処刑台だよな（笑）」

瀧「どんだけ腹減ってても、食べるわけねえだろ！っていう（笑）」

●俺はあるね、なんか帰れない雰囲気になっ

2 野球盤：58年にエポック社から発売された野球ゲーム。消える魔球機能、人工芝仕様、ドーム球場、電動化など、様々な新機軸を導入しながら進化。現在も販売されている。

ちゃって。
卓球「でも泣く泣くでしょ？」
瀧「用意されちゃってる感じっていうか」
●その食事は地獄だよね。
卓球「地獄だね。あと、明らかにこのコーナー、普段人が座ってないとこだなっていうとこに席が設けられてる感じ（笑）」
●あんまりしゃべりとかに参加したくないから、とりあえず食っちゃったら誰よりも早く飯がなくなっちゃってさ、お母さんに「おかわりする？」って言われた日にはね（笑）。それも断れないしさ。で、お父さんが「お前はよく食べていいな」とか。
瀧「『○○くんを見ろ！』とか言われて」
卓球「『うわ、余計なことしちゃった！』って感じの（笑）。あと、人んちの煮物の気持ち悪さ（笑）。味濃くても薄くても嫌だっていうさ」
瀧「あと、昨日からの漬物をパカッと開けて、どうぞみたいなやつとかさ。『うわ〜！』っていう」
卓球「あっはっはっはっは」
瀧「『なんだよお前！』っていう（笑）」
卓球「『殺す気か！』（笑）」
瀧「バイオテロだよ、バイオテロ」
一同「（笑）」
瀧「『これ、おいしいから食べてみ』だって（笑）。あれね、しんどいよね」
卓球「あれなんなんだろう？　ガキの頃の自分の母親のおっぱい的な、その延長で自分ちの飯みたいなのがあるから、それはよそんちの親のおっぱい吸うような異物感なんだろうね」
瀧「うん、確かにね」
卓球「大人になるとよそんちのおっぱい吸いたがるくせにな（笑）」
一同「（爆笑）」
●じゃあ、人んちで遊んで、飯食って、デザートかなんか出されて、夜、家族みんなでゲームとかして、自分も参加したりとかして泊まったりとか、そういうのないの？
卓球「ないない、そんなの！」
瀧「ないね」
道下「友達んちでゲームはないですね、僕も」
●……………。
卓球「今思えば、親のほうも泊まってもいいけど、わざわざ言うのも恥ずかしいみたいなのもちょっとあったと思わねえ？　人んちの子を泊めるって、そんな自慢できるうちでもないしみたいな」
瀧「ああ、なるほどね。うち、ばあちゃんがなるべく家に上げるなって感じだったもん、子供の頃」
卓球「そういうばあちゃんいた！（笑）」
瀧「俺が友達とか連れて来て、『俺の部屋で遊ぼうぜ、ゲームとかもいろいろあるし、プラモ作ろう』みたいな感じで、友達とかもプラモとか抱えて帰ってくると、ばあちゃんが『上げんな！』って感じで（笑）」
●もうばあちゃんは本音言っていい人みたいな感じになってるから。
瀧「うん。だから『ごめん、ダメだって』っつって（笑）。玄関で友達追い返す感じっていうか。だからそういうのないなあ」

●ないんだ？「ご飯食べて行きなさい」の次は、「お菓子あるから、これ食べて」「じゃあ、今日はもう泊まっていけば」っていう、もうお決まりの。

卓球「聞いたことない。ＳＦ？」

一同「（笑）」

●マジで!?

瀧「ないない、マジで。友達の家に泊まりに行った記憶もあんまないもん」

卓球「っていうか、もし仮にあったとしたら苦痛だもん」

●読んでる人にとっては俺のほうが普通だと思うな。

卓球「でも、単純にうちらが貧乏だから、エンゲル係数[3]の違いじゃない？」

瀧「そうだと思うよ」

卓球「あったとしても拒んでた気もしない？『泊まっていきなさい』『いや、ああ、いいです』みたいな」

瀧「だからさっきの話だけど、まずお父さんと会わないはずがねえっていう」

卓球「恐怖の大王[4]が（笑）」

●いや、お父さんが帰って来て、ピンポーンって鳴ったあたりは「どうしよう！」って感じなんだけど、ご飯食べたり、リンゴ食べたりしてるうちに、だんだん、ああ、怖くないんだっていう。

卓球「そのご飯食べるっていうのが、嫌じゃな

3 エンゲル係数：家計全体に占める食費の割合のこと。裕福な家庭は食事以外の娯楽などにもお金を使えるので、数値が低くなるとされた。

4 恐怖の大王：『ノストラダムスの大予言』に出てくる大王。彼が空からやって来ると人類は滅亡する。

いからでしょ。ご飯食べるって、うちらにとってはもう拷問の一種だから」
瀧「もう感覚的には『ウルルン滞在記』[5]に近いっていうかさ」
一同「（爆笑）」
瀧「文化も何も違うところに、言葉も通じない感じのところにいなくちゃいけないみたいな。しかもカメラも回ってないのにっていう感覚だよ」
卓球「ましてや、出てくる料理はさ、向こうは最高のもてなしかもしれないけど、羊の脳みそだの、ヒルだのさ（笑）」
瀧「幼虫とか（笑）。もうそれに近い感じ」
●そう？　友達のパンツを穿いて、友達のパジャマを着て。
一同「いやいやいやいや！」
瀧「読者に聞いてみたら？　アンケートハガキに書いてくれっつって」
卓球「でも、けっこうジャパンとか読んでる子たちはこっちサイド多いと思うよ」
●そうかな？
卓球「あくまでイメージだけど。完全になんの根拠もないけどね（笑）」
瀧「育ち悪い奴が読んでるみたいなこと？（笑）」
●1回もない？
卓球「流れで泊まったのは、覚えてる範囲ではないかな。あったとしても、多分、帰ってこいって言われるか、もう必死に拒んで自分で帰ったか。（山崎さんは）親同士が密なんだよ、多分。それか、ものすごい周りの親から同情されてた

5（世界）ウルルン滞在記：芸能人が海外でホームステイし、異文化を学ぶ様子を捉えたドキュメンタリー番組。瀧も出演したことがある。インドネシアに滞在し、水牛のレースに出場した。この時のエピソードは『メロン牧場』単行本第1弾の97年11月号ボーナストラック、98年1月号本編に収録されている。

か（笑）」
●ははははは。
卓球「『ああ、山崎くんね。いいよ、泊まっていきなさい』みたいな（笑）」
●なるべく栄養のあるものを（笑）。
卓球「ＰＴＡで話題になってる（笑）」
瀧「いつも親が学校に行くと、ハンコ１個押してもらう感じの（笑）」

３月号

瀧「昔、土井くんってマネージャーがいて。その土井くんが『今回のメロン、本屋で立ち読みしたんですけど、声出して笑いました』って言うから、なんだっけ？と思って（前号の）ジャパン読んでたら、こいつから衝撃の土井くん話が出て」
●何？
卓球「ミッチーから連絡があって、前のマネージャーの土井さんから事務所に連絡があって、『送りたいものがあるから石野さんの自宅の住所を教えてくれって言われて』っつって。俺、てっきり梨とかさ、なんかそういうもんかなと思って、『ああ、そうなんだ』っつって。で、忘れてて。そしたら土井くんから小包が届いて、開けたらハードディスクで」
一同「（笑）」
卓球「なんのメッセージもなく、ただただハードディスクが入ってて。で、どうしようって感じでさ。『うわ、これ中にびっちりエロビデオのパターンのやつや！[1]』って感じで。そしたらそれＦｉｒｅＷｉｒｅのやつで、ＦｉｒｅＷｉｒｅのケーブルがなくて観れなかったのよ。で、怖いから土井くんにその場で電話してさ、『ハードディスク届いたよ、ありがとう。あれ、ところで中に何入ってんの？　エロビデオでしょ？』『いやいや、違います。〝北の国から〟[2]が全部入ってます』っつって（笑）」

一同「（爆笑）」

卓球「俺、『北の国から』が好きとか、一言も言ったことないのにさ（笑）」

瀧「ンフフフフフフ」

卓球「すごいよね（笑）」

●すごすぎる！

瀧「アーカイヴしたやつを『これで完璧です！』って送ってきたんでしょ（笑）。頼んだわけでもないのに」

卓球「あとメッセージがないのがまた、見ればわかるって感じでさ（笑）」

●当然送られてくることすらわかってるぐらいの感じなんだ。

卓球「『北の国から』が全部入ってますっていうのも、ウケ狙いとかでもなんでもなく、当然って感じで」

瀧「『いいですから観るでしょ？』って感じでしょ」

卓球「で、『観れました？』『あ、ごめん、ＦｉｒｅＷｉｒｅのケーブルなくて』『ああ、そうかあ！』とか言って、そこをすごい反省してて。『片手落ちでした！』みたいな、『俺としたこと

1 パターンのやつや！：お笑いコンビＷエンジンのネタ。他にも「惚れてまうやろーっ！」が有名。

2 北の国から：81～02年に放送されていたＴＶドラマ。当初は連続ドラマだったが、好評だったため、スペシャルドラマとして続編が製作され続けた。脚本は倉本聰。

が！』って感じで（笑）」

●ヤバすぎるわ、それ。

瀧「すごいよねえ、その感じ」

卓球「すごかった。でもお前がさっき土井くんって言わなきゃ忘れてた、完全に」

瀧「こないだ110番した話はしたっけ？」

●知らない。

瀧「雨の日に家にいたらさ、『オラァ！』『オラァ！』って声が聞こえてきて、なんだろう？って思ってカラカラって窓開けて見たら、家の近くに草ボーボーの空き地があるんだけど、そこでおっさんがふたり、取っ組み合いのケンカをしててさ。ひとりはもう60近いような白髪入ってて、チェックのシャツとか着てる普通のおっさんで、その上にスキンヘッドの軍服みたいなのを着たおっさんが馬乗りになっててさ。『貴様、○×※□★！』っつって、ドカーンッドカーンッてマウントポジション[3]でガンガン殴ってんのね。で、『うわうわうわうわうわ！』と思って。で、1回立ち上がって、『△☆○×……』『何を言っとるかー！』みたいに言って、またバターンッて投げ飛ばして、ドカーンッドカーンやってるから、『これはまずいぞ。ええと……110番してみよう！』と思って、110番してさ。で、『もしもし、警察ですか？ ○○の瀧ってもんですけど、うちの前のところでおっさんがふたり、殴り合いのケンカしてるんですけど』って言ったら、警察がさ、『ああ、わかりました。住所は？ はい、○○、なるほど。今、どういった状況で？ はい、男性がふたり、殴り合ってる、は

3 マウントポジション：格闘技の用語。「馬乗り」を意味する。

い。まだやってます？』『あ、まだ全然やってます！』『どちらかケガとかしてます？』『見えないんですけど、多分ケガとかしてるんじゃないですかね』『わかりました。自転車とかそのへんに置いてありますか？』って、ものっすごい回りくどいのよ。それでもうイラッとして、『今やってるから早く来たほうがいいですよ！見逃しますよ！』って感じで」
一同「（笑）」
瀧「『今やってるから絶対来たほうがいいって！』みたいな感じのテンションで言ったら、『ああ、じゃあ向かいます』みたいな感じで。で、そっから結局10分弱ぐらいしてからようやくチャリで警官がファ〜って感じで現れたんだけど」
卓球「駐在さんが？（笑）」
瀧「駐在さんが。で、そのふたりももう一連終わって、ぶん殴ってたほうはチャリ乗ってシャーッて角曲がっちゃって、もうひとりのおっさんが血まみれになりながらフラ〜フラ〜ってびしょ濡れになりながら歩いてるところにキキーッて警官が来て。で、『大丈夫ですか!?』とか言ってたんだけど、結局うちの前とかで聞き込みみたいなのが始まっちゃったから、俺、怖くて家出れなくなっちゃってさ。それで大河の撮影に遅刻したんだよ（笑）」
●マジで？（笑）。
瀧「怖くて出れなくて（笑）」
卓球「え、昼間？」
瀧「真っ昼間。それでさ、警察って電話しても来てくんねえんだなと思って」
●怖いよね、10分もかかるんじゃ。
瀧「だって全然来ないんだよ。で、後からうちのお隣さんと話をしたら、『いや、うちも電話しました』っつってて、うちも、うちもっていうのがけっこういて。みんなが通報したからこれはほんとだってことで来てくれたっぽいんだけど」
卓球「狂言じゃねえっつって」
瀧「普通の時だったら来てくんないんだなと思って。どんだけ緊急かっていうテクニックないと、話術の」
●でも自分の身に降りかかってたら、そのテクニック出す余裕ないよね。
瀧「ないでしょ？　でも多分、夫婦喧嘩で『ギャーッ、助けてー！』みたいなのとかもあるじゃん、きっと。行ったらもう仲良くなってるみたいなさ」
一同「（笑）」
卓球「『ああ、またあその瀧だ』っつってな（笑）」
瀧「『瀧がまたやってるんでしょ？　大丈夫大丈夫』って。上の部長みたいなのが『15分ぐらいしてから行きゃ大丈夫』みたいなさ（笑）」
卓球「『いつもの夫婦喧嘩だから』って（笑）」
瀧「そうそう、『殺されるー！とか言ってるけど、大丈夫、殺しゃしないから』みたいなさ。『絶対ないから、賭けてもいいよ』みたいな感じの（笑）。そういうのがいっぱいあるだろうからさ、警察来てくんないんだなと思ってさ、ちょっと衝撃だった」
●すぐ来てくれるっていうイメージあるもんね。救急車もそうだもんね。
卓球「前言ったっけ？　俺[4]、風邪薬のアレルギーでさ、すげえ顔とか腫れちゃって」
●ああ、言ってたね。
卓球「救急車が来た頃にはもう引いてきちゃってたから、ちょっと具合の悪いふりをしながら（笑）」
道下「で、焼き肉食って帰ったんでしょ（笑）」
卓球「そうそう（笑）」
瀧「だからお前んち、救急隊員のブラックリストに、星1個で載ってるよ（笑）」
●そうだね（笑）。
瀧「でも、けっこう衝撃的な光景だった」
卓球「大人同士が殴り合ってんだろ」
●最近見なくなったもんね、そういうの。
瀧「暴力事件？」
●うん。若い奴も飲みのシーズンになると路上でしょっちゅうやってたじゃん。
瀧「ああ、そうだね。昔、仙台かどっかで、酔っ払った会社員同士がケンカしてて、『なんだよお前！　ぶん殴ってやるからなー！』って、スーツに裸足で、両手に革靴を持って、しゃがんでその革靴で道をビターンッてやっててさ（笑）」
一同「（爆笑）」
瀧「『お前、ぶん殴ってやるからなー！』、カツーンッカツーンっていうのを見て、ゲラゲラゲラっていう（笑）。どういう駄々のこね方だよと思って。そしたら、その場にいたもうひとり

4 俺、風邪薬のアレルギーでさ、すげえ顔とか腫れちゃって：このエピソードは『続・メロン牧場』下巻の08年4月号の回に収録されている。

の奴が、『お前ら、いい加減にしろ！　今日は俺の誕生日を祝ってくれるはずじゃなかったのかよー！』っつって（笑）」

一同「（笑）」

●いい話だなあ、それ（笑）。

卓球「そういう話だったんだっていう（笑）」

4月号

瀧「前に『メロン牧場』で話したスタンガン高村[1]って覚えてる？」

●プロレスラーの？

瀧「プロレスラーの。スタンガン高村から年末にメールが入ってて。で、もう短い文面で、『12月26日、静岡なんとかなんとか、スタンガン高村単独興行、さようならスタンガン！』って書いてあって。『瀧、お前はここで何かやらなくていいの？　以上！』みたいなメールがきて（笑）。で、おやおやおや？と思って（笑）」

●その静岡ノリが俺にはよくわかんない（笑）。

瀧「で、高村さすがにもう引退すんだと。引退っつっても、スタンガン高村って別にプロレスのどっかの団体に入ってたわけでもないのよ。要は静岡のローカルのおっさんがあまりにもプロレスが好きすぎて」

卓球「草プロレスだね」

瀧「そうそう。自分で鍛えたりしてて、興行が来るとそこに地元レスラーみたいな感じでやってたりするような奴なのよ。で、さすがにスタンガンも、まあ家業もあるだろうし（笑）、引

1 スタンガン高村：静岡プロレスのレスラー。瀧の中学時代の同級生。彼については『続・メロン牧場』下巻の06年1月号の回でも語られている。

退かと思って。で、これはちょっと、まあ昔中[2]学ん時に一緒にやってた流れもあるから、これはなんかやんなきゃまじいなと思ってさ。で、メール返して。『わかった。じゃあお前のラストマッチのリングアナやりに行くから、それでいい？』っつって。じゃあ来てくれみたいなこと言って。で、当日住所もらってそこ行ったんだけど、焼津っていう静岡の西側にある」

卓球「漁港の町」

瀧「そうそう。その町で。カーナビがどんどん町から離れてってさ。あれあれあれと思ったら、最後田んぼの真ん中の、もうビョーンて感じで。アイダホ[3]って感じのさ、ほんとに（笑）。で、こんなとこに会場あんのかなと思ったら、田んぼの向こうに小川が流れてるとこの横にある、自動車修理工場の空き地が会場なのよ（笑）」

●ははははは。

瀧「で、『着いたんだけど』って言ったら高村がバッと出てきてさ。『ありがとありがと』なんっつって。で、最後のメインイベントが高村の試合だから、その前に曲を流すから、お前花道を走ってきてリングに乗って、で、まあちょっとマイクアピールをして、『スタンガン高村選手の入場です！』っていうのをやってくれって言われて。『OK、OK、わかった』ってパッて花道を見たら、花道じゃなくて、空き地の、椅子並べた間のところに道があって、一番向こうがビニールシートなんだよ」

一同「（笑）」

2 中学ん時に一緒にやってた：一緒にプロレスごっこをやっていた。体育館で遊び半分で興行を行ったこともある。

3 アイダホ：アメリカ北西部の州。北部はカナダ国境と隣接している。ジャガイモが有名。農業、林業、鉱業が主要産業だが、最近はハイテク産業も盛んになってきている。

瀧「これすげえなと。こんな感じか、プロレスって今と思って（笑）」
卓球「プロレスじゃねえよ（笑）」
瀧「で、対戦カードも貼り出してあるの、模造紙にマジックで手書きなんだけど（笑）。で、パッと見てたら、メインイベントが高村となんとかって奴と、大仁田厚[4]って（笑）」
一同「（爆笑）」
瀧「『高村ぁ、大仁田来んの、今日？』っつったら、『大仁田来るよ』っつって。『俺呼んだんだよ』『マジで？　ここに大仁田来んの？』っつって（笑）」
●あははは。
瀧「『ここに大仁田来てやんの、プロレス？』『そうそうそうそう』『マジで？』っつって。で、試合が始まって第一戦からどんどんやってくんだけど、そのうち大仁田が現れて。大仁田がやる試合の前で俺やるから、これはちょっと一発挨拶しとかないとマズいなと思って。で、控室にコンコンっつって、『私ピエール瀧といいまして、静岡出身の電気グルーヴってバンドをやっていて、高村とは中学時代にこういう関係性で、もうプロレスごっこやって興行やったりとかしてたような仲で、その高村が今日最後ってことでお邪魔させていただきます』『ああ、ほんと。いいよね、夢追ってる感じでいいよね』とかっつって。『ありがとうございます』っつって（笑）」
●はははははは。
瀧「で、『試合前にお邪魔しますんで』っつって。

4　大仁田厚：プロレスラー。一時は国会議員だったが、現在は政界から引退。俳優、タレントなど、マルチに活躍している。

で、パアッと高村んとこ行って、『今挨拶した』『あ、そう』なんつって。で、またしばらく試合が進んでる間に、その裏っ側の空き地で砂利をこう、足でならしながら待ってたら（笑）、大仁田が『おい、ちょっとあんた。ちょっと、ちょっと』って言うから、『なんすか？』っつったら、『あんたさっきの話だけどさ、俺は感動するよ。やっぱねえ、昔から夢をあきらめないっていうか、そういうことがやっぱ必要なんだよね、現代社会にはさ。あんたすげえいいと思うよ、その感じいいと思う。でさ、ちょっと頼みがあるんだけどさ』って言われて。『なんすか？』っつったら、『俺これから高村さんと試合やるんだけど、試合中にね、俺携帯を渡すから、あんた試合の模様をさ、俺の携帯で写真撮ってくんねえか？』って言われて」

一同「（爆笑）」

瀧「えぇ～？って感じで（笑）。『え、は、はい』っていう。もうこれ説明しても無駄だなと思って（笑）。わかりましたっつって、で、携帯受け取らなかったんだ、そん時。で、パアッて帰ってきて、で、また高村の楽屋行って、『高村高村、今大仁田さんにこうやって言われたんだけど、どう思う？』っつったら高村が、『瀧、それがプロレスラーだよ』っつって（笑）」

一同「（笑）」

瀧「『マジで？』っつって。『マジでマジで、ほんとにマジで言ってたの！』『それがプロレスラーだ』って言われて（笑）。俺えらいとこに来ちゃったのかもなと思って（笑）。で、いよいよメインイベントになって、『それでは本日のスペシャルゲストを紹介したいと思います！』、で、ダダダダダダーンて仮面ライダーRX[5]の曲が流れるんだ、なんだかわかんねえけど（笑）。それで俺がバアッと走ってきて、リングにバアッて上がったら、みんな『あれ、瀧じゃん？』てことになって。『なんでこんなとこいんの？』って、ざわざわってなってるから、一応役目はなんとかなってるなと思って。で、『どうも、ピエール瀧です、こんにちは』っつって。『本日、スタンガン高村さようなら興行にいらしていただいてありがとうございます。高村とはこれこれこういう関係性でございまして』っつって。で、『そんな高村の本日ラストマッチ、みなさんぜひ楽しんで帰ってください。そしてまあ地元のレスラーとはいえヒールレスラーなんで応援はしにくいかもしれませんけど、ぜひみなさんしっかりと見届けて帰ってください。それではスタンガン高村選手の入場です！』っつったら、そっからもう客席にウォーっていう高村の乱入が、ひとしきり5分ぐらいがあって（笑）」

●うん（笑）。

瀧「で、俺すげえとこにいんなと思って（笑）。で、バアッて上がってきて試合するんだけど、有刺鉄線デスマッチなのよ、焼津の自動車修理工場の空き地で（笑）」

●ははは。

瀧「で、『有刺鉄線の設置をいたします！』とか言って、コーナーに一畳ぐらいの板に有刺鉄

5 仮面ライダーRX：正式名称は仮面ライダーBLACK RX。新世代仮面ライダーとして制作され、好評を博した前作『仮面ライダーBLACK』の後継番組。88〜89年に放送された。

線がぐるぐるぐるぐる巻いてあって、それを両方に置いて、試合始まって。結構すごくてさ、そこが。高村とかさ、有刺鉄線ぐるぐるぐるってなってるとこでパワーボムとかやられてんだ（笑）。ウワアッて感じで。同級生が（笑）」

●あはははは。

瀧「有刺鉄線の上にパワーボムをって感じで（笑）。すげえことやってんなと思って。それは引退覚悟してもしょうがないわなんて思いながら。で、まあ試合ガーッてやって、まあもちろんベビーフェイス[6]の大仁田が勝つんだけど、最後高村もう大流血で。で、終わって、解説のアナウンサーやってる人が、『それではただいまよりスタンガン高村選手の引退セレモニーを行います！』つって。ああ、きたきたきたなんて思ってたら、『それでは赤コーナーの花道よりスタンガン高村選手の奥様の入場です！』つって、さっきのビニールシートがペラーンとあいて、そっから花束持った高村の奥さんがパアッて来んのよ。で、歩いてきながらもう涙ぐんでるわけ。自分の亭主がプロレスずっとやってたのが今日で終わるってのもあるから、涙ぐみながら来て。で、俺もそれ見て結構ジーンて感じで（笑）」

●弱いよね（笑）。

瀧「ジーンて感じで（笑）。もう目ウルウルしながら見てて。で、奥さんがステージ上がって。ステージ上がってんのに高村はずっとリングサイドで血だらけになりながらバチバチバチッていう音をずっとキープしてるわけ（笑）」

6 ベビーフェイス：プロレスにおける善玉のこと。対義語の悪役は「ヒール」。

●はははは。

瀧「その真ん中に奥さんが花束持って。『さあ、それでは奥様より花束の贈呈――』『ちょっと待ったぁ！』って声が聞こえて。え？と思ったら、静岡プロレスで佐野[7]ってレスラーがいるんだけど、そいつが『ちょっと待ったぁ！』ってバアッてきて。で、『おい、高村よぉ、お前の根性そんなもんかよ！　これでお前終わっちまうのかよ！　俺ともう1回やるんじゃなかったのかよ！』みたいなこと言ってるわけ。俺何が起きたのかなあと思って」

一同「(笑)」

瀧「何が起きてんのかな、これはっていう。どういう意味なんだ？と思ってたら、『俺ともう1回やろう！　ていうかさ、お前今日で引退とか言ってるけど、30日に東京で俺と試合組んだんだろ！』とか言って。えぇ～？（笑）って」

一同「(爆笑)」

瀧「えぇ～？（笑）ってなって。パッてリングの上見たら、奥さんも花束持ったままきょとーんて感じで（笑）」

一同「(笑)」

瀧「そしたら高村が、こうやってゆっくり手伸ばしてサーベルをガシッと掴んで、また客席にワーッと行って（笑）」

●はははは。

瀧「ガシャーンガシャーン、ウオーッ！とかやってる中を、リングの上に奥さんがもうなんだかわかんない顔して、ひとりぽつんと立ってるから（笑）、近づいて、『奥さん、奥さん、もう降

7 佐野：佐野直。

りてもいいと思う』」（笑）」

一同「（笑）」

瀧「『ああ、そうですよね』って降りてきて、リングサイドで俺と奥さんふたり呆然（笑）。要は、俺中学の時の同級生にはめられたんだよね（笑）」

●そういうことなの？

瀧「そうそう（笑）。引退興行っていう、そういうプロレスアングルの話のやつで」

卓球「ノコノコと（笑）」

瀧「出かけてって、やってきたんだよ（笑）。ほら、これ興行チケット」

卓球「初めて見た、スタンガン高村。はははははは！」

瀧「これスタンガン高村。大仁田。『ラストファイト、焼きつけろ！』」（笑）。持ってってスキャンしていいよ（笑）」

●でもどっからどこまでかがわかんないね。

瀧「わかんない、ほんとに」

卓球「でも最初のメールの短さが納得って感じじゃない？　下手に細かく言うと（笑）」

瀧「絶対来ねえからっていう（笑）」

●瀧をはめることになんの意味があるの？

卓球「はめられてるっていうか、要は枯れ木も[8]山の賑わいでしょ（笑）」

●ああ、もうプラスαとして。

瀧「そうそうそうそう」

●奥さんは？　奥さんも知らないの？

瀧「奥さん？　奥さん涙ぐみながら入ってきたんだよ？（笑）」

8　枯れ木も山の賑わい：「つまらないものでもあったほうが寂しくなくていい」という意味の慣用句。

一同「(笑)」
●めちゃくちゃじゃん(笑)。
瀧「めちゃくちゃだよ、だから(笑)」
卓球「でもお前もそれを結局ここで話して元取ってるんだよな(笑)」
瀧「そうそうそう(笑)。終わった瞬間、『あ、メロン牧場向きだ、これ!』っていう(笑)」
●で、結局スタンガンは30日でほんとに引退したの?
瀧「引退しない。まだ全然やってる」
卓球「まだやってんだ?(笑)。はははは!」
瀧「余裕でやってる(笑)」

5月号

卓球「ケラさん[1]の結婚パーティ行ってきた」
瀧「緒川たまき[2]さんと結婚したから。それでパーティの招待状がきて、じゃあ行くかって。で、のこのこ出向いてって(笑)」
卓球「何よりも前回ケラさんに会ったのが、あの暴言、お化けかぼちゃ発言[3]以来だから」
●あはははは。
卓球「そこでめでたいムードでこう、火事場泥棒じゃないけど(笑)、そこでうやむやにして謝るしかないってのがあって(笑)」
瀧「便乗だ!って感じで(笑)」
卓球「そうそうそう(笑)。で、行ってまず最初に、『ケラさん、ほんとすいませんでした!おめでとうございます!』(笑)」
瀧「結婚式で『すいませんでした』って言われ

1 ケラさん:ケラリーノ・サンドロヴィッチ。ミュージシャン、劇作家、演出家、脚本家。劇団「ナイロン100℃」主宰。ケラが立ち上げたインディーレーベル・ナゴムレコードから電気の前身バンド人生は作品をリリースしていた。日本人。

2 緒川たまき:女優。代表作は映画『SFサムライ・フィクション』『乱歩地獄』。

3 お化けかぼちゃ発言:酔っ払った卓球がケラに向かって「お化けかぼちゃに似てる」と発言し、ケラの逆鱗に触れた

ないもんね（笑）」
卓球「向こうも怒りようがないっていう」
瀧「怒りようないよね、そんなのさ（笑）」
●ほんとに謝ったんだ（笑）。
卓球「ほんとに謝った。で、音楽界・芸能界・演劇界と、いろいろもうクロスオーバーって感じでさ。でも一番強烈だったのは、氏神一番[4]がフルメイクでいたこと（笑）」
瀧「小室[5]（哲哉）の結婚式で明和電機[6]にも同じこと言ったけどさ、新郎より目立っちゃダメだよね、結婚式でさ（笑）」
●確かに（笑）。
卓球「で、篠原[7]（ともえ）も来てて。次の日『あの後どうしたの?』なんつって聞いたらさ、ずーっと氏神一番に口説かれてたらしくて（笑）」
●ははは。
卓球「氏神一番も、あのメイクで口説いてどこ行こうっていう（笑）」
瀧「次会った時わかんのかよっていう（笑）。『ええーっと……』っていう感じで（笑）。氏神一番に会った時、『あ、瀧さんじゃないですか! NHKの大河、拙者見てますよ!』っつって」
●ははは。
瀧「『非常にいいですねぇ』とか言って。『ありがとうございます』っつったら、『ちょうど江戸時代ってことで、拙者のこの本をプレゼントいたします』って見たら、氏神一番著の『武士語録』って本で（笑）」
●そんなの書いてんだ（笑）。

事件のこと。

4 氏神一番：カブキロックスのヴォーカリスト。「江戸時代から現代にタイムスリップしてきた」という設定なので、公の場では歌舞伎の隈取のようなメイクをしている。

5 小室（哲哉）の結婚式：瀧は小室哲哉とKEIKOの結婚式に出席した。この時のエピソードは『続・メロン牧場』上巻の03年1月号の回とボーナストラックに収録されている。

6 明和電機：土佐信道によるアートユニット。中小企業の

瀧「そんなのちゃんと出してんだよ、しかもまあまあ最近（笑）。で、『これ江戸言葉辞典でござる』ってパッと出して。俺、土佐弁なんだけどなあって（笑）」

一同「（笑）」

●思いっきりキャラクター商売してるんだね。

瀧「首尾一貫してるからいいけどね（笑）」

卓球「あともう1個思い出して恥ずかしいシーンがあるんだけど。横町[8]に会ったじゃん、ケラの劇団にいた子。で、横町が全然悪気なく、『ふたりはライヴ今日やんないの？』っつったら、こいつが『うちらライヴやったら大変なことになっちゃうから』っつって（笑）。『超アウェイみたいな感じになるし、恥ずかしいからやんないよ』って意味で言ってんだけど、『うわ、絶対伝わってねえし』っていう（笑）」

瀧「その意味で伝わってねえなっていう（笑）」

卓球「そうそう（笑）。とんでもねえことになるよって意味で言ってんだけど、向こうは『こいつどんだけ自意識過剰なんだ』っていうので『えぇ？』って一瞬なって。で、俺もどうフォローしようかと思ったんだけど、もう時すでに遅しっていうかさ（笑）」

瀧「ここはスルーだ！って感じで（笑）」

卓球「そうそうそう。気が付かないふりをして、まだ酒あるのにバーカウンターとか行っちゃって。恥ずかしくなって」

●ははははは。

卓球「俺は何もしてないのに、お前が言った横に立ってるだけで、俺もなんかその仲間ってい

設定なので、公の場では作業服風の水色の衣装を着ている。

7 篠原ともえ：卓球のプロデュースで、95年7月に歌手デビュー。デビュー曲は篠原ともえ＋石野卓球名義の〝チャイム〟。

8 横町：横町慶子。女優。劇団ロマンチカ所属。

うかさ（笑）」
瀧「だって別に俺その意味で言ってないから、俺も悪くないじゃん（笑）」
卓球「だけど明らかに向こうはそう受け止めてるから（笑）。言葉を交わさなくても手に取るようにわかる時あるじゃん。それでもう、『恥ずかしい〜』（笑）。『絶対伝わってない、これ』っていう」
瀧「瀧が天狗になってるってことだよね（笑）」
卓球「『大変なことになっちゃうよ、俺たちやったら！』（笑）」
●はははは。
瀧「俺らレベルの奴がやっちゃうとっていう」
卓球「昔の瀧って感じ（笑）」
瀧「昔そんなこと言ってないでしょ（笑）」
卓球「お前そうだったよ（笑）」
瀧「じゃあそれでいい（笑）。全然話変わるけど、またクソのいい話があんだけどさ。こないだ『ローレライ』[9]とかやった樋口[10]監督から連絡があって。『瀧さん、今関西ローカル[11]でドラマを作ってるんですよ、ＳＦドラマみたいなやつ』と。で、『瀧さんちょっと田舎の駐在さんの役で出てくれませんか？』っつって、『ああ、いいですよ』っつって、で、行ったわけ。大体現場入ると、最初にリハみたいなのをやる時に、『本日なんとか何々役、ピエール瀧さんです、ワーッ』みたいなやつがあるんだけど、それもやってないから、よくわかんないからとりあえず着替えて待ってたわけ、出番を。で、そのうちに『ヤベえ、クソしてえな』と思ってトイレ

9『ローレライ』：05年公開の日本映画。太平洋戦争末期の潜水艦乗組員を描いたスペクタクル作品。

10 樋口監督：映画監督の樋口真嗣。平成ガメラシリーズの特技監督などを経て、『ローレライ』で本格的に長編映画監督デビューした。

11 関西ローカルでドラマを作ってるんですよ：毎日放送で10年に放送されたTVドラマ『MM9』。瀧は第9話にゲスト出演した。

行ったら、その横に音声さんがベースを作ってるわけ。で、ここ現場なのかなと思って、『おはようございます、ピエール瀧です』『ああ、どうもどうも』なんっつって挨拶して。で、トイレ入って『さあて、クソするか』と思ってパッて見たら紙なくて。もらいに行こうとしたら、外でガヤガヤガヤガヤ現場っぽい声がするのよ。『なんとか持ってきて！』『何待ち？』みたいなこと言ってるから、あれ？と思ってトイレの窓ガラガラッて開けて見たら、すぐそこ現場で。要は外のシーンを俺が撮る前に先に撮っててさ、そこが現場になってて、駐車場の隅みたいな設定で。『あ、なんか撮ってんな。じゃあこの窓も開けてあんだな』と思って。それで、『そうだ、紙だ紙だ』っつって、音声さんに『トイレ紙ないんですけど、どなたかティッシュ持ってる方いらっしゃいます？』っつったら、『ああ、すいませんすいません』て、女の子の音声さんが横の女子トイレにバアッて入ってって、トイレットペーパー持ってきてくれて。で、便所入ってさ、さあてクソするかと思ってうーんてやったら、ブッて音が出るからヤバいと思って」

●確かに（笑）。

瀧「現場近いからなあと思って。まあでも今ガヤガヤしてるし、もうやっちゃえ！と思って、うーんてやってたら『本番！』とか言って（笑）」

一同「（笑）」

瀧「『はい本番、よーい』っつって。でもクソ半分出ててさ、俺（笑）」

卓球「ははは」

瀧「その後にピシャーンて、ソニックウェーヴが出る時があるじゃん（笑）。で、ヤバい！って感じで。もう『本番！』て言った瞬間にもうクソ半分ぐらい固まっちゃってさ（笑）。クーッ！つって」

卓球「入れてんのか出してんのか（笑）」

瀧「わからないって感じで（笑）。で、ケツの穴に力入れらんない状態っていうかさ。捕まえたら切れちゃうから（笑）。ハーッみたいな」

卓球「抱きかかえる？（笑）」

瀧「そう、なるべく息吐いて、ハーッみたいな状態になったんだけど（笑）、ハーッてやりながら、ヤベえ、このシーン何分のシーンだろう？と思って（笑）」

一同「（笑）」

瀧「長回しだったらどうしようと思ったら、10秒から15秒ぐらいで。『はいカット、OK！』、それでブ────ッ！って（笑）」

一同「（爆笑）」

瀧「OKのざわめきに交じりながらブリブリブリブリッ〜（笑）」

●それ絶対音声さんのヘッドフォン直撃してるよね。

瀧「絶対（笑）。音声さんは、瀧が入ってたってのはわかってるから、向こうで『はいカット！何、今の音？』『誰ぇ？』っつったらもう音声さん絶対わかってるわけでさ（笑）。俺もそこで『カラカラ、すいません、瀧です！』とは言えないっていうか」

一同「(笑)」

瀧「『カラカラ、すいません、瀧です！』『あ、警官役のピエール瀧さんです！』(笑)」

●ははははは。

瀧「ていうクソのいい話(笑)」

6月号

卓球「花見はどうだったの？」

瀧「花見はまあ、いろんな人が来たけれども、そんなにデカい事件も起こらず、入れ代わり立ち代わり、昼2時から夜2時まで12時間」

●誰が来たの？

瀧「誰来たっけ？　有名どころで言うと……でもそんなにビッグネームは今回来なかったよね。あとはお笑い芸人が、クソゲーの番組やってたからさ、そこに出てたスパローズ[1]って芸人さんとか」

卓球「最近さ、オードリー[2]の春日が売れない頃に来て、その直後に大ブレイクしてから、若手芸人がこの花見に来るとブレイクするっていう。そういうデマを俺が作ってるの(笑)」

瀧「そんな知らねえ若手芸人に来られてもって感じじゃん、こっちも(笑)」

●神頼みじゃん、だって。

卓球「そうそう、そういうので、もう聖地として」

瀧「お前が言いふらしてんだろ、困らせようとして」

卓球「『多分行ったほうがいいよ』って(笑)」

1 スパローズ：森田悟、大和一孝によるお笑いコンビ。瀧とはMONDO 21で放送されていた『新・伝説のクソゲー大決戦』で共演していた。

2 オードリー：若林正恭と春日俊彰によるお笑いコンビ。00年4月結成。

●オードリーはそうだったんだ。
瀧「オードリーは春日が電気グルーヴが好きだっていうんで、共通で知ってる芸人の奴がちょいちょいどっか行くと、『あ、これ春日っつって』『そうなんだ、がんばってね』みたいな話をしてたんだけど、その時に花見に1回来て」
卓球「その時まだ、残飯持って帰ってたもんな」
瀧「うん。全部終わっていろいろ残るじゃん。いなり寿司とかお菓子とかお酒とか。それを、『すいません、これちょっといただいて帰ってもよろしいですか?』って言うから、『いいよ、持ってきなよ。大変なんでしょ』っつって。『ありがとうございます!』って持って帰ったら、その年末(2008年)にM-1[3]でブレイクしてっていう」
卓球「で、今、瀧はもう『春日くん』っつってて、『あん時持って帰ったやつ、もう食べた?』とかって(笑)」
一同「(爆笑)」
瀧「恩着せがましく。残飯なのに(笑)」
卓球「『どうだった、おいしかった? いや、どうしてるかなと思って。また電話しまーす』だって(笑)」
●いい話だね(笑)。
瀧「いい話だねっていうか、作り話だよ(笑)」
卓球「おととしか」
瀧「ああ、そうか、おとといだね。最近なんかあったかなあ?」
卓球「さっきおもしろい話あったじゃん」

3 M-1:M-1グランプリ。漫才の選手権大会。01年から10年まで毎年開催されていたが、大会終了が発表された。

瀧「ああ、最近芸能人関係の飲み会があって行ったのよ。そしたら中華料理屋だったんだけど、いたメンツがものすごくて、ほんとに」
卓球「オバマ」
道下「いやいやいや（笑）」
瀧「で、行ったら中華の円卓で、正面に龍馬（福山雅治）、その隣に広末（涼子）が座ってて、その隣にトータス[4]（松本）くんがいて、トータスくんの隣に竹内結子[5]さん、その隣に香川（照之）さん、その横に蒼井優[6]ちゃん、で、蒼井優ちゃんの横に俺が座って。で、福山くんの反対側の隣には真木よう子[7]さん、その隣に堤真一[8]さん、その横に大泉洋[9]くん。あとは宮迫[10]（博之）さんとか、バーッといて」
卓球「YOSHIKI。怖いー（笑）」
瀧「内田裕也[11]（笑）。いないよ。で、そういう人たちがいて、すっごい飲み会だなあと思って。で、それが終わった後カラオケに行ったりもしたんだけど、そこでまた後から何人かビッグネームが来たんだけど、こっちも所在ないからさ、歌うしかないと、これはもう」
卓球「自慢ののどを披露するしかないと（笑）」
瀧「みんな話してワーッてなってるけど、そこ入ってっても話題まったくないじゃん。で、これはもうやることないから、歌うかっつって」
卓球「ピエールのズンドコ節を（笑）」
瀧「ズンドコ節を、アカペラで（笑）。で、歌ったりしてて、とりあえずそんなに長くいてもあれだから、『すいません、僕、先に帰ります』っつって、『おつかれさまでした』って帰ったの。

4 トータス（松本）：ミュージシャンだが俳優としても活動している。ジョン万次郎役を『龍馬伝』で演じた。

5 竹内結子：代表作はNHK連続テレビ小説『あすか』、映画『黄泉がえり』など。

6 蒼井優：龍馬がひいきにした芸子・お元を『龍馬伝』で演じた。

7 真木よう子：龍馬の妻、楢崎龍を『龍馬伝』で演じた。

8 堤真一：瀧とは映画『ローレライ』『ALWAYS 三丁目の夕日』で共演した。

で、家帰ってきてから、次の日の朝『あれ、ヤベ、忘れ物しちゃった！』って気づいて。それが紙袋なんだけど、どうなったかなと思って、とりあえず香川さんに聞いてみようと思って、香川さんに電話して、『すいません、香川さん。僕、昨日、忘れ物しちゃったみたいで、紙袋なんですけど』っつったら、『ああ、そういえば、堤さんが、これ誰の忘れもの？っつってて、わかんないから、じゃあ俺、持って帰るって言ってたよ。だから多分、堤さんが持ってんじゃないかな』って言われて。で、ワワワワワッと思って」

卓球「ワワワワワ。[12]クロちゃんのじゃないの？（笑）」

瀧「低い声のほう（笑）。で、これはまずいと思って、『香川さん、申し訳ないんですけど、堤さんの番号教えてもらっていいですか』っつって、すぐ電話して」

卓球「『クロちゃんです』（笑）」

瀧「で、電話して、『すいません、昨日、忘れ物しちゃいまして、香川さんが堤さんが預かってくださってるって言ってたんですけど』『あぁ、紙袋？　ソニーの？』って言うから、『ああ、そうですそうです、それです！　じゃあ、すぐ取り行きます！』っつって取りに行ったんだけど。その紙袋の中に入ってたものが、まず、『龍馬伝』の台本ね（笑）」

一同「（笑）」

瀧「で、その日ちょうどTBSでラジオやった時にもらった、[13]TBSの久米さんの番組で配っ

9 大泉洋：近藤長次郎を『龍馬伝』で演じた。

10 宮迫（博之）：平井収二郎を『龍馬伝』で演じた。

11 内田裕也：ミュージシャン、俳優。YOSHIKIと内田裕也は小室哲哉とKEIKOの結婚式に出席していた。

12 クロちゃん：お笑いトリオ「安田大サーカス」のボケ担当。スキンヘッドでゴツい体格だが、甲高い声でナヨナヨした話し方をする。夢はアイドルになること。

13 TBSの久米さ

てた米。あとファミ通。[14]あと、リリー[15]（・フランキー）さんの事務所がよかれと思って送ってきてくれたTENGA[16]（笑）」
一同「（爆笑）」
瀧「取りに行ったら堤さんが『はい、これ』って渡してくれて、『ほんっと申し訳ないです！』と。くだらない忘れ物をした上に、堤さんのお手を煩わせてしまって、ほんとに申し訳ないですと。『ちなみに中見ましたよね？』『見たよ、見たよ』『そうっすか。じゃあ、え～と、堤さんは、TENGAとか……』」
卓球「『お礼と言ってはなんですが……』（笑）」
瀧「『お礼と言ってはなんですが』。この中で、ファミ通じゃねえな、台本あげるわけにいかないしな、米もなあ、えーと、TENGAかな？『TENGAとか……』って言ったら、堤さんが『あ、TENGAって何？』ってまず言って、『あ、TENGAっていうのは、その、あの、こういうのなんですけど、いります？』っつったら、『うーん、けっこう』って（笑）」
一同「（笑）」
瀧「『ですよね～！』っつって（笑）」
卓球「瀧のその、四種の神器ってさ、仕事道具と、娯楽のファミ通、あと食料と、性処理って感じで、その紙袋だけ持っていろんな家を渡り歩いてるみたいだよな（笑）」
瀧「ヤバい！って感じだった、それは（笑）」
●すごすぎる！　その内容が（笑）。
瀧「恥ずかし～～！（笑）」
●説教とかはなかったの、台本忘れてとか。

んの番組：TBSラジオで放送されている『久米宏 ラジオなんですけど』。

14 ファミ通：週刊ファミ通。エンターブレインが発行しているTVゲーム専門誌。86年創刊。

15 リリー（・フランキー）：イラストレーター、文筆業、ミュージシャンなど、幅広いジャンルで活躍している。小説『東京タワー～オカンとボクと、時々、オトン～』がベストセラーとなった。09年に映画『ぐるりのこと。』の演技でブルーリボン賞新人賞を受賞。史上最年長の受賞であった。

瀧「それはなかったけど。『すいません』つって」

卓球「で、家帰ってTENGAをはめて、台本で台詞覚えて、生米をボリボリ食って、『はあ、もう忘れないようにしよう』。で、途中で飽きちゃってファミ通読んで。『はあ、出てきてよかった』だって（笑）」

瀧「『やれやれ』だよ（笑）」

卓球「『TENGAもひとつ減らずにすんだし』（笑）」

瀧「いやあ、ほんとそれはね、次の日起きて、ゾッとしたもん、ほんとに。『ああー！』っつって（笑）。まず、『龍馬伝』の台本をなくしちゃったっていう、それがヤバいじゃん。プラスそれがっていうね」

●よかったねえ、持って帰ってくれて。

卓球「よりによってその組み合わせがな。実はちょっとファミ通が効いてる、そこに（笑）」

一同「（笑）」

瀧「そうなんだよね。ファミ通と『龍馬伝』の台本が同列に入ってるっていうさ（笑）」

●誰かに拾われた時に瀧だってわかる、唯一の証拠がファミ通だよね。

卓球「そのプロファイリングがな。まずTENGAでこの持ち主は男性（笑）」

瀧「男性、ゲーム好き」

卓球「音楽関係」

瀧「大食関係」

一同「（爆笑）」

卓球「『奴だ！』（笑）」

瀧「『米にTBSって入ってるから、TBSで

16 TENGA：株式会社 典雅が開発・販売しているアダルトグッズ。従来のものより洗練されたデザインが特徴で、シリーズ累計1200万本以上の売上を誇る。芸能人にも愛用を公言する人が多数。

仕事してる……ムムムムム、伊集院[17]か瀧かどっちかだ！』（笑）」
卓球「そうだよな（笑）」
瀧「で、最後に『龍馬伝』が出てきて」
卓球「『瀧だ！』。伊集院、ギリギリまで残ってるんだ（笑）。バカだねえ」
瀧「ヤバかった、ほんとに」
卓球「それがまだ、スタッフとかが持ってたらいいけどな（笑）」
瀧「堤さんが（笑）」
卓球「あと、一旦TENGAを勧めて断られたっていうくだりもさ（笑）。『けっこう』って、かなり冷静に断られてんじゃん」
瀧「そう、『いや、けっこう』」
卓球「アハハハハハハハハハ！」

瀧「礼を言うつもりが、恥の上塗り（笑）」
卓球「しかもTENGAの説明もしたんだろ？TENGAとはっていうのを（笑）」
瀧「『TENGAとはですね……』っつって。『オナカップって知ってますか？』っつって（笑）」
卓球「ははははは。『古くは、こんにゃくの時代から……』だって（笑）」
瀧「『あれがですね』って（笑）」
卓球「『冷めたカップヌードルや……』（笑）」
瀧「『オナカップのカップはそこからきてるんですけど』（笑）」
卓球「これはかなり完成度の高い話だよね（笑）」
●高いねえ（笑）。やっぱ話がビッグだね。
瀧「メンツがすごくてさ、途中、ほんとにトー

17 伊集院：伊集院光。伊集院光はTBSラジオで『JUNK伊集院光 深夜の馬鹿力』のパーソナリティを担当している。

タスくんと目が合って、俺らなんでここにいるの？って（笑）。それ言ったら俺が一番そうなんだけどさ」
●でも、瀧のメロンの話、出演者はどんどんビッグになってくんだけどさ、話す内容は少しも変わらないっていう（笑）。
瀧「ほんとにね、コンビニに置かれるようになったうまい棒[18]って感じ（笑）」
卓球「レジ前のチロルチョコ[19]とかな（笑）」
瀧「ほんとそういう感じ。カカオは入ってこないって感じの（笑）」
●でもチロルチョコもボブ・ディラン[20]とコラボしてね。
卓球「え、そうなの？」
●今回の来日（２０１０年３月）に合わせて、ボブ・ディランのアルバムジャケット全種類のチロルチョコが出たの。
卓球「へえ」
瀧「いいじゃん、それ、コレクターズアイテムとしては」
●それがチロルチョコっていうのがいいでしょ。
瀧「うん」
●ボブ・ディランもお気に入りだそうですよ。
卓球「チロルチョコの社長が好きだったんだろうな、ボブ・ディランを」
●いや、ボブ・ディラン側っていうか、レコード会社[21]が作ったの。
卓球「ああ、なるほどね。販促物？　売ってるの？」

18 うまい棒：1本10円のスナック菓子。

19 チロルチョコ：10円のチョコレート。しかし、近年は様々な新商品が登場し、値段はまちまちとなった。

20 ボブ・ディラン：アメリカのミュージシャン。『風に吹かれて』『天国への扉』などが有名。10年3月に来日公演を行った。

21 レコード会社：ボブ・ディランの現在の日本での所属レコード会社はソニー・ミュージックジャパンインターナショナル。

●プレミア販促物みたいな。だから各雑誌社に1個ずつ送られるみたいな。

卓球「山崎洋一郎に『誰だ食べたのー！』っつって言われて。怖くて言い出せねえみたいな、新入社員も（笑）」

7月号

瀧「うちの近所にちっちゃい公園があって子供連れて遊び行ったりするのよ。近所のガキとか相手しなくちゃいけない感じの時とかあるじゃん。鬼ごっこをみんなでやってて、じゃあ君も入んなとか。で、最近そういうことやってたら、近所に今年小学校に上がるくらいの子がいるんだけど、その子がものすごいなついてくるの。来るたんびに抱きついてきたりとか、俺がベンチに座ってると知らない間に俺の上に上ってたりとかすんの」

一同「（笑）」

瀧「そのうち顔見知りにもなるしさ、『おお、元気？ 最近何やってたの？』みたいなこと言ってるんだよ。で、ある日ピンポーンって鳴るからなんだろう？と思って出たらさ、その子とお母さんが立ってて、『瀧さん、これ』ってパッて渡されて、なんだろう？と思って見たら、チョコレートで。その日、バレンタインデーだったんだよ」

卓球「女の子？」

瀧「いや、男の子なんだけど。バレンタインデーにさ、『お母さん、瀧さんにチョコあげるから買って』って言って、買ってくれて、お母さんも、じゃあついてってあげるわって来てくれて。で、『おお、ありがとう!』ってもらって、一筆、『たきさんだいすきです』みたいなことが書いてあって。すっげえかわいい、今どきこんなピュアないい子いないなと思ってさ。で、『瀧さん、お返しできないから、あ、そうだ』っつって、『Upside Down』[1]のCDがあったから、じゃあこれあげるから聴けっつって、瀧さんこういうのやってるからって。そしたら、ワーッとか言って、目キラキラキラッて感じで、『ありがとう!』って帰っていってさ。で、しばらくしたらまたその子を見かけて、『瀧さーん!』て寄って来るから、『おお、どうした? 元気か? 瀧さんがあげたCD聴いた?』『うん、聴いた聴いた! それからさ、いろいろ瀧さんのこと調べてさ、瀧さんさ、買い物カゴかぶって踊ってたよね!』[2](笑)」

一同「(爆笑)」

瀧「それ言われて、『うっ、何を言ったらいいのかわからない……』っていう(笑)。近所にステキな優しいおじさんがいて、チョコあげに行ったらCDくれて、その段階まではすごいじゃん」

●ステキなおじさんだよ。

瀧「じゃあもっと調べなきゃって調べたら、買い物カゴかぶって踊ってるっていう(笑)。『どうしよう、なんて言ったらいいんだろう、こういう時』っていう(笑)」

●しかも、調べれば調べるほどひどいことがた

1 Upside Down:09年11月リリースの電気のシングル。

2 買い物カゴをかぶって踊ってたよね!:09年8月にリリースされた20周年記念アルバム『20』初回生産限定盤のDVDに収録されている「ピエール瀧の体操42歳」のこと。

3 狂人ドラム:「いかに狂人的にドラムを叩くか?」を競い合うコンテスト。雄叫びを上げながらTシャツを切り裂いた瀧が、ブリーフ一丁でドラムを叩いたりする。インディー時代の電気が宝島社のビデオマガジン『V

くさんあるよね、この先（笑）。
瀧「がっかりしていく一方っていうさ（笑）」
卓球「狂人ドラムとかな[3]（笑）」
瀧「〝ドリルキング社歌[4]〟とかさあ（笑）。ああいうの見て、どう思うんだろうな、この子と思ってさ」
卓球「『野球ディスコ[5]』の角刈り網タイツとかな（笑）」
瀧「ほんとに。親が来そうだもん。『あの子が部屋から出てこないんですけど』って（笑）」
●夢にも思ってない感じでなついてたわけね（笑）。
瀧「これはちょっと処理できないなと思って、『うっ』て感じでさ、言われた瞬間（笑）。その角度からくるとはなっていうね、ほのぼの話がありましたよと」
卓球「調べられちゃうからね」
瀧「今ね、その気になったら全部ね」
卓球「うちら特に多いからね。プライベートの公の場っていうかさ、例えば業者の人とかさ、知らない人と会っても、話した後にこっちがどういう仕事してってっていうのとか、絶対調べてるじゃん」
●家の契約の時とかね。
卓球「次に会った時は絶対調べてるだろうなと思うと、次から次へと会いづらいんだよね（笑）」
●でも絶対調べてるよ。不動産屋の人とか、2回目に会った時に言ってくる人いるもん。「あ、高校の頃読んでました」みたいな。

OS』で披露していた。

4 ドリルキング社歌：94年8月リリースのオムニバス・アルバム『DRILL KING ANTHOLOGY』の収録曲。同アルバムは「電気が主宰するDRILL KINGの所属アーティストによるオムニバス・アルバム」という設定だった。実際は電気の変名ユニットの曲で構成されている。〝ドリルキング社歌〟は後にリメイクされ、〝ドリルキング社歌2001〟として01年7月にリリースされた電気10周年セルフ・トリビュート・アルバム『The L

卓球「俺もこの前ね、そういうこっちが頼むような、ちゃんとした場があって」
瀧「一般人としての場がね」
卓球「社長とかもいるようなところで。で、さんざん事務的な話して、最後終わったときに、『ところで石野さん、卓球っていうのはどこからきてるんですか?』って言われて、最初に言ってくれよ〜!っていう（笑）」
一同「（笑）」
卓球「うわ、知ってたんだっていう。最後の最後で言われて、余計きょどっちゃってさ、なんか。『いや、あの、ほんと、卓球部だったんで』って。もう逃げるようにして帰っちゃってさ（笑）」
瀧「『ごめんなさい!』（笑）」
卓球「『ごめんなさい!』（笑）」
瀧「しかもうちらなんてさ、嘘もいっぱい入ってるからさ」
卓球「嘘を言ってるのが、嘘じゃなく載ってるじゃん」
瀧「ね。ってことは、今、こうやって普通の会話をしてても、これも半分くらい嘘なのかなって思われるよね（笑）」
卓球「いや、嘘なのかなって思ってる人はまだいいんだよ。みんな基本嘘つかないから、額面どおりとるじゃん。それがね」
瀧「そうだね」
卓球「前あったじゃん。ずいぶん昔だけどさ、『オールナイト（ニッポン）』でさ、お前がイタ[6]リア珍道中みたいな話してたじゃん。その時に

ast Supper」に収録された。

5『野球ディスコ』：97年12月リリースの映像作品。同タイトルツアーの追加公演の模様を収録。09年12月に電気20周年を記念してリリースされたDVD版には93年の「たんぽぽツアー」のツアー・ファイナルを収めたボーナス・ディスクとコメンタリーが追加されている。

6 イタリア珍道中：オフの時にイタリア旅行をした瀧の冒険譚。知り合いのDJに誘われて遊びに行ったパーティ会場が思いもよらない人里離れた場所にあっ

俺が茶々入れてさ、『お前イタリア行って、チャイナドレスでな』とか言って、『ああ、うんうん、チャイナドレスでな』とかお前が受け入れるいつものあるじゃん。そっからしばらく経って、お前と一緒に行ったどっかのバーで、誰だったか忘れたけど、顔見知りのミュージシャンの奴に、『そういえば瀧くん、チャイナドレスでイタリア行ったんでしょ!?』って言われて（笑）。そこの部分だけ強烈にインプットされててさ」

瀧「ああ、あるね」

●メロンのボケとか、真顔で言うのが味じゃん。それをけっこう真に受けちゃうんだよね。

瀧「絶対そうでしょ。俺も前、普通のOLに、『瀧さんって、休みの日ってロシアとかのサーカス団に入団してるんですか？』って（笑）。『そういうオフの過ごされ方してるんですねえ』っつって」

卓球「あと、ファンレターの似顔絵を、自分の家の壁に貼ってるとか言ったら、真面目なファンが『瀧さんのそういうところが大好きです！』だって（笑）」

瀧「『瀧さんのためにいい猫の写真を見つけました』っつってくれたりとかさ（笑）。まったくかまえてない時にそんなこと言われるとさ、『あ、う、うう、あ、はい』ってなっちゃって。もう切り抜ける術がないから逃げるしかないっていう（笑）」

卓球「うん」

瀧「ネットの書き込みとかも、間違ってるのがまかりとおっちゃうじゃん。こないだラジオ

たり、イタリア人のゲロにはちゃんとパスタが混じっていることを学んだり、眠っている間に腕時計を盗られそうになったり、置いてけぼりになって途方に暮れる瀧を地元の青年団が最寄り駅へ送ってくれたり。放送を聴いていたファンの間で今でも話題に上る名エピソード。電気がオールナイトニッポンの火曜1部を担当していた時に語られた。

で、どこに行っても初対面の人と絶対に盛り上がる鉄板ネタは、悪口かエロ話って言ったの。それがどこでどう歪んだのか、悪口と愚痴ってなってて（笑）」
一同「（笑）」
瀧「俺、初対面の人に愚痴言ってんの!?ってことになっててさ（笑）」
卓球「『大河きつくてさぁ』って？　『実際、ここだけの話』っつって（笑）」
瀧「俺、ずいぶんケツの穴のちっちゃい人間になってんなって思って。エロ話と愚痴を同じテーブルにのっけて言ってるっていうさ、信用なんないじゃん（笑）」
卓球「でもそれこそＴｗｉｔｔｅｒなんかさ、見かけて書かれたりとかさ。自分じゃないこととかも書かれたりさ、人違いとかで。たまんないよな」
●やんないでしょ？
瀧「Ｔｗｉｔｔｅｒ、何つぶやいたらいいか全然わかんないわ」
卓球「悪口とエロ話と愚痴（笑）」
一同「（笑）」
瀧「Ｔｗｉｔｔｅｒで自分が何してるか書く人って若干、露出狂の気があるっていうかさ」
卓球「だってミッチーも普段チンチン出して歩いてるもんな」
道下「はははははは」
卓球「会社ではしないけど（笑）。会社出るともう、すぐ（笑）」
瀧「ズボンおろして、よちよちよちよちっつって（笑）。だから、みんなそういう気づかいとかモラルみたいなもんって、これでないものになったんだって感じの錯覚があるじゃん」

●何言ってもいいんだっていう。

瀧「そうそうそう。ものすごいやってる奴とかいるよね、ほんとに。10分おきぐらいで。『ああ、眠い』だって」

卓球「あっはっはっはっはっはっはっは！　寝ろっつうの」

瀧「『ああ、眠い』（笑）」

卓球「それ一番すごいよね、『眠い』が」

瀧「はあ？って感じ（笑）。寝なさいよ、じゃあっていうさ。知らないよ」

卓球「『ママ、おしっこー』だもんな、言ってるレベル（笑）」

瀧「その後フォロー入って、『俺も』だって」

一同「（爆笑）」

瀧「ミッチーやってるよね」

●あれは何が楽しいの？

道下「見るのが楽しいですよね。人の頭の吹き出しを見てるような感じっていうか、みんなそんなこと考えてるんだっていう」

瀧「……ふーん」

卓球「あはははははは」

道下「釈然としない？（笑）」

卓球「でもまあ、やってる人って自分と同じようにみんなもやったら楽しいもんだみたいに言うじゃん。それはやっぱし違うもんね」

瀧「こんだけ開くと楽しいよ、お前も開いてるはずだっていうかさ」

卓球「ヌーディスト村[7]だよ（笑）」

瀧「そういう感じになってるからさ」

卓球「普段から裸で過ごしてるから、別にそんなにって感じだよね」

瀧「まあね」

卓球「裸っていうか、裸でもないけど、ブラつけてるから（笑）」

瀧「今日の話で行くと、この３人、外フルチンで歩いてるよ。マネージャーとアーティストで。『原宿でフルチンなう』（笑）」

８月号

卓球「ラジオの生放送で、瀧のレギュラーのやつあるじゃん。俺今日それ家で聴いててさ、こいつのコバンザメぶりっていうかさ（笑）」

●なになになに？

卓球「オープニングでけっこうシリアスな話を小島さん[1]っていうアナウンサーがしてて、それに対してこいつがあんまりのっかってかなくて。確かにそういう話だったから、番組のオープニングで沈んだ感じになっちゃって。でもその後の通販のコーナーでこいつが『７万切り！』って言ってて（笑）」

瀧「『エアコンが６万９８００円！』『え、７万切り!?』って言っちゃって（笑）」

卓球「で、７万切りって言い方がもう、『コマネチ！』って感じで。こいつ、はやらせようとしてんだよ（笑）」

瀧「これは言ってかないとと思って」

7 ヌーディスト村：近代化、工業化への反発思想を持つ人々が集う村。彼らは自然回帰を目指しているため、人間の本来の姿である全裸で生活する。

1 小島さん：小島慶子。ＴＢＳラジオ「小島慶子キラ☆キラ」のメインパーソナリティ。月曜日から金曜日まで、日替わりパートナーを迎えて放送中。瀧は木曜日担当。他の曜日にはライムスターの宇多丸、浅草キッドの水道橋博士などが出演している。

卓球「その6万9800円っていう値段をさらに安く印象づけるっていう。『7万を切ってるんですね！』（笑）」

瀧「『なんと！　お早く電話を！』みたいな（笑）」

卓球「『7万切り！』がおもしろくて。その割り切り方と立ち直り方と、それはそれ、これはこれっていう（笑）。『工事費込み！　7万切り！』」

瀧「『えーっ!?』て感じで（笑）」

●そういうところでちゃっかりそういうこと言うの、慣れてきてる？　前はさ、カルチャーから来た人ってことで、関係ない話題に関しては関係なくていいんだ俺は、っていうような、そういう素振りがあったけど。

卓球「いや、のっちゃったほうが楽なんだよ」

瀧「ジャパネット[2]たかたの人が俺に話しかけてくるんだよ。『ね、ピエールさん。だからね』って。『なんと、ピエールさん！』『はい』『6万9800円！』『7万切り!?』」

一同「（爆笑）」

瀧「そこで声を発するほうが無なのよ、だから」

卓球「黙って睨みつけるほうがエネルギー使うもんな（笑）」

●なるほど！

卓球「ためになるでしょ（笑）」

●波が来たらとりあえずのっかったほうが楽っていう。

瀧「そうそうそうそう。声を発することによって消えていくっていう（笑）」

2 ジャパネットたかた：OA機器、映像機器、音響機器、家電製品、電子文具、スポーツ用品、宝飾品、健康食品、健康器具、寝具、生活雑貨などを取り扱う通信販売の会社。テレビ、ラジオ、新聞チラシ、インターネットなどで幅広く展開している。本社は長崎県佐世保市。

卓球「あっはっはっはっは。当たり前のことをね。６万９８００円は確かに７万切ってるからね（笑）」

瀧「あと、おもしろくしてもダメだしね。話それてもしょうがないじゃん、だって。ジャパネットたかたのコーナーだからさ、ボールが来たら『丸い！』って言うしかないんだ（笑）」

一同「（笑）」

瀧「速いとかそういうことじゃなくて、『丸い！白い！』」

卓球「しかもそれも『７万切り』ってボソッと言ったんじゃなくて、『７万切り！』って野球の審判が『ストライク！』って言うみたいに言ってて（笑）。こいつの中で、沈んでもその後のジャパネットのコーナーは一応上げなきゃいけないっていうのもあるじゃん。そこでこいつなりに考えたアクションがそれっていう（笑）。ほんとだったら、『ああ、７万切り？　すごいっすねえ』ぐらいの感じなんだけど」

瀧「うん。黙っててもいいんだけど、黙ると意味が出ちゃうから。でも俺も『７万切り！』って言った時に、『７万切りってなんだよ、俺』って思ってたんだよね（笑）」

卓球「あはははははは」

瀧「その商品が７万超えてたこともよく知らないし」

卓球「もとの値段知らないんだから、そこでそんなに無責任なことをさあ。俺、家でお茶淹れててさ、何こいつって。信用できるんだかできねえんだかわかんねえって思って（笑）」

瀧「そういう感じでね、お送りしているわけですよ（笑）。あ、驚異の10段重ねバーガー[3]出たの知ってる？　パテが10枚のやつ。『ご希望によっては10枚以上も承ります』だって」

●10枚超え？（笑）。

卓球「（笑）10枚超え」

瀧「『10枚超え！』」

卓球「でも10枚超えるともう立ってられないんだって、ハンバーガー自体が。自立できないから、食べづらいですよって。もう10枚の時点で食べづらいんだけどさ（笑）」

瀧「ロッテリアで発売されたみたい」

●出たんだ？

卓球「こいつ毎日食べてるって、毎食（笑）」

瀧「予約とかじゃないんだ、あれ？」

卓球「その場でやってくれるんだって。安いんだよな。990円」

●あ、そうなんだ？

卓球「１０００円切り（笑）」

瀧「『１０００円切り！』」

一同「（笑）」

卓球「混ざっちゃってな（笑）。あと最近（5月29日）、スチャダラの大阪のやつ[4]出たじゃない。春日の格好[5]で」

瀧「ダブル春日」

卓球「行きの新幹線で話してて。お前今日、春日の格好で出たら？って、また思いつきで言ってたらさ」

瀧「『ああ、全然いいよ』って」

卓球「確か今、東急ハンズとかでパーティグッ

3 驚異の10段重ねバーガー：ロッテリアで期間・店舗限定で販売された。通常のチーズバーガーに＋100円する毎に一段ずつ増やすことができた。10枚重ねは割引サービスで990円。

4 スチャダラの大阪のやつ：スチャダラパーのデビュー20周年を記念したライヴ・イベント。東京公演は5月9日に日比谷野音で、大阪公演は5月29日に大阪野音で行われた。

5 春日の格好：お笑いコンビ・オードリー春日のトレードマークはピンク色のベスト、白い半袖シャツ、ネクタイ。

ズで春日セットを売ってるから。商品名が『トゥースのおにいさんセット』なんだけど（笑）」
●似合いそうだよね。
卓球「でも、『じゃあ俺も着るからお前も着ろよ』っつって。じゃあ俺も着るわっつって、着いて急いで電話してさ。で、やっと3軒目ぐらいにあって、買って着てみたら、全然ちっちゃくて（笑）」
瀧「しかも全然伸びない素材で。着たら（丈が）このへん（へその上あたり）になっちゃって、春日こんなじゃなかったよなっつって（笑）」
卓球「そっちに目がいっちゃって春日に見えないっていう（笑）」
瀧「で、事務所のスタッフがピンクのTシャツ探して買ってきてくれて、それの袖を切って」
卓球「遠目に見るとTシャツってわかんないんだよな」
道下「これがその時の写真（※本書2010年トビラに掲載）です」
●おお、いいねえ！
卓球「で、最初に瀧が出てって一瞬沸いたんだよな、ほんとに春日が出てきたと思われて（笑）」
一同「（笑）」
瀧「『ちょっと待つぜよー！』って、『龍馬伝』ネタもちょっと入れて、袖から春日の歩調でこうやって歩いてったら、客が『ワーッ！』ってなって」
卓球「ヤバい！って（笑）」

一同「（爆笑）」
瀧「明らかに俺に向けての声援じゃなくて春日に向けての声援だと思って、ヤバい！ってなっちゃって（笑）」
道下「一回引き返してましたよね（笑）」
卓球「で、途中から俺が出て来るんだけど、俺も春日っていう、二段出オチ（笑）」
瀧「お前もゆっくり出て来りゃいいのにさ、もう恥ずかしいからタタタタタターッとかって出て来ちゃって」
卓球「違う違う、ゆっくり歩くっていうのを今言われるまでまったくわかんなかった（笑）」
●だって春日はそうでしょ。
卓球「いや、俺、そん時に春日だっていう自覚なかったから（笑）。今言われて思い出した」
●ははははは。
卓球「春日の格好でしばらくいたから、もう慣れちゃってたんだよね。大阪の野音の中って禁煙で、表に出ないとタバコ吸えないのよ。で、着替えたはいいけど、今タバコ吸いに行ったら絶対写真撮影会になるよなっつって。まあいいから行ってみようって行ったら、もう案の定なって（笑）」
瀧「『こっちお願いします！』『こっちお願いします！』って（笑）」
卓球「撮影会になって、瀧が耳元で『悪い気しねえな』って（笑）」
一同「（爆笑）」
瀧「上では、行くと絶対そうなるからダルいよなあとか言ってたのに、パシャパシャ始まったら『まあまあ嫌いじゃないよ』だって（笑）」
●でも卓球の春日、すごい中途半端だよね。
卓球「のりこなせないよね、やっぱね」
瀧「春日を？」
卓球「春日をじゃなくて、キャラ[6]もの全般を。キャラもの、こいつはのり慣れてるじゃん」
瀧「のり慣れてるのもどうかと思うけどね（笑）」
卓球「大型２輪の免許持ってるもんな、お前な。かぶりものの」
瀧「２種免許まである（笑）」
卓球「俺、原付とかそんなもんだからさ（笑）」
瀧「ほんとにでも、友達が後ろのほうで観てたんだけど、後ろのほう、けっこうなとこまで春日だと思ってたんだって。『春日だー！』っつって（笑）」
●でも、龍馬ネタ振った上でもやっぱりダメだったんだ。
瀧「でもそりゃそうだよね」
卓球「あそこに来てるお客さんだったら大河より春日だもんな」
瀧「それで、ツーショットの写真を春日に送ってやろうと思って（笑）」
卓球「あ、本人に送ったの？」
瀧「うん。そしたら、春日からメールが返ってきて、何が起きてるかわかんないって感じで。『なんの写真ですか!?　え、ライヴですか？　とりあえずありがとうございます！』っつって。『待ち受けにします』だって（笑）」
一同「（笑）」

6 キャラもの、こいつはのり慣れてるじゃん：『ポンキッキーズ』出演時のピエール、人生時代のドラえもん、電気の"富士山"の時の富士山のかぶりものなど、様々なキャラを経験している。

卓球「で、その写真をこいつ、自分の娘に送ったら、返事が返ってきて、『かっこいい！』だって（笑）」
一同「（爆笑）」
瀧「嫁からの感想が上に書いてあって、『気持ち悪い』って。その下にうちの子供の感想が書いてあって、『かっこいい！』って（笑）。いやいや、かっこいいのかあ？　わかんねえな。って感じ（笑）」

9月号

卓球「今日は南アフリカ[1]の話だろ、お前」
瀧「そう。ミッチーからある時電話がかかってきて、『瀧さん、ちょっとお願いがあるんですけど』って言うから、『何？』って言ったら――『瀧さん、僕と一緒に南アフリカに行ってくれませんか？』って」
卓球「うっわ」
瀧「ミッチーがワールドカップツアーにペアで申し込んだんだって、どうせ当たんないだろうと思って。で、案の定はずれたの、抽選に。で、キャンセル待ちが何人？」
道下「14人かな」
瀧「だからどうせ回ってこないと思ったんだけど、南アフリカはヤバいってキャンセルが続出して、番が回ってきちゃったの。で、『ええと、行く人……瀧だ！』って（笑）」
道下「そりゃ最初に出てきますよね（笑）」
瀧「で、しばらくして旅行会社からペラ1枚送

1 南アフリカ：南アフリカ共和国。10年にアフリカ大陸初となるFIFAワールドカップが開催された。

られてきて、現地はものすごい危ないですってあって。特にヨハネスブルグ[2]は超ヤバくて、犯罪発生率が150％ですって」

●なんじゃそれ（笑）。

瀧「で、『諸注意…現地の公共の交通機関には絶対に乗らないでください。電車、バス、タクシー含む』って」

卓球「もうチャーターでしょ」

瀧「それで次に思いつくのってレンタカーじゃん。で、『レンタカーを借りる時の注意』っていうのもあって、現地では交差点で止まると、その瞬間に脇からハンマーとか石を持った奴がダーッて来て、ガラスをバーンッて割って、中のバッグとかをとってくんだって。で、止まるとそうなるから、交差点に信号が赤で差し掛かったら、ずいぶん手前からノロノロ運転にして、信号が変わるまで止まるなと。仮に止まらなくちゃいけない場合に横から怪しい奴が出てきたら、信号が赤でも突破してくださいって書いてあって。これはヤバいってなって」

卓球「何泊？」

道下「3泊」

●で、行ってみてどうだった？

瀧「ダーバン[3]が超いいとこでさあ（笑）」

●ははははは、なんだ、そうなんだ。

瀧「カンヌ[4]とかバルセロナ[5]とかさ、ヨーロッパの港のある街っていうか。で、ものっすごい安全な感じなの。警官もいっぱい歩いてるし。ただ、その中で唯一、ひとりだけビビりまくってた男が、あの男（道下）」

2 ヨハネスブルグ：南アフリカ共和国北東部に位置するハウテン州の都市。ワールドカップの決勝大会が行われた。

3 ダーバン：南アフリカ共和国東南部に位置するクワズール・ナタール州の都市。高級ホテルが立ち並ぶリゾート地。ワールドカップの試合会場のひとつだった。

4 カンヌ：フランス南東部の都市。地中海に面している風光明媚な高級リゾート地。

5 バルセロナ：スペイン第2の都市。イベリア半島の北東

一同「（笑）」

瀧「もう着いて早々、ビビりすぎなんだよ。ホテル入って周りをバーッて見たら、安全そうだから、『ケンタッキーがあるから行こうよ』っつったら、『いや、もう危ないですから！　危ないですから！　ケンタッキーとか絶対ダメですって！』とか言って（笑）」

道下「『あそこのケンタッキーは絶対ダメです！』（笑）」

卓球「目に浮かぶ（笑）」

瀧「『大丈夫だって、ほら、見てみ。親子連れとかも歩いてるし』」

卓球「『あれが強盗ですよ！』、親子連れを装った（笑）」

瀧「親子連れがみんなもう涼みながら、ファ〜って感じでさ、それこそ大道芸人みたいなのもちょこちょこ音楽やったりしてるから、『絶対、大丈夫だって』『いや、絶対そんなことないですって！』って（笑）」

卓球「ハハハハハハハ！」

瀧「『だから大丈夫だって、ミッチー！』っつって、ふたりでバーッて砂浜のほうに行ってさ。『写真撮ろう！　写真撮ろう！』っつって。でも写真撮る時にちょっと人がいるとこから離れたら、もうキョロッキョロしちゃって。砂浜からザバーッて出てくるわけじゃないんだからさあ」

一同「（爆笑）」

瀧「潜んでて土とんの術[6]みたいに、来たーって、アリ地獄じゃねえんだからさ。そんなわけない

部、地中海沿いに位置する。

6 土とんの術：「土遁の術」と書く。敵から逃げる際に土や石を使用する術の全般を指す。土の中に潜るのも、バリエーションのひとつ。

のにさ、『ダメです！　ダメです！』って」
卓球「海から来るかもしれないから（笑）」
瀧「『暗くなってきた！　暗くなってきた！』とか言って（笑）」
道下「横をチラチラ見ちゃって（笑）」
瀧「全然そんなことないんだよ。夕方で風も涼しいし、気持ちいいじゃんっつって。で、ホットドッグみたいなの売ってたから買おうっつって、1回離れた時があってさ。買ってきてミッチーのとこパーッて見たらさ、『やっぱひとりでいると、なんかちょっと不穏な感じがありますね』って。周りの人全員犯罪者扱いしててさ。南アフリカの人に申し訳ねえって感じでさあ、もう」
卓球「あ、フェス走った、また？」

瀧「それは会場に入ってからだね。南アフリカに着いてからはそれ以外、まったくフェス走らなかった。理由は怖いから（笑）」
一同「（笑）」
道下「基本的に瀧さんの後ろをついてってました、予定どおり（笑）」
瀧「ビビりすぎなんだよ、ほんとに（笑）。で、宿泊したのがミッチーとふたり部屋だったんだよ。3日間だからいいかっつって。それが3日間ずーっと足の臭いにおいがしててさ。自分の足臭いだら俺じゃなくて。これはミッチーだって。でも初日に言うとまだあと2日あるし、波風立ててもしょうがないと思って、ずーっと我慢しててさ、足臭いのを。で、3日目のパッキングが終わって、あとちょっとあるから飛行機までくつろごうかってベッドでくつろいでる時に、もう痺れを切らして、『ものっすごいずっと足が臭いんだけどさ、この足の臭いのはさ、誰？　ミッチーでしょ？』っつったら、ミッチーが『僕じゃないですよー！』って。『でも俺でもないよ。俺の靴嗅いでみ』ってミッチーが嗅いで。『ほんとだ、臭くないです』っつって。ミッチーも靴持ってきて、『僕のも臭くないでしょ』『あ、臭くないわ。あれ、なんでなんだ？……あっ！』って。これ、初日に開けたお菓子だ！って気づいて（笑）」

一同「（笑）」

瀧「おもしろがって買った現地のチートス[7]みたいなやつのにおいがしてて、それをずっと足のにおいだと思ってたんだよ（笑）」

道下「ずっと足臭い奴だと思われてて（笑）」

卓球「無言で足臭のフォルダに入れられたんだ、ＡＫのところに（笑）」

瀧「ほんとに。３日間我慢しちゃって」

卓球「我慢しながらそのお菓子を（笑）」

瀧「ボリボリボリボリ、『なんだよ、このクセーの』（笑）」

卓球「はっはっはっはっは！」

道下「『瀧さん、これじゃないですか？』『……これだわ！』（笑）」

瀧「『俺、今まで足のにおいがするもん食ってたのか！』って（笑）」

一同「（爆笑）」

卓球「足は臭いし、ビビってるし。ビビると臭くなるのか？だって（笑）」

7 チートス：48年にアメリカで発売が始まったスナック菓子。チートス（Cheetos）とは、Chee（チーズ）とtos（小さい）を合わせた造語なので、ミニチーズという意味。全世界の40ヶ国以上で販売されている。日本では75年に販売が開始された。

一同「（笑）」

卓球「身を守るために、スカンク的な（笑）」

瀧「『僕、食べられませんよ〜』（笑）」

卓球「アッハッハッハッハッハッハ！」

瀧「行きとかさ、成田↓香港、香港↓ヨハネスブルグ、ヨハネスブルグ↓ダーバンって行くんだけど、香港↓ヨハネスブルグが一番長くて、13時間ぐらい乗るのね。で、トランジットで乗り換えて、飛行機に乗った瞬間に『機材トラブルがあり、出発が遅れます』っつって、そっから4時間飛ばずに飛行機の中に閉じ込められてさ」

卓球「キツいなあ」

瀧「俺はもう自動的に全部オフになるから、ずっと寝てられるんだけど、ミッチーとか途中、気が狂いそうになっててさ（笑）」

道下「後ろのほうに行って屈伸ばっかりしてました、体が痛くて」

●ミッチー、弱いね、いろんな意味で（笑）。

道下「はい。これから怖いしって（笑）」

一同「（笑）」

瀧「まだ空港の建物の中にいるのにさ、その時点からビビってるんだもん、もう（笑）」

卓球「ずーっと空手のポーズでしょ（笑）」

道下「臭いにおいと（笑）」

一同「（爆笑）」

瀧「『ベスト・キッド』[8]のポーズのまま（笑）。大丈夫だって、悪い奴は入ってこれないよって言っても、キョロッキョロ、キョロッキョロ、物音がするとビクーッ（笑）」

8『ベスト・キッド』のポーズのまま：『ベスト・キッド』とは84年公開のアメリカ映画。いじめられっ子が日系男性に空手を教わって成長していく物語。両腕を鶴がはばたくように掲げ、片足を上げる「鶴のポーズ」が有名。10年には、ジャッキー・チェンとウィル・スミスの息子ジェイデン・スミスのコンビで新作がリメイクされた。

一同「(笑)」
●南アフリカ独自のものとかなかったの?
瀧「干し肉をすごい売っててさ、ビーフジャーキーの柔らかいやつみたいなのがあって、それがすっごいうまいのね。それとビールがものっすごい合って、バクバクそればっか食ってた。棒のやつとか、脂身がついたのとか、チリ・スーパーホットとか」
卓球「それはスナック的に食うの?」
瀧「うん。これって言うと紙袋に入れてグラム量って、いくらって言って売ってくれてみんなそれをつまんだりして。あとは鹿の肉食ったりとか」
●普通に食うんだ、それを。
瀧「うん、スナック感覚でみんな食ってて。おいしかったよ、ほんとに。みんなもっと来ればよかったのにって感じ」
●でもちょっと遠いよね。
瀧「でもそれ言ったらさ、サッカーファンは次、ブラジルだよ、だって」[9]
卓球「でもブラジルは危ないんだろ」
瀧「ブラジルは多分、まんべんなく危ないと思うんだよね(笑)。でも金とられるぐらいだからね。だからミッチーと帰って来る時に、ブラジルも行こうって(笑)。やっぱデカい祭はおもしろいね。祭だから行かなきゃって感じもあるじゃん」
卓球「バカだからね」
一同「(笑)」
卓球「『行かなきゃ、バカだから!』(笑)」

9 次、ブラジルだよ:14年のFIFAワールドカップの開催予定国はブラジル。同大会の第20回記念となる。

瀧「浮かれに行かなきゃ（笑）」
●観戦記みたいなのは書いたりしたの？
瀧「ミッチーが、せっかく行くんだから仕事をねじ込みましょうっつっていくつか。あと現地で、なんだっけあれ？」
道下「あ、『Mr.サンデー[10]』。フジテレビの滝クリ[11]と宮根[12]さんの番組が取材してて」
瀧「ディレクターの子が『どうでした？』って来たから、『あ、僕、あの』『わかってます、わかってます』『ああ、ほんと。じゃあ』って言って、『宮根さん、どうも！　こんにちは！』みたいなこと言って。で、さーて、オンエアされるかな？って思ってたら、キレイにカット」
一同「（爆笑）」
卓球「かっこわる！（笑）」

瀧「ピエールのピの字もないっていう（笑）。そんぐらいだったね。だからそんなに南アフリカのこと悪く言っちゃダメって感じ。ああ、情報って怖いなあって（笑）」

10月号

●真っ黒だね。
卓球「1週間海に行ってて、そのあと今日まで3日間、また海に行って泳いでたの」
●そうなんだ、いいなあ。
卓球「真っ黒だよ。肩痛いもん、今」
瀧「焼けすぎて？（笑）」
卓球「お前がなんか赤いのはなんで？　ゴルフ？」

10 Mr.サンデー：フジテレビ系列で毎週日曜日22時～23時15分に生放送されている情報番組。

11 滝クリ：フリーアナウンサーの滝川クリステル。09年9月までメインキャスターを務めた『ニュースJAPAN』で人気を集めた。

12 宮根さん：フリーアナウンサーの宮根誠司。元朝日放送のアナウンサー。日本テレビで平日午後に放送されている『情報ライブ ミヤネ屋』のメイン司会も務めている。

1 ペニってんのよ：「ペニスに形状が似

瀧「これはキャンプとゴルフ焼け」
卓球「そうそう、瀧からメールで送られてきたんだけど、すごい写真が」
瀧「こいつそっくりの鬼を発見して、これは似てんなと思って（笑）」
卓球「（写真を見せる）」（※本書2010年トビラに掲載）
●ウオアーッ！
卓球「ははははは、載せてよ」
●そっくりだね、これ！
瀧「そのつのが1本さあ、ペ[1]ニってんのよ（笑）」
●ペニってるねえ（笑）。
卓球「ペ[2]ニー・レインだって（笑）」
瀧「ほんとに、この感じやばいよねえ（笑）」
●そっくりじゃん（笑）。
卓球「これ、我ながら似てると思うもん。あと、お前が見つけたっていうのと、このチンチンになってるのが、これは完全におびき寄せられたよな」
瀧「おびき寄せられた（笑）」
卓球「びっくりした、これは」
瀧「ああ、写真って、ここ（メロン牧場の連載ページ）に載せるってことね。P[3]I-Xページに『ISHINO TAKKYU』って載せるのかと思った（笑）」
卓球「違うだろ（笑）」
瀧「そっちにしようよ！」
卓球「わけわかんねえだろ（笑）。それ1回やっちゃったら、次から次へと他のアーティストも、じゃあこれもってなってっちゃうじゃん」

ている」という意味。

2 ペニー・レイン：67年2月にリリースされたザ・ビートルズの14thシングル収録曲のタイトル。『ストロベリー・フィールズ・フォーエバー』との両A面作品であった。「ペニー・レイン」とはザ・ビートルズが結成されたイングランド北西部の都市・リヴァプールにある通りの名称。

3 PI-Xページ：『メロン牧場』が連載されている音楽誌ロッキング・オン・ジャパン内の1コーナー。バックステージの模様や、アーティストのプライ

●違うページになるね（笑）。
卓球「それこそ表紙のとれた文庫本とかで、『ワタナベイビー』[4]とか（笑）」
●ハハハハハハ！
瀧「文庫本1冊置いてあってね」
卓球「『ワタナベイビー』。編集部がどんどん暴走し始めて、本人の許可なくどんどんやっちゃって（笑）、『おい、大丈夫か、これ!?』ってて。それで飛ばされちゃって、編集長変わっちゃってな（笑）」
一同「（笑）」
●その表紙のとれた文庫本って、俺、初めて聞いたんだけど、すごい衝撃（笑）。
卓球「初めて聞いた？　ずいぶん前から瀧が言ってたんだけどね。もう10年選手だよな」
瀧「そうだね」
卓球「表紙のない文庫本がワタナベイビーっていうのは」
瀧「そっくり（笑）」
卓球「あと、ノーナ・リーヴス[5]の西寺（郷太）くんは小籠包って言ってたんだよ（笑）」
一同「（笑）」
卓球「あと、使い古したキャッチャーミット」
瀧「昔のキャッチャーミット（笑）」
一同「（爆笑）」
卓球「ひどいけど、でもすごい納得でしょ（笑）」
瀧「名前が出てこなくって、『誰だっけ？　あのー、ホフディランのあっちの、ほらほら、表紙のとれた文庫本に似てるほう！』っつってて（笑）」

ベートを写したスナップショットなどが掲載される。

4 ワタナベイビー：ふたり組バンド、ホフディランのメンバー。本名は渡辺慎。担当パートはヴォーカルとギター。個性的な声の持ち主で、CMのナレーションなども時々務めている。

5 ノーナ・リーヴスの西寺（郷太）：ロックバンド、ノーナ・リーヴスのヴォーカル・作詞作曲担当のメンバー。マイケル・ジャクソンに詳しい。09年9月に書籍『新しい「マイケル・ジャクソン」の教科書』を出版し

卓球「『ああ、ワタナベイビーね！』だって（笑）。[6]有吉のあだなとは違うんだよな」
瀧「そうそうそう」
卓球「モノにたとえるっていう。擬人化じゃなくて偽物化。昔、事務所の女の子で、『なんだっけあの人、あの磯辺焼きに似た人』って言ったら全員わかったからね（笑）」
瀧「全員陰で、磯辺さんって呼んでた（笑）」
卓球「あと誰かのマネージャーさんか誰かで、幼虫っていうのがいたじゃん。カブトムシの幼虫っぽい感じの」
●ハハハハハ！
瀧「糸吐きそうとか言ってたもんな（笑）」
●フジロックとかは？
卓球「フジロックはねえ、[7]WRENCHのSHIGEが、『[8]ロキシー・ミュージックに[9]ブライアン・イーノが出るらしいよ』って。『マジで!?』『いや、ほんとほんと。俺、聞いたもん！』って前の日に言ってて。で、うちらが雨の中ロキシー・ミュージック観てたら、[10]布袋さんが出てきた（笑）」
一同「（笑）」
卓球「あとは、この前海で泳いでてさ。で、便所が遠かったから、人もいないしここでウンコしちゃえと思って、さりげなくズボンをずらしてさ、ブリブリブリッてしたの。そしたらそっちが上流で、ウンコがこっちに向かって流れてきて、『うわ、やべっ！』と思って逃げたら、そこに魚がいっぱい集まってきてた（笑）」
一同「（爆笑）」

た。

6 有吉：お笑い芸人の有吉弘行。毒気の利いたあだ名をつけるのが特技。まりんと一緒に人命救助をしたことがある。この時のエピソードは単行本『メロン牧場』98年6月号の回に収録されている。

7 WRENCHのSHIGE：ロックバンドWRENCHのヴォーカリスト。DJとしてはAYASHIGE名義。DJ TASAKAと結成したテクノ・ライヴ・ユニットAGEROでも活動している。

8 ロキシー・ミュー

●下流に向けてしろと（笑）。

卓球「そうそう、気をつけたほうがいいよ（笑）」

瀧「なんか具合悪くなってきた（笑）。魚が食ってたって。それをだって水中眼鏡で眺めてたんだろ？」

卓球「違う違う、その海キレイだから上から見えるんだよ」

瀧「なるほどね」

11月号

卓球「前回のレイアウトすごいね。[1]前代未聞のレイアウト（笑）。だってあれ、1ページでいいよね。なんでああなったかっていうと、メインのつもりで話してた話がヤバすぎて、載せられなくてっていう」

●その代わりにペニってる鬼の写真がすげえデカく載ってるの。

卓球「緊急事態発生（笑）」

瀧「[2]この斜めになってる感じはなんだ（笑）」

道下「ボリューム感を出してますよね（笑）」

瀧「高さ稼いじゃってね（笑）」

道下「見た目ですよ、大事なのは（笑）」

●レイアウト壊してまでこういう緊急事態になったっていうのは、ほんと、何年ぶり。

一同「（笑）」

卓球「登場人物に殺人容疑の人と、完全なキチガイが絡んでてっていう（笑）」

道下「結局、頭と最後の5分ぐらいの話をのばさなきゃいけなくて。担当の人とやりとりして

ジック：イギリスのロックバンド。72年にデビューし、当時ブームだったグラムロックの一翼を担った。

9 ブライアン・イーノ：ロキシー・ミュージックのキーボード・プレイヤーであったが、73年に脱退。電子音、残響音などを効果的に用いたサウンドメイキングで独自の世界を確立。アンビエント・ミュージックの始祖。デヴィッド・ボウイ、U2などのプロデュースでも有名。今日に至るまで、世界中のミュージシャンに多大な影響を与えている。

た時に、ウンコの話の部分になって。石野さんにも連絡したんですけど」
卓球「俺、ビーチにいた時にミッチーから電話かかってきて。休みだって知っててかかってくるの珍しいからさ、これは緊急事態だなと思って出たら、『くだらないことで、ほんと申し訳ないんですけど……』『なになに?』『ウンコの話、載せていいですか?』」
一同「(笑)」
道下「ロッキング・オンの担当の人に『事務所的にはギリギリアウトなんですけどねえ』っつって、『そうですかあ、わかりました』って1回電話切って、でもなあっつって、もう1回電話してみるかって(卓球に)電話して」
卓球「『もう全っ然いいよ』って。『いや、マネージャーとしてはノーなんですけど、本人としてはどうですか?』っつって。全然オッケーだし、ミッチーらしくねえなと思ったよ。俺、その電話受けたのが熱海[3]の海でさ、初島の。結局だから、それオッケーって出したけど、初島の人とけっこう知り合いになったりとかして、『うわ、これ、初島でクソしたっていうふうにとられるだろうな』って思って(笑)」
道下「『アルバム[4]のタイミングでもあるんで……』っつったら、『だからこそ載せてよ!』って(笑)」
一同「(爆笑)」
道下「何言ってんだ、オメエ!?って感じになって(笑)」
●今回こういうきっかけがあったから、あそこ

10 布袋さん:ギタリストの布袋寅泰。少年時代はグラムロックに夢中になり、ロキシー・ミュージックも一生懸命ギターでコピーしたという。布袋のアルバム『GUITARHYTHMⅡ』に収録されている"SLOW MOTION"に、ロキシー・ミュージックのアンディ・マッケイが参加。10年のフジロックでのロキシー・ミュージックと布袋の共演は、この縁で実現した。

1 前代未聞のレイアウト:10年10月号のロッキング・オン・ジャパンに掲載された『メロン牧場』のレイアウトのこと。

はどうなんだ、ここはどうなんだっていう検証をやったけど、これ、毎回ただ単に検証してないだけかもしれないよね（笑）。
道下「そうですね（笑）」
●考え始めるとキリがないよね。
卓球「全部ダメでしょ（笑）」
●ダメだよね（笑）。
卓球「2回メロンの単行本出たけど、あれが書店に並んでから、しばらくの間ちょっとドキドキするもん（笑）」
一同「（笑）」
瀧「なんで？」
卓球「ロッキング・オン・ジャパンは音楽ファンしか買わないっていう。でもメロンの単行本って、下手したら電気の音楽に興味のない人も手にとるじゃん。どこに地雷があるかわかんないから、ちょっとドキドキするんだよね（笑）」
●しかもなんだかんだ言って、単行本にする時も、誰もそういう視点でチェックしてないっていうさ（笑）。
道下「よくよく見るとヤバいぞっていうのがありますもんね」
瀧「ヤバいでしょ」
卓球「でもその代わりに先月出てきたのが『表紙のとれた文庫本』っていう。それもワタナベイビーに悪いっていうかさ、じゃあそっちはいいのかよっていう（笑）」
●でも俺、（小宮山）[5] 雄飛に電話したの。
瀧「なんでそっちに電話すんの」

通常の『メロン牧場』は「右ページ：テキストが4段／左ページ：上の2段がタイトル＋写真、下の2段がテキスト」というスタイル。しかし、この号は「右ページ：上2段がテキスト、下2段が写真（卓球そっくりの鬼）／左ページ：上3段がタイトル＋写真（卓球と瀧の取材時の写真）、下1段がテキスト」という超イレギュラーなレイアウトであった。

2 この斜めになってる感じはなんだ：テキストの段組みのブロックが不安定に傾いているレイアウトであった。

卓球「あはははははは！」
●「これ、大丈夫かな？」って言ったら、「もう全っ然大丈夫！」って（笑）。
瀧「本人に電話したわけじゃないんでしょ？（笑）」
卓球「本人に電話するのも失礼だよ（笑）。いやあ、プチ事件だったね」
瀧「んふふふふ。そっか、それでこんだけなんだ。これプロの仕事じゃないもんね。学生がやる感じだもん、ミニコミ[6]で（笑）」
卓球「余白で1コーナーできるもんな（笑）」
瀧「そうそう、『なんでここ空けてあるんだよ！』『ああ、すいません！』みたいな（笑）」
●でもその担当の子が、編集始めてまだ1年にもなってないから、すごい勉強になりましたって。普段、大きなページの担当とかまださせてもらえないので、道下さんとそういうやりとりをしたってことで。
道下「いやいや（笑）」
瀧「ウンコと環境にまつわる話をして（笑）」
卓球「で、ミッチーも一応そこで、相手が新人だってわかってるから、ちょっとマネージャー風吹かせたんでしょ？」
瀧「上から目線で」
卓球「自分より弱い奴には1回ガツンと言っとくみたいな、そういう男だもん」
瀧「だいたい言ってそうなことが、『まあ、過去の事例から判断すると』って、歴史でまず、相手が入ってこれない領域を作って」
卓球「そういうのある、絶対。絶対逆らってこ

3 熱海の海でさ。初島の：初島とは伊豆半島東部相模湾海上に浮かぶ島。首都圏から一番近い離島として知られている。高速船イルドバカンス号に乗ると、熱海港から約25分。

4 アルバム：10年8月にリリースされたアルバム『CRUISE』。卓球の6年ぶりのソロ作品であった。

5 （小宮山）雄飛：ホフディランは小宮山雄飛とワタナベイビーによる2人組。小宮山雄飛の担当パートは、ヴォーカルとキーボード。

6 ミニコミ：ミニ・

ない者に対して、あるよね」
道下「ないですよ」
卓球「あるよ、すごいあるよ！」
道下「今回はないですよ」
卓球「まったくないとは言い切れないよ」
一同「（笑）」
瀧「絶対言ってるでしょ」
道下「いいじゃないですか、もう（笑）」
瀧「んふふふふふ」
●そういうとこがあるんだ。
卓球「これ前に言ったっけ？ 世が世で、ミッチーが日本兵だったら、真面目に人殺しそうっていうさ」
瀧「死んだふりしてる奴を見つける係だろ？（笑）」
一同「（笑）」
道下「ここ、載せないでください」
卓球「載せられるよ、これは。ひとりずつ刺してくんだよ。『上官、大丈夫です！ 全員死んでおります！』って（笑）」
瀧「ブスッ、ブスッて（笑）」
卓球「ミッチー、そういう男だからね。そういう点が信頼がおける部分でもあり、怖いところでもあるっていうね（笑）」
瀧「いざとなると徹底的だぞっていう（笑）」
卓球「怖いっつっても、ゾッとする怖さだからね」
●あはははははは！
卓球「あるよね。最近、あんまり日常生活で味わわない恐怖っていうか」

コミュニケーションの略。プロではない人間が刊行している雑誌などを指す。コピー用紙をホチキス留めしたような簡素なものが主流であったが、パソコンが普及した近年は本格的なものも出るようになっている。

瀧「刺したらそのあと弁当食えるからって」
一同「(笑)」
瀧「日陰探しちゃったりして(笑)」
道下「やめてくださいよ、もう(笑)」
卓球「家族の写真とか見て、ほろっとしたりとか(笑)」
瀧「家族のことを思って、『さて、Twitterでも……』って感じの(笑)」
道下「どういう時代なんですか(笑)」
●セクハラもできるしね。
瀧「ああ、今回の担当、女の子なんだ。じゃあもう、さらに」
卓球「セクハラっていうか、いじめて喜ぶ部分もあり、逆に噛みつかれたいっていう部分もあって。昔キューンの宣伝担当だった人がけっこうキレイな人で、ちょっとSキャラっぽい見た目の人なのね。で、電気のプロモーションのことでモメたんだよね。またその女の人もけっこう気の強い人でさ、俺、たまたまそこにいたんだけど、ミッチーのとこに来て、『謝ってください!』とか言ってて」
道下「で、『わかった、ごめん』って(笑)」
卓球「翌日、『ミッチー、謝ってくださいとか言われてたよね? もうギンギンだったでしょ?』『もちろんですよ~』だって」
一同「(笑)」
卓球「ゾクゾク~ッ(笑)」
瀧「きたきたっ!って感じ(笑)」
●そう言われると、ミッチー確かに最近見ないメンタリティを持ち続けてるよね。

卓球「日本犬っていうかさ、すごい飼い主には忠実だけど、よそものが来ると、ワンワンワンワンワンッ！みたいな（笑）」

瀧「緊急系のできごと、すごい好きだもんね。はりきるもんね」

道下「まあ、ちょっと上がりますよね（笑）」

卓球「ミッチーのドヤ顔もあったんだ」

道下「ドヤ顔？」

卓球「1回ね、ミッチーが仕事でポカじゃないけどちょっとあって、俺がきつく言ったことがあるの。その時俺かなり怒って、『ミッチー、ちょっと頼むよ！』みたいな感じで。で、そのあと、連絡もあんまとってなくてさ。意図的にじゃなくて、連絡とる用事もなかったから。で、俺もそんな根に持ってなかったから、用事があって普通に電話かけてさ。そしたらミッチーも、『あ、よかった！』って感じで、もう尾引いてないみたいな、いつもよりちょっと明るいトーンで、『お疲れっす！』っつってて」

一同「（笑）」

卓球「その時俺、いろいろ連絡事項があったんだけど、いつもより明るく、『合点承知！』って感じで（笑）。で、その件でまた電話かけたら、相変わらずそのトーンでさ、『例の件、やっときましたんで！　ちゃんとキャンセルしときましたんで！』って。でも俺、キャンセルしてくれなんて言ってなくて。言われる前に先回りしてやっときましたよ、使えるでしょ、俺！って感じだったんだけど、キャンセルしちゃいけないとこキャンセルしちゃって」

道下「一気にリカバーって勢いで（笑）」
卓球「逆に火に油を注いで。『ちょっと待ってよ！』って（笑）」
道下「怒られちゃって。『もう俺がやるからいいよ！』って言われて（笑）」
瀧「さっきの日本兵の感じで、『女子供、殺っときましたんで！』（笑）」
卓球「『あの村、皆殺しにしてきましたよ！』（笑）」
瀧「『ダメダメダメ～！』（笑）」
卓球「『それ味方！』（笑）」
一同「（爆笑）」
道下「もういいんじゃないですか、今日は（笑）」
瀧「帰ってくださいだって（笑）」
●はい、ありがとうございました（笑）。

12月号

卓球「今日はありますよ。まずは小さいネット社会の話。昨日、ミッチーとイケちゃん[1]から、とある雑誌で、有名人のTwitterを紹介するページに俺を載せたいっていう依頼が来てます、っていうメールが来たのよ。で、俺Twitterやってるけど、そういうので紹介したくないから。紹介すると見なくてもいい奴が見て、文句たれたりとかするじゃん。だから断ってつって。で、そのメール見たら、こういうページになりますっていうダミーみたいのがあって、そこはちゃんと俺の写真で、石野卓球さんってなってて。で、別に企画書が添付され

1 イケちゃん：電気が所属するキューンレコードの担当プロモーター池田氏。

てて、それ開いたら、『キューンレコード池田様　○○○の[redacted]と申します。今回は、御社所属の寛利夫[2]様にTwitterのコーナーに登場していただきたく……』って書いてあって。完全にコピペで間違えてて、石野卓球のところを寛利夫で送って来てたの（笑）」
●あはははは。やっちゃったねえ。
卓球「すごいよねえ。もともと取材受けるつもりもなかったんだけど、それTwitterに書いたのね。絶対その担当の人は見てるじゃん。で、『あれ!?』と思って自分のを見たら、『寛利夫』って書いてあって、それで『取材お断りします』って言われたら、そのポカでだと思うじゃん（笑）。怖いよねえ」
瀧「絶対それがリツイートされて残ってくから、寛利夫の事務所とか、『なんか卓球さんに寛利夫って名前で行ってるみたいで、なんでなんだろう?』ってなるよね（笑）」
●絶対どっかで拾ってるよね（笑）。
瀧「ンフフフフフ」
●怖いねえ、ネット社会（笑）。
卓球「それが小ネタその1。で、その2。先週の話なんだけど、『ミックステープ[3]、大量に売ってるね』っていうメールが友達から来て、『えっ、なんだろう!?』と思って。冗談かなと思ってメール返したら、リンクが貼られてて、見たら、ヤフオクにDAT[4]とカセット、ミックステープが30本ぐらい出てて。『石野卓球の初期ミックステープ』って、写真も載ってて。で、『個人所有の石野卓球のミックステープで

2 寛利夫：俳優。所属していた劇団第三舞台の他、他劇団の公演などでも活躍。TVドラマ『踊る大捜査線』の新城賢太郎役で本格的にブレイク。演劇だけでなく映画、TVドラマ、バラエティ番組など、幅広いジャンルで存在感を発揮している。

3 ミックステープ：DJが独自に複数の曲を繋いで作成するカセットテープ。

4 DAT：デジタル・オーディオテープ。従来のカセットテープをはるかに上回る高音質。ハードディスク・レコーダーが登場した近年

す』って書いてあって。えぇっ!?と思って。うち、空き巣に入られたじゃん。最初その時の犯人かなと思って、見つけた!と思って写真を拡大してみたら、『○○くんへ』って書いてあるの、カセットのラベルとかに。で、ハッと思い出して、15年ぐらい前に家によく遊びに来てた友達に、来るたびにその場でやってあげたりとかしてたテープなのよ。で、その彼の名前が書いてあって、出品者の名前もそれで。もうびっくりして。で、何年も連絡とってなかったから電話してさ、『ちょっとあれ、ひどいよ』『え、まずかった?』『っていうか、普通さ、宛名入りであげたものって売りに出さないよね』『あぁ、そうだよね……』みたいな感じで(笑)」
一同「(笑)」
瀧「しかも30本セット500円から(笑)」
●30本もあんの!?
卓球「30本以上あったかもしんない。しかもDATってさ。もうマスター[5]じゃん(笑)」
瀧「そのままCD出せるもんね(笑)」
卓球「恐ろしいでしょ。その電話を切ったあとに、これ誰かに言いてえと思って、こいつ(瀧)に電話したのね。『どう思う?』っつってさ。誰かに言わなきゃおさまらねえって感じで。結局それは削除されたのよ」
●でもそれ、ひどいね。
瀧「まあね、家をきれいにしたいって思ってるかもなっていうね」
卓球「でももともとタダでもらって、その人宛に名前書いたもんを売るかね?っていう。ひど

は、あまり見かけなくなった。

5 マスター：マスター・テープのこと。CDやレコードの原盤。

い話でしょ、そんなの。俺もそこではたと考えたんだけど、昔、瀧が地方でやってた番組のDVDをセットでもらって、そのまま売ったことあったなって（笑）」
一同「（爆笑）」
瀧「マジで？（笑）」
卓球「あってもしょうがないなと思ってさ」
瀧「アハハハハハハ」
●でもよく見つけたね、それ。
卓球「恐ろしい話だよ、ほんとに」
瀧「どこまで売っていいもんやらってね」
卓球「最近、おまえの偽者がつまんねえことつぶやきまくってたんだろ？（笑）」
瀧「そう、俺Twitterやってないじゃん。そしたら、『瀧さん、Twitterやってます？』ていう連絡が来るようになって、いや、やってないよっつって。○○○っていうIDなんですけどねって言うから、見てみたら、どう考えても俺じゃないの、言ってる内容が。口調は土佐弁になったりするんだけど」
卓球「あはははははは！」
瀧「『わしも明日は仕事じゃき』みたいなことが書いてあったりすんのよ。でも俺、それやるかな？と思ってさ、自分で（笑）」
一同「（笑）」
卓球「それがすごいつまらないんだよ（笑）」
●迷惑な話だね。
瀧「ほんとね。それで最近やってんのが、ツイッター狩り」
●何それ？（笑）。

瀧「この間IKEA[6]に買い物に行ったのよ。で、レジで待ってたら、俺の前に並んでた大学生ぐらいの男の子が後ろをパッて見たときに、俺のこと二度見してさ、アッ！て感じで。こいつ、俺のことフラグ立ててたなってわかったから、そっから見ないふりしてたら、そいつが携帯取り出したのよ。それ見て、『あ、こいつTwitterやってんじゃねえかな』と思って、すぐ自分の携帯で『ピエール』って検索したら、そいつのアイコンで、『IKEAなう。レジの後ろにピエール瀧が並んでる』みたいなこと書いてて（笑）」

一同「（笑）」

瀧「ははーんって感じで。で、レジをすぎたとこでそいつがお茶してたから、会計終わってからパーッて近寄ってって、『おまえさ、Twitterとかよくないぞ』って（笑）」

一同「（爆笑）」

瀧「ID見て、『〇〇くん、Twitterよくないと思う。あと、瀧[7]の漢字が違う』って言ったら、『うわ～、ほんとすいませ～ん、あ、ぁ、あ、申し訳ないです。あ、あ、あ……』とか言って。で、しばらくしてもう1回Twitter見たら、『いやあ、Twitterって怖いですねえ。瀧さん、ありがとうございました』って書いてあって（笑）」

一同「（笑）」

瀧「あと、この間、羽田空港から品川駅まで家族で電車に乗ってたのよ。で、俺ちょっと離れたとこに立ってて。で、パッて見たら、みんな

6 IKEA：スウェーデンで創業された大型家具販売店。客が持ち帰り、自ら組み立てるDIYスタイルの販売が基本だが、配送と組み立てサービスも有料で行っている。

7 瀧の漢字が違う：「ピエール滝」という表記が、新聞や雑誌などでしばしば見受けられる。これは旧体字を新体字に置き換えるメディアごとのルールが人名にも適用されるため。

携帯いじってるから、『ははーん、これは誰かTwitterやってんな』と思って、『ピエール』って検索したら、ほんとに『京急[8]車内なう。目の前にピエール瀧が乗っている。きっと桜新町[9]に帰るのだろう』って書いてあって。で、そいつがまた自分の顔写真をアイコンにしてて（笑）」
卓球「アッハッハッハッハッハッ！」
瀧「ラーメンをズル～ッてやってる自分の写真で、横を見たら本名なわけ。車内でその写真をパッて拡大して見てあいつかな？　いや、違うなってやってて。そしたら離れたところで文庫本持って片手に携帯を持って、読んでるふりしてる奴がいて、『あいつだ！』って（笑）」
卓球「アッハッハッハッハッ！」
瀧「見つけたー！ってなって、品川駅降りた時に、ちょうど階段のとこで一緒になったのよ。で、そいつのとこ行って、『○○くんさあ、俺、桜新町じゃないからね』って言ったら、『うわあぁぁぁっ！』とか言って」
一同「（爆笑）」
瀧「『うえぇ～!?』とか言ってるから、『さっきTwitterやってたでしょ』『ああ、ああ、ああ、すいません！』とか言って」
卓球「Twitterポリスじゃん（笑）」
瀧「そうそうそう（笑）」
卓球「渋谷のスクランブル交差点で、『ピエール』って入れてんだろ（笑）」
瀧「『TAKI_IS_WATCHING_YOU』っていうIDをとってね（笑）」
卓球「わざわざ人ごみに行ってな、それを言い

8　京急：京浜急行電鉄。東京都の品川から神奈川県の三浦半島方面までを結ぶ私鉄。羽田空港へのアクセスにも利用されている。

9　桜新町：東京都世田谷区の町。漫画家の長谷川町子が住んでいたため、「サザエさんの町」として知られる。

たいがためにに。警官の格好して（笑）」
瀧「とっ捕まえるとさ、みんな狼狽するんだよ。『うわあぁぁぁぁっ！　すいませんっ！あぁぁぁ！』っていう（笑）」
卓球「外野席とかスタンドにいるつもりだったのが、いきなり横にピッチャーが来た感じだろ（笑）。恐ろしいよ。でも、面が割れてるからこそできるレジャーだな（笑）」
瀧「そうそう。それに味を占めすぎてて、こないだ朝市みたいなとこに行った時に、パ〜って見て、誰か書いてんなと思ったら、だ〜れも書いてなかった（笑）」
一同「（爆笑）」
瀧「『ここはなしか。俺もまだまだだな』だって（笑）」
卓球「心なしか、ちょっと寂しげにな（笑）」
瀧「検索したことが恥ずかしい感じで（笑）」
卓球「警官と一緒でな。『世の中から犯罪がなくなることが望みです』とか言いながら、『張り合いねえなあ。誰か罪犯さねえかなあ』みたいな（笑）」
瀧「そうそうそう」
卓球「でもそうなると、声かけて欲しい奴がわざと書くよね。これ読んでさ、『うわ、瀧いたぞ！うわっ、やっぱ来た！』（笑）」
瀧「アイコンも自分の写真に替えて（笑）」
卓球「自首？（笑）」
瀧「でもそれね、あるよ、ほんとに。いちいち書きやがってっていう（笑）」
卓球「うかつなことできないよね。うかつなとこにいれないっていう」

瀧「いや、マジで。こないだもブチ切れて。地方に行った時、1日暇があったからちょっと出かけたわけ。で、とある店に入ったらさ、偶然ある若手俳優も来てて、やっぱ書かれてんのかなあ、と思って検索してみたの。そしたらひとり、『さっき、店に〇〇がやって来ました！　[redacted]購入、あざーす！』って書いてあって」

卓球「店員!?」

瀧「店員が書いてて、俺、それ見てカチーンッて感じでさ、『この野郎！』っていうさ。さっきまで、『いらっしゃいませ』『ありがとうございます』とかやってた奴がさ、何買ったとか言って『あざーす！』とか書いてるから、もう、ギリギリギリギリ〜ッて」

卓球「人のことまで（笑）」

瀧「店の奴が書くってひどいじゃん。だから次の日その店に電話してさ、『店長出してくれる?』っつって、『昨日、あなたの店に行ったTwitterポリス、TPですけど』っつって（笑）。『これひどくないですか？　これを買ったとか、そんなこと言っちゃダメでしょ』って。で、『店員の子に、すぐ削除するように言ってください』って言ったら、『大変申し訳ありませんでした。わかりました』って言うから、『お願いしますね』っつって。で、1時間ぐらい経って、さすがにもう消えただろうなと思って見たら、まだ消えてなくて。で、また店に電話して、『さっき消すって言いましたよね？　なんで消えてないんですか？』って言ったら、店長が『ああ、すいません。それを書いたものが本日お休みをいただいておりまして、さっき消すようにってメールでは言っておいたんですけど』って言うから、カチーンッて来て、『この野郎！』って（笑）」
一同「（笑）」
瀧「どこまでネット社会なんだよ、こいつと思って（笑）」
卓球「今度その店長が、『今、ピエール瀧からクレームの電話が』って書いてな（笑）」
瀧「もうありえねえからさ、本社に電話して、『どういうことだ』って。そしたら、全ショップの統括部署の人が電話口に出て。『とにかく消すように言ってくれ』っつって。その店員もまたIDが本名だったから、『××という者は存じ上げておりますので、私から何度も電話をして、消すようにいたします。申し訳ありませんでした。ご指摘ありがとうございました』って、切って5分後に見たら、もう消えてた（笑）」
一同「（笑）」
卓球「大捕物じゃん、企業相手に（笑）」
瀧「大捕物だよ、マジで」
卓球「それ自分が書かれなかった怒りもあったんだろ？　俺はどうしたんだ！（笑）」
●それだ（笑）。
瀧「いや、一応書かれてたんだけど（笑）」
卓球「扱いが小せえぞ！って？（笑）」
一同「（笑）」

ボーナストラック

2010年

1・2月合併号

●卓球ちょっと異常だよね、そのアレルギー。
卓球「まあ、今でこそまだマシだけど、小学校の頃とかさ、人んちのお母さんが握ったおにぎりなんか食えないでしょ？　食えた？」
●俺、けっこう遠足とか行くと、交換しようぜみたいなの言うタイプだったね。
瀧「おかずを交換だ。でもおかずでしょ、それ」
●そうそう。で、「もうけ！」みたいな。このおかずでこれゲットできたみたいな。
卓球「うわ、そんなの理解できない。ヘロイン中毒って感じ、そんなことする奴。『こいつ狂ってる！』って感じの（笑）。『危険だ、こいつ』みたいな」
●しかも、うちのお母さんがおにぎりを絶対握ってくんなかったの。常にベタ飯っていうか。だからおにぎりゲットしたらすごいラッキーみたいな。
卓球「マジで!?」
●「いいの？　おにぎりもらっても？」みたいな。
道下「それはないなあ」
瀧「ないね。人んちのおにぎり、なるべく食いたくないもん」
卓球「ないよな」
瀧「未だにそれちょっとあるもん。花見とかやって、『おにぎり握ってきたんだけど』って持ってこられて、『うわ、それは……』っていう」
卓球「そういう時断りづらくてな、隠れて捨てみたいな」

たりするもん（笑）」
一同「（爆笑）」
道下「それはやっちゃいけないでしょ！（笑）」
瀧「隠れてポイッ、ガサッて感じで（笑）」
卓球「ポイッて捨てたら、それがトイレに行く途中の道すがらで、うわ、おにぎり落ちてるって感じの。蹴ったりとかしてな。おむすびころりんって感じで。証拠隠滅（笑）」

6月号

卓球「お彼岸で田舎に帰って、親戚の3歳の子を連れて、清水のすしミュージアム[1]に行ったのよ。で、遊んでたらさ、ウンコしたいって言うから、戸惑っちゃってさ、俺。どうすんだかわからないから」
瀧「手で受けるか口で受けるか？」
一同「（爆笑）」
卓球「それで、困っちゃってさ、俺ひとりだから。で、『もれちゃうー！』っつってるから、トイレ連れてって、バーッて脱がしてさ。で、全部脱ぐじゃん。全部脱がして見てたらさ、ブリブリブリッとかして、『閉めてー！』とか言われて（笑）。見てるのは嫌なんだと思って、ドア閉めてさ、でも『そこにいて！』とか言うから、ずーっといてさ、『終わった？』『出た！』って言うから、『拭ける？』って聞いたら『拭けない』って言うから、拭いてもらってんだと思って。で、紙をとって、くしゃくしゃってやったら、『なんでくしゃくしゃにして拭くの？』っ

1 清水のすしミュージアム：日本初の寿司のテーマパーク。静岡県清水市にある。正式名称は『清水すしミュージアム』。寿司の歴史や雑学を学べる「鮨學堂」、寿司に関する資料が揃っている「すし道場」、様々な寿司を食べられる「清水すし横丁」などがある。

て言うから、いつもキレイに巻いて拭いてるんだと思って、もう1回キレイにやって拭いてやったんだよ。『うわあ!』と思いながら。『人のクソ拭くの初めてだなあ』って」

一同「(笑)」

卓球「で、拭いて、もう1回拭こうとしたら、『なんで2回拭くの?』って言われて、1回だけたんで1回だけ拭くんだと思って、じゃあいいやと思って、また穿かせて。で、その親戚にさ、『いい歳して、もう幼稚園とか行ってんだから、自分でウンコとか拭かないもんなの?』って言ったら、『え、普段自分で拭くよ』って言われてさ(笑)」

一同「(爆笑)」

卓球「『あのやろ～!』っていうさ(笑)」

●調教されてんじゃん、完全に(笑)。

瀧「『おもしれえ、こいつ』っつって(笑)」

卓球「『クソでも拭かすか』って(笑)」

瀧「あの眉毛に(笑)」

卓球「拭かされた。それが今月のトピック(笑)」

7月号

瀧「YouTubeとか、あれリストが年代順に出てくれないじゃん」

卓球「20年前にやったことも昨日やったことも一緒だもんな」

瀧「まだやってるっていうふうにさ。若気の至りっていうのもあるんだけど、向こうは絶対思ってくれないじゃん。興が乗ったらこの人、狂人ドラムやる人なんだっていうさ（笑）」
卓球「そうだよな、恐ろしいよ、長くやってると。ナゴム総決起集会[1]とラヴパレード[2]が一緒だもん、だって（笑）」
瀧「並びとしてはな」
卓球「並びとしては（笑）」
瀧「下手するとナゴム総決起集会のほうがカウント数上だったりしてさ（笑）」
卓球「恐ろしいよ。だからそれこそ、お前んちなんか子供が自分でネットを使うようになったらさ、ボロボロ出てくるじゃん」
瀧「出てくるだろうね、知らないお父さんがね（笑）」
卓球「自分の知らなかったお父さんが。ある程度その耐性できてからだったらいいけどさ、下手すりゃ家で無視されるもんな（笑）」
瀧「そうでしょ。だからそのうち学校でさ、ピエール瀧の子供ってからかわれるだろうからさ。『そんなことない！』ってその場では言ってたのが、ある時からこれは言われても仕方ないっていうとこに変わるんだろうからね（笑）」
卓球「絶対あだな、ピエールでしょ」
瀧「絶対そうだね」

＊＊＊

卓球「うちのマンションのエレベーターで一緒になった別の階の若夫婦みたいなのがさ、降り際に『卓球さんですよね』とかって話しかけてきて。同じとこに住んでてそういうのなしだぜって感じじゃん。知ってても」
瀧「まあね、そこはそ知らぬふりしてくれない

1 ナゴム総決起集会：電気の前身バンド・人生が所属していたインディーレーベル・ナゴムレコードのイベント。人生、筋肉少女帯、有頂天、ばちかぶりなどが出演。このイベントの模様を収録したビデオが、ナゴムレコードからリリースされた。

2 ラヴパレード：ドイツで毎年開催されていた世界最大規模の屋外レイヴ。卓球はDJとして度々出演していた。

とっていう。Twitterとかもさあ、みんな書くもんね、ほんとに。あれ、いつから見かけたら書いていいことになったの？」
●書かれたことある？
瀧「全然ある。瀧だと思ったら瀧じゃなかったとかさ」
卓球「瀧じゃなかったならいいじゃん（笑）」
瀧「あと、瀧を板橋[3]のどこどこで目撃とか」
卓球「あははははは、いないっつうの！」
瀧「何してんだよ、そこでっていう。俺もそれ見ながら、へえ！　だって（笑）」
●ほんとだよね。ある意味、写真週刊誌とかより怖いよね。
瀧「うん、ほんとに。どこどこのラーメン屋でラーメン食ってるみたいな話とかさ」
●全然違うとこにいることになってんのにね。
卓球「あと、まったくこっちに気づいてる素振りもなかったのにそれを書かれて、あとから、『あ、あいつだ！』っていうのとかな（笑）」
瀧「『あの柴犬連れてたあいつじゃん！』っていう（笑）」
●俺、リアルタイムでそいつ発見したことあるよ。
卓球「今書いてるって？」
●今書いてるっていうか、フレッシュネス[4]（バーガー）で仕事してたら、客が3人ぐらいいて、ひとりずつだったんだけど、女がこっちをちらちら見てるなと思って。で、1時間ぐらい原稿書いてて、しばらくしてTwitter見たら、ちょうど1時間前ぐらいに、『フレッシュネ

3 板橋：東京都の北西部に位置する板橋区。板橋区の北部は埼玉県と接している。

4 フレッシュネス：正式名称は「フレッシュネスバーガー」。ハンバーガーショップ。素材にこだわったメニューに定評がある。コーヒーに付いてくるマドラーには、格言が英文でプリントされている。山崎はこれを非常に楽しみにしており、度々ブログのネタにしている。

スで山崎なう』みたいなやつが書いてあって。
卓球「その時はもういなかったの？」
●いるいる。
瀧「立ち上がって、『誰だー！』って言えばよかったのに（笑）。マジで」
●あれ監視装置だよね、ほんとに。
卓球「ＫＧＢ[5]でしょ（笑）」
瀧「書くなよっていうさ。ダメじゃない、それ、なんか。書いてる連中はさ、友達に知らせる感じで書いてるのかもしれないけどさ、開かれてるじゃん、それってさ。すげえ書かれるもん、俺」
●でも俺も見かけたら多分、書くね。
瀧「書く気持ちもわからなくもないんだけどさ。あとＴｗｉｔｔｅｒやる人ってだいたい、『瀧さんはＴｗｉｔｔｅｒやんないんですか？』とか、楽しいからやりましょうよって誘い方をしてるんだけど、ようは僕の週刊雑誌のライターのひとりとして名を連ねてくださいよっていう。僕がカスタマイズした雑誌の中の執筆者になってくださいよってことだからさ、それ、俺、全然得なくねえか？っていうさ。お前が楽しみたいから俺を入れるんでしょって感じ。めんどくさい！って。なんでお前のために俺が一肌脱がなきゃいけないんだよっていう」
●俺のＲＰＧの登場人物のひとりになってっていう。
瀧「俺の街の住人になってよ、なんか言ってよってことだからさ。全然ないもん、言うこと」
卓球「最近、みんなで飯食っててもやってるも

5 ＫＧＢ：ソビエト連邦で活動していた秘密警察「国家保安委員会」。世界各地で諜報活動を行い、国内では反ソビエト的な活動を厳しく摘発していた。

んな。『何してんの？』『Ｔｗｉｔｔｅｒ書いてる』とかさ」
みたいな感じのこと書いてるんでしょ」
瀧「ああ、『今みんなでパーティ前の食事なう』みたいな感じのこと書いてるんでしょ」
卓球「ええ～!?って感じ。萎えるよ～って感じでさ。例えばこのメンツで焼肉食ってたとして、閉ざされたこの空間だから話すことってあるでしょ。それは閉じられてるから話すことなんだけど、書く人たちってそれを平気で書くじゃん。瀧がこう言ってたんだけどみたいな。お前、何書いてんだよ！って」
瀧「Ｔｗｉｔｔｅｒで書かれることを意識して飲み屋で話さなくちゃいけないじゃん」
●飲み会とかも、前半はとりあえずお疲れ様ーとか言って盛り上がるんだけど、そのうち全員が下向いて携帯いじり始めるんだって。
卓球「あるある、そういうの」
瀧「全員Ｔｗｉｔｔｅｒ状態？」
●そう。……ある意味、最低の会話してるね、ついていけないおっさんどもが（笑）。
卓球「でもついてけないのと、立場の違いがあるじゃん。そのへんの一般の人とは違うからね」
●あれでもすごいと思うのは、フォローされてる人の人数が出るでしょ。それってさ、自分はあんまり人気ありませんよっていうのをさらしてるようなもんじゃん。
瀧「う……ん？　そうは俺、あんまり思わないけど（笑）」
卓球「思わないし、山崎洋一郎って出したら別に友達じゃなくてもフォローしてくるでしょ」
●でもそういう人がいないってことでしょ？
瀧「俺、どっちかっていうと、俺はこんな人と友達だぜっていうのをさらすほうが恥ずかしいっていうか、しんどいかなって感じもあるけどね。例えば俺が始めたら、篠原とかなんとかさ、そういうのが出てくるわけでさ」
●秘密の交友関係が（笑）。
瀧「そうそうそう。何その感じっていうのとかさ。でもほんと、閉ざされた空間の発言を書かれるのが一番めんどくさいかな。全然知らない人が、『瀧さんこの間、こうやって言ってたんですって？』って言われて」
卓球「俺も言われたもん。ミッチーと北海道行って、ジンギスカン食って、翌日[6]リキッドルームのサウンドチェックしてたら、PA[7]の佐々木さんが来て、『ジンギスカン食ったんでしょ？』って言われて、『ミッチーッ！』っつって。『おめえがジンギスカン食ったからって、どうでもいいんだよ！　それになんの価値があるんだ！』っつって（笑）。別に俺と一緒に行ったとは書いてないけどさ」
●「ジンギスカンなう」（笑）。
瀧「なんかね、すごいなと思って。それこそジャパンの編集部の奴らなんて、ガンガンやってんじゃないの？」
●やってないやってない。
瀧「あ、そう？　やってそうなイメージあるけどな。兵庫とかやってそうじゃん」
卓球「やってそう！（笑）」

6 リキッドルーム：東京都渋谷区にあるライヴハウス「恵比寿リキッドルーム」。

7 PA：拡声装置を意味する"public address"の略。機材を操作するスタッフも「PA」「PAさん」などと呼ばれる。

瀧「嬉々としてやってそうじゃん（笑）。ジャパンの内部告発とかしたらおもしろいんだろうけどさ（笑）」

●だからそういうふうに使うのは唯一おもしろいよね。ミュージシャンとかでも、完全にフライングで情報バーンッと出しちゃったりさ。海外のアーティストとか。

瀧「ここで期間限定で1ヶ月アルバム先行で特別ダウンロードやるからみんな来たらとか。そういうインフォメーションはわかるけど、何食ったとかさあ」

一同「（笑）」

卓球「『ラーメン屋なう』とかさ」

瀧「『へらぶな釣りに来ましたけど、僕は坊主[8]でした』、みたいなさ」

卓球「へらぶな釣りはおもしれえじゃん（笑）。それ報告してんのは。へらぶな釣りに行く奴いんだ、今もって感じで。すげえ早い時間とかだったらおもしろいけどさ（笑）」

瀧「レスポンスがある感じが見れるものだったらね。例えば今、上海万博[9]行ってます、どんな会場でとかっていうのとかね、○○館は3時間並んでるとか、そういうのだったらわかる」

卓球「フェス[10]とかだったらすごい使えるんじゃない？　去年はそんな一般的じゃなかったでしょ。今年とかすごいんじゃない」

瀧「今年はプラス、Ｕｓｔｒｅａｍ[11]とかあるからさ、下手したら250[12]カメ中継みたいな感じのことも可能なわけじゃん」

卓球「もう録音ダメだとかさ。バッグの中とか

8 坊主：「何も釣れない」という意味。水商売業者の間では「誰も客が来ない」という意味でも使われる。「坊主頭＝髪の毛がない」が語源だと思われる。

9 上海万博：10年5月1日～10月31日に上海で行われた万国博覧会。

10 フェス：音楽フェスティバルのこと。フジロック・フェスティバル、サマーソニック、ロック・イン・ジャパン・フェスティバルなどが有名。

11 Ｕｓｔｒｅａｍ：動画共有サービス。日本語版は10年にス

見てテレコとかチェックしてたのが、もう昔の話って感じだもんね。この前、ＤＪしに行った時に、ステージにブースがあって、オーガナイザーがブースの横にいて、撮ってる奴とか見つけると飛び降りてってそいつの腕掴んでてさ、それ３回ぐらいやってて。で、俺、オーガナイザーに『ごめん、ちょっとそれやめてもらっていいかな』っつって。明らかにフロアの温度が下がってるからって（笑）。捕まえたー！って感じでさ」
瀧「でもフェスとか、取り締まりようがないんじゃない？」
卓球「っていうか、何そのジャーナリズムって感じ（笑）。報道カメラマン的な」
瀧「使命だ！　みたいな感じの」
卓球「みんなにもこの感動を！っつって、やってる本人は全然感動できてないからね（笑）」
●でもあんまひどい奴いないよね、Ｔｗｉｔｔｅｒってね。
卓球「やっぱ個人が特定されるからでしょ」
瀧「まあでも、時間の問題な感じもするけどね」
卓球「何が？　荒れるのが？」
瀧「うん。どう？」
卓球「でもその前に別のもの流行りそうな気しない？」
●ああ、そうだね。でもほんとそういうの昔から興味ないよね。
卓球「興味なかないけど、あんまりこっちが発信したいと思うことがない」
●そうなんだよね、意外。

タート。コンサートの中継、テレビ番組との連動などが行われている。

12 250カメ中継：「250台のカメラを使用して行う実況中継」という意味。フェスの観客が一斉に携帯電話のカメラでステージを撮影したら、無数のアングルから捉えた映像による実況中継が実現できてしまう……という恐るべき可能性を指摘している。

卓球「あればやってると思うけど、ないんだよね。例えばブログとかだったら一方的にもできるじゃん。でもまず一方的に発表するようなこともないし、Ｔｗｉｔｔｅｒとかだと、こっちが言うことによって向こうも受けなきゃいけないじゃん。それがめんどくさいって感じ。あと、全然知らない人の考えとか、この人はどういうスタンスでこれを言ってるのかっていうのがわからないから、あんまり参考にならないっていうかさ。実務的な情報を得るんだったらいいけど、そういう抽象的な感じのものは、むしろシャットアウトしたいっていうかさ」

瀧「人を深く理解するためにそういうツールはいらないってことでしょ」

卓球「深く理解しようとも別に思ってないっていうか」

瀧「俺も人の考えがどうかっていうのはそんなに気になんないな」

卓球「電話できるぐらいの距離感の人だったらまだいいけど、でも電話で済むから、あんまりそれ以上のことも思わないし」

●わりと俺は近いかも、その考えに。

瀧「そういう人たちはやってないっていうだけの話でしょ」

卓球「あんまり人に興味ないんだよね、平たく言うと。家にいる時に他の人の考えが家に入ってくるのが嫌だっていうのものある」

瀧「ああ、それはある」

卓球「プライベート感が薄れてしまうっていうか」

●確かに。だって毎日、石野卓球のツイートを読んでたらさ、1ヶ月に1回会う時の石野卓球の輪郭みたいなのがつまんなくなるだろうね。「今日は疲れた、そろそろ寝よう」とか、そんなの毎日、石野卓球がつぶやいてたら。
卓球「そんなのいらないでしょ。あと、おもしろい人とおもしろくない人がいるじゃん。それこそ眠いじゃないけど、そういうのから、意外に書き込むのはひとネタないとみたいなのとか。天久（聖一）のやつとかおもしろいじゃん。ほぼネタって感じだから、どっちかっていうとラジオのハガキ読んでるみたいな感じっていうかさ」
●それはもうエンタテインメントツールだよね。
瀧「自分の何かをそこで吐露するっていうよりかは、自分が得たおもしろい情報だったりとか、アイディアってものを、みんなこんなのどう？って感じで、他人を楽しませるためにっていうんだったらわかるけど、自分の心情をそこに出すっていうのがわからない」
卓球「だからそこで出す人って、あんまり普段出せないのかなとも思うんだよね」
瀧「ああ、そうなんじゃないの？」
卓球「他で満足してる人とかはあんまそこ必要ないっていうか」
瀧「政治家の人とかものすごいやってんじゃん。どんだけ普段、普通に言う場面がねえんだよっていうさ」
卓球「あれはでもプロモーションでしょ」

瀧「まあね、本音言うとこないんだなっていうさ」

卓球「そこで本音語ってたらすごいよな。アナーキストって感じでさ（笑）」

＊＊＊

●そろそろブラはずすかだって（笑）。

卓球「でも変態でそういう使い方してる奴、いるだろうね。ああ、それは考えたことなかった！」

瀧「『今、京王線準急[13]の最後尾の電車でノーパン』とか（笑）」

卓球「でもハッテン場[14]っていうかさ、出会い系とか、最高じゃない？　同じ趣味嗜好のとかさ」

瀧「ああ、そうかもね。『○○に集まれ〜』みたいなやつとかね」

卓球「そんなのそこに行って気に入らない奴いたら帰ってくりゃいいだけの話だしさ」

●「今、○○公園の茂みにいます」とかね。

瀧「刻々と変化していく感じのね（笑）」

卓球「でも使ってるだろうね。そっか、そういう使い方があったか。始めよう、だって（笑）」

瀧「んふふふふふふふ」

●でもそういうの見かけないね。

卓球「いや、いるけど表出てこれないでしょ。例えばのぞき趣味の連中とかは」

●情報交換するだけじゃなくてさ、要するにTwitterで露出するっていうさ。

卓球「『○月○日、アルタ[15]前でソノシート[16]ばら撒き』的な？（笑）」

13 京王線準急：「京王線」とは東京の鉄道会社「京王電鉄」の鉄道路線。ここで「準急」といっているのは準特急のこと。

14 ハッテン場：同性愛者が出会いを目的として集う場所。

15 アルタ：新宿駅東口からすぐの商業施設ビル「新宿アルタ」。バラエティ番組『笑っていいとも！』は、同ビル内の「スタジオアルタ」から生放送されている。

16 ソノシートばら撒き：大阪出身のパンクバンド、ラフィン・ノーズがメジャ

一同「(笑)」
卓球「『その時立ってますが、ノーパンです』とか(笑)」
瀧「確かにね、それはドキドキしそうでいいよね、なんか(笑)。それこそわかんないけど、自殺者とかさ、『○○のビルの上にいて』とかさ」
瀧「なんかこの前、女優が自殺しようとした奴を止めなかったっけ、Twitterで?」[17]
●そうなの?
瀧「外国の女優がTwitter読んでたら、『もうダメだ、死のうと思う』みたいなやつがあって」
卓球「『死のうと思う』って、お前あれじゃん(笑)。まあいいや、あとで言うわ」
瀧「で、その女優が自分のアカウントで返信をしたら、向こうが話を聞いてくれてみたいなやつで、やめたほうがいいっつって、警察かなんかに連絡したら、そこが行ってことなきを得たっていう」
卓球「でもほんとに死のうと思ってる時、書くかね?『死のうと思う』って。高校生の時の牛山っていう友達がいて、すごいいい奴なんだよ。で、そいつがパンクバンドを始めて、そいつの2階の勉強部屋の机の上をパッて見たら、歌詞が書いてあって、タイトルが『死のうと思う』だったの(笑)」
一同「(笑)」
卓球「『なぜなら俺は、あの世が見てみたいから』(笑)」

ー・デビュー前の85年4月28日に行ったプロモーション。オリジナル曲〝聖者が街にやってくる〟を収録したソノシートを無料配布した。1000人以上のファンが集結し、ニュースなどで報道された。「ソノシート」については09年9月号本編を参照。

17 女優が自殺しようとした奴を止めなかったっけ、Twitterで?：アメリカの女優デミ・ムーアが自殺志願者の女性の書き込みを発見し、警察に通報した。09年4月3日の出来事。

瀧「パンクの曲の歌詞が書いてあったの（笑）」
卓球「実家の2階の勉強部屋で（笑）」
瀧「勉強机で（笑）」
卓球「で、それをうちらで発見！って感じで。前の日の夜中に盛り上がって書いちゃったんじゃない、でもそれをしまい忘れて、『よこせー！』だって（笑）」
瀧「一番見つかっちゃいけない奴に見つかって、で、未だに言われてる（笑）」
卓球「『死のうと思う』って。『あれ、まだ死んでないの？』っつって、たまに会うとな（笑）」
瀧「っていう（笑）。サブ情報だけど」
卓球「パンク＝破滅的、死だ！って感じで（笑）」
瀧「死からスタートだ（笑）」
卓球「その死ぬ理由が、あの世を見てみたいから。のんきだなあって感じで（笑）」
瀧「帰り道のこと全然考えてないっていう（笑）」
卓球「『え、好奇心？』っていう（笑）」

8月号

瀧「ワールドカップ行って来るよ」
●いつ行くの？
瀧「6月17日出発かな」
卓球「だから今回のメロンが瀧の最後のメロンになる（笑）」
瀧「なる可能性がある」
卓球「死ぬから、向こうで（笑）」
瀧「行きに必ず犯罪に遭って、帰りも50％の確率で犯罪に遭うっていうぐらいで、ものすごいヤバいらしいのね、ほんとに」
●でも行くんだ。
瀧「行くんだけど、まあでも、日本対オランダ戦だから、ヨハネスブルグじゃなくてダーバンっていう港町のほうらしいんだ」
卓球「ヨハネスブルグは行かないんだ？」
道下「トランジットだけですね」
瀧「でもダーバンもヨハネスブルグほどじゃないんだけど、ヤバいんだって。でさ、どんなもんかと思って、YouTubeでヨハネスブルグって検索したら出てきて、車にカメラをのせて街を走ってる映像があるんだけど、人が誰も歩いてないいんだよ、ほんとに。商店街とかもシャッター閉まってて」
●ヤバいんだね。
瀧「だって、女子アナ現地に派遣しないんだもんね、各局。警察だって言って来て、警察手帳見せるんだけど、警官じゃないとかいっぱいいるんだって」
●じゃあまったく治安はあてにできないね。
瀧「ほんとにヤバいらしくて。紛争地域を除いて世界で一番ヤバいところが、今、南アフリカなんだって（笑）」
●逆に観光客いっぱい来てるからって、より激しく活動するかもしれないよね。
瀧「そうでしょ、だって基本的にみんな金持ってるっていう感じだからさ。あと、携帯電話とかデジカメも出すなって、ストリートで。だからあげる用のデジカメを買ってかなくちゃいけないっていうさ」
卓球「配る用の（笑）」
瀧「『はい、はい』って（笑）」
卓球「写ルンですをダンボールで（笑）」
瀧「マジで（笑）。そういうとこに行ってくる」
卓球「だから前の北海道みたいに宿決めないで、現地の家に泊めてもらって（笑）」
●あっはっはっはっは！
瀧「無理だよ、ほんとに（笑）」
●いいね、それ（笑）。
瀧「ほんとヤバいみたいよ」
●でもデジカメとかビデオとか、撮ってきたいよね。
道下「撮ってきますけどね、一応。ただ様子がわかんないんで、ほんとに」
卓球「街ブラブラできないんでしょ？　できんの？」
瀧「街ブラブラすんなって書いてあったよね。ちょっと買い物行くのでも、車で、運転手がボディガードも兼ねてるやつをチャーターしていかないとダメなんだって」
卓球「車の中で持っってても狙われるんじゃない？」
瀧「だからさっき言った、ガシャーンッってくるからさ」
卓球「隠し撮りでしょ」
瀧「でもおもしろそうはおもしろそうだよね、単純に。で、まあ、ワールドカップ期間中だったら、そこまで自由にのさばらせないんじゃない？」

卓球「逆に向こうはかきいれ時でしょ。いつもよりがんばるでしょ」
●だって治安っていう概念ないでしょ。
卓球「特にミッチーなんか、向こうの奴にしてみたら小人でしょ。しかもいいもん持ってやがんなっていう」
瀧「っていうか向こうの人にしてみたら、もうミッチー、エロいでしょ（笑）」
卓球「あっはっはっはっはっはっはっは！　そそるだって、うっわ〜」
瀧「『あいつエロい！』（笑）」
卓球「ミッチーがエロいってすごいね（笑）」
●南アフリカではエロいんだ（笑）。
卓球「アハハハハハハ！」
瀧「可能性あるよね。かわいくてエロい、トランジスタグラマー[1]ぐらいの感じの（笑）」
卓球「いくらぐらいかかるの？」
道下「40何万ですね。でも現地で飲んだり食ったら50万ぐらいじゃないですか」
卓球「あと向こうで恐喝されるから（笑）。マジででも、必要じゃない、見せ金っていうか、とられる用の金」
瀧「マジで」
卓球「100万ぐらい（笑）」
●いやあ、次回楽しみだなあ。
道下「珍道中してきますよ。その前にリキッドルームでパブリックビューイングのイベントも出ますんで。４年前もやってますけど（笑）」
瀧「けっこうトラウマになってるからなあ、俺」
道下「負けちゃったもんだから（笑）」

1　トランジスタグラマー：小柄だがグラマラスな女性を意味する表現。ソニーが55年に発売したトランジスタラジオの流行によって生まれた表現。トランジスタラジオは従来の真空管ラジオに較べて小型で高性能であった。

●どよ～んだ（笑）。

瀧「前回[2]、日本対オーストラリア戦だもん、だって」

●誰とやったの？

道下「山根[3]さんと鹿野[4]さんが。今年もそうなんですけど。瀧さんと鹿野さんが司会やって、石野さんとフミヤさんがＤＪっていう」

卓球「俺、サッカー興味ねえのに（笑）」

瀧「でも夜中でしょ、あれやるの」

道下「23時から試合らしいっすね。だからその前にＤＪです」

瀧「どっちが先にやるの？」

道下「まだ決めてないです。前回、石野さんが先でフミヤさんが辛かったんですよね（笑）」

卓球「いや、俺、その後にもやった気がすんだけど」

道下「じゃあやったのかな？　けっこう早い段階で、みんなで鹿野さんに文句言ってましたよね（笑）」

卓球「なんて？」

道下「負けたのはお前のせいだっつって（笑）」

一同「（笑）」

卓球「お前のせいだっつったら普通に落ち込んでたんだよね（笑）」

瀧「冗談で言ってたのに（笑）」

道下「あと浮かれてデッカいサングラスしてたんですよね（笑）」

瀧「で、『お前、それかけろ』っつって（笑）」

道下「そう、瀧さんが『お前、今そのサングラスかけてみろよ』って。『勘弁してくれよ、瀧

2 前回、日本対オーストラリア戦だもん：２００６ＦＩＦＡワールドカップの日本対オーストラリア戦。前半は日本が1対0でリードしていたが、後半で1対3の逆転負けを喫した。

3 山根さん：リキッドルーム代表。

4 鹿野さん：09年2月号本編でも登場した音楽雑誌ＭＵＳＩＣＡ編集長・鹿野淳。サッカー通としても知られ、かつてサッカー雑誌ＳＴＡＲ ｓｏｃｃｅｒの編集長だった。

5 8年前にリミックスしてるんで：02

〜』っつって（笑）」
瀧「んふふふふふ」
●卓球、どう考えても一番関係ないよね、サッカーに(笑)。
卓球「関係ない」
道下「でも一応、[5]8年前にリミックスしてるんで（笑）」
卓球「それ全然関係ないじゃん！(笑)。サッカーに関係あるとすれば、マネージャーが[6]ベッカムヘアーっていう（笑）」
道下「ワールドカップ仕様ですから、完全に（笑）」
●さっき40代を前にやんちゃしたいって言ってたじゃん。
道下「そう、最後の晴れ姿を（笑）」

11月号

卓球「大根さんっているじゃん、[1]大根仁。フジロックの時だっけ？」
道下「ライジングの時です。ライジングでLOOPA NIGHTやってるときに、[2]『モテキ』の監督やられてる大根仁さんと、作者の久保ミツロウさんがいらっしゃってたんですよ。で、Twitterでちょっとやりとりしてて、大根さんはもうバックステージにいらっしゃったんで、『そういえば今日、客席に久保さん来てるよ。紹介しようか？』って言われて、『ぜひぜひ、お願いします！』って言った時に、ちょっとやっちゃったんですよ。途中で自分で気づく

年に日韓共同開催されたFIFAワールドカップの公式アンセムのこと。ヴァンゲリスの曲〝アンセム―2002 FIFAワールドカップ公式アンセム―〟を卓球がリミックス。シングルCDが同年4月にリリースされた。

6 ベッカムヘアー：イギリスのサッカー選手、デビッド・ベッカムのヘアスタイル。2002 FIFAワールドカップをきっかけに日本でも人気者となり、ソフトモヒカンだった当時の彼のヘアスタイルが流行した。

1 大根仁：TVド

ことって、めったにないんですけど、その時に大根さんに、『あ、それが噂の！』って言われて（笑）」
一同「（爆笑）」
道下「『それ[3]が噂のミッチーのフェス走りっすか!?』って言われて、その時にドキーッてして。明らかに大根さんを越して前に出てて（笑）」
卓球「だって、大根さんが紹介するって言ってんのに（笑）」
道下「そうなんですよ、初めてお会いするので、顔がわからないんですけど、思わず大根さんを追い越しちゃって（笑）」
卓球「『あ、これが！』（笑）」
道下「自分でもハッ！てなっちゃって。初めて自覚しましたね（笑）」
瀧「『そうです、これがフェス走りです』（笑）」
●大根さんはなんで知ってんの？
卓球「メロン読んでて。『出たー!!!』（笑）」
瀧「『これが噂の！』（笑）」
道下「その場で指摘されて、ものっすごい恥ずかしかったですね（笑）。自分でも、その瞬間を押さえられたことはないんで」
瀧「大根さんも、『なんであいつ、俺を追い越しちゃったのかなあ？ 俺が紹介するって言ってるんだからわかるわけないのに……あ
あー！』（笑）」
卓球「しかもフェスでね（笑）」
道下「最近はもう、一緒にいる時はむしろちょっと引くぐらいの感じに、意識的にしてるんですけど」

ラマ、CM、舞台などで活躍している演出家、監督。TVドラマ『TRICK』『湯けむりスナイパー』『モテキ』などを手がけた。

2 モテキ：久保ミツロウ原作のコミック作品。10年にテレビ東京でドラマ化された。

3 それが噂のミッチーのフェス走りっすか!?：道下氏はフェスなどの会場に入ると、はしゃいで早足になる。この件に関しては09年8月号の本編で詳述されている。

卓球「フジロックの話はしたっけ？　片手上げるとフェス走りじゃなくなるっていうの」

道下「それはもう自分の中で決めたルールなんですけど（笑）」

卓球「フジロックで、俺がCS[4]のゲストに出るっていうんで、苗場食堂[5]のとこに行った時、ミッチーが先導してって。相変わらずフェス走ってんだけど、こうやって片手上げてんのね。ああ、なるほど、片手上げるとフェス走りも薄まるっていうさ（笑）」

瀧「なるほど」

道下「先導してますよっていう（笑）」

卓球「だけど、全然こっち見てないんだよ。ただ単に、片手上げてフェス走ってるだけなんだよ（笑）」

瀧「パトカーのランプ代わりでしょ？　ファンファンファンファンっていう（笑）」

卓球「そうとう先まで行っちゃってたよ（笑）」

道下「っていうことがありました（笑）」

●いいもん見たって感じだね（笑）。

卓球「なかなか見れないとこだからね」

道下「まんまと見せてしまいました（笑）」

●しかも最高のシチュエーションでね（笑）。

卓球「だって、ミッチーと一緒にいなきゃいけないんだもんね。フェスの会場でミッチーが小走りで歩いてるの見ても、フェス走りを見たってことになんないからね」

道下「一緒に移動しないと」

一同「（笑）」

卓球「年末、カウントダウン・ジャパンとかで

4　CS：通信衛星を意味する〝communications εatellite〟の略。一般的には衛星放送などの専門チャンネルを指すことが多い。

5　苗場食堂：フジロックの会場内にある飲食スペース。フジロックは、新潟県の湯沢町苗場スキー場で行われている。

募集してやればいいじゃん、ミッチーのフェス走り体験（笑）」
一同「（笑）」
瀧「『俺についてこれるかな？』だって（笑）」
卓球「はぐれたら終わりっていうさ（笑）」
瀧「新年の福男[6]とか出なよ（笑）」
卓球「ははははは！　福男いいじゃん！　フェス走りにぴったりじゃん、その才能活かすには」
●初フェス走り（笑）。
卓球「本堂でアンダーワールド[7]かなんか流してもらってさ（笑）。4分打ちはフェス走りしやすいっていうのがあるよね、ロックよりもね」
道下「そうですね（笑）」
●ライジング寒かったんだよね、今年は。
瀧「うん、でもそれほどでも」
卓球「上着いらなかったよな」
道下「初日は、スチャダラのステージにちょっと出させていただいて、翌日はLOOPANIGHTに出てって感じでしたね」
●春日で？[8]（笑）。
卓球「そうそう、行く前にどういう格好で出る？っつってさ。フェスだし、一応春日を持って行って、スチャに聞こうって。で、『春日、いる？』っつったら、向こうもぜひぜひっつってさ。『いや、ほんと嫌だったら言って』って（笑）。春日の押し売りみたいな感じがしたから。あと、1回やってるっていうのもあって、スチャのステージだし、一応彼らの意見を尊重してと思ってさ」

6 新年の福男：兵庫県西宮市にある西宮神社で毎年1月10日に行われている福男選びの神事。午前6時の開門と同時に多数の参拝者が本殿を目指して全力疾走する。先着3名までがその年の福男。順位に応じて「一番福」「二番福」「三番福」となる。

7 アンダーワールド：カール・ハイドとリック・スミスによるエレクトロニック・ミュージックのグループ。映画『トレインスポッティング』で使用された"ボーン・スリッピー"が有名。

8 春日で？：オー

道下「打ち合わせの時間がありましたね（笑）」
卓球「すごいお互い、消極的な感じだった（笑）。しかも、前回の大阪で春日やってから2ヶ月経ってないよね。前回やった時も、春日かなり風化してたけど、今回の風化っぷりたるや！お笑いブーム去るの早いなっていうかさ」
瀧「ギャグとして難解になっちゃってたもんね。なんか意味あんのかな、逆に？っていう（笑）」
卓球「そうそう、ただ単に古くなっただけっていう（笑）」
一同「（笑）」
卓球「そうそう、大阪の時には、バックステージでけっこう撮影会みたいにワーッみたいになったんだけど、まったくなくて（笑）。途中、トイレとか行って、溜まりのとことか通るんだけど、みんなチラッて見てさ、関わり持ちたくないみたいな感じでさ。すげえ恥ずかしくてさ、俺（笑）」
瀧「そんなに笑われもせずっていう（笑）」
卓球「そうそう、それが一番辛かったよな。詰め所みたいなところに、バイトの子たちとかいるじゃん。で、パッて見るんだけどさ、俺がそっち見ると目そらすんだよね。見てませんっていう（笑）」
瀧「逆にこっちから話しかけちゃって。『仕事だからさあ』って感じで（笑）」
一同「（笑）」
卓球「俺もやったやった、こっちから『トゥース！』[9]だって（笑）」

ドリー春日俊彰に扮するための衣装のこと。スチャダラパーのライヴに出演した際に電気のふたりはこの衣装を着用した。このエピソードは10年8月号本編に掲載されている。

9 トゥース！：オードリー春日の挨拶の言葉。胸を張り、人差し指を立てながらこの言葉を発する。

瀧「それやんないと、精神の正気を保てないって感じ、恥ずかしくて（笑）」
卓球「すごかったな、あれな。一番やっちゃダメな時期だったもんな。恥かいた」
●ははははは。
卓球「あと5年後とかだよな」
瀧「そうだね。なんでもう1回やろうとしてんのかわかんないけど（笑）」
卓球「寝かさないと」
●もうその時は、これがわかんない奴はバカだぐらいの気分だよね、逆に。
瀧「そこまでのことはないけど（笑）」
卓球「最初でも、うちらもやる前に春日が風化してるっていうのはわかってたから、どうする？っつってってさ。『どうする？　何する？』とか言って、そういう問題じゃねえよっていう（笑）」
瀧「なんならいいの？っていう（笑）」
卓球「別の芸人にしようとしてるっていう。そういう問題じゃなくてさ（笑）」
瀧「『1発で見てわかる芸人って、今いたっけ？』だって」
卓球「『今、誰!?』だって。それ意味違うからっていう（笑）」
瀧「んふふふふふ」
卓球「でも、『今、誰？』って言われて、一瞬考えて、出てこないっていう。そこでもまた、お笑いブームの終焉っていうかさ」
瀧「思いを馳せる感じ。アイコンなしっていう（笑）」

12月号

卓球「俺、ＴｗｉｔｔｅｒでＤＪのスケジュールとか載せるのよ。今日とか明日のを。それに対して、行かないってことを俺に言ってくる奴なんなの？」

一同「（笑）」

瀧「『ちょっと今日は行けません』みたいなこと？」

卓球「『行けませんが……』みたいなさ」

瀧「『頑張ってください』みたいな？」

卓球「いや、『頑張ってください』だったら、まだ百歩譲っていいよ。『私は行きませんけど』みたいなさ。おまえ、それを俺に言うのは何？っていうさ、わざわざ」

瀧「『私の友達の●●ちゃんと□□ちゃんは行くって言ってましたけど、私は行きません』みたいなことだ」

卓球「そうそうそう、意味わかんねえっていうかさあ。行かないってことを言ってどうすんだよ？っていうさあ」

●でもそういうもんだよ、Ｔｗｉｔｔｅｒって。

卓球「あと、その筧[1]（利夫）の話を書いたら、どこが似てたんでしょうね？　みたいなことを真顔で言う奴とか（笑）。どこを間違えたんでしょうか？　とか。『それは多分、役者つながりで瀧さんと間違えてそっちに行ったんでは？』っていうさ。いやいやいやいやいやいやいや」

一同「（笑）」

1 筧（利大）の話：10年12月号本編参照。

瀧「どうでもいいよっていうか」
卓球「ウケ狙いとかじゃなくて、真顔で言ってたりするからさ、怖くてさあ、もう（笑）」
瀧「Ｔｗｉｔｔｅｒはその感じになってるよね、なんか」
卓球「あと俺、誰もフォローしてないのね。そしたらそのフォローしてないことを説教してくる奴とかさ。『するべき』みたいなさ」
●アハハハハハハ！
卓球「あんたはこんだけフォローされてんだし、名前も出てる人間なんだから、Ｔｗｉｔｔｅｒの場においてそれをやるのが責任です、マナーですみたいなさあ。知るか！　バーカ！　おまえみたいな奴がいるからフォローしねえんだ！　バカッ！っていう（笑）」
●あれ、何やってんだろう？って思うよね。例えば、あそこの店の○○蕎麦がうまかったって書いたらさ、あそこうまいか？　みたいなのが勝手に来てさ。ただ単にその蕎麦がうまかったって言っただけなのに、論争の張本人みたいになっちゃってさ（笑）。
卓球「ははははは」
瀧「『それは主観的な情報だから、それをここに書くってことは……』とかさ」
●そうそう。「日本全国の蕎麦を食べた上で言ってんのか？」みたいなさ（笑）。
一同「（笑）」
瀧「『どうせ味がわかんねえ奴が言ってんだろ』『それはひどいと思います！』『いや、そうじゃなくて』みたいなのがそこで盛り上がっちゃって（笑）」

●あと、行ってもないライヴなんだけど、「今日ライヴに行ったら、斜め後ろに山崎洋一郎がいて、ものすごい負のオーラが出ていた」って書かれてて（笑）。

卓球「ハハハハハ」

瀧「行ってないの？（笑）」

●行ってない（笑）。

卓球「別んとこで出してたっつうのな（笑）」

瀧「でも俺もいたよ。『電車で左前にピエール瀧らしき奴が乗ってる』っていうの。『ずっと「けいおん!!」[2]の漫画読んでる』だって。乗ってねえし読んでねえ！って感じで（笑）」

卓球「アハハハハハ」

瀧「こいつなんかバカなことばっか書いてるけどね」

卓球「くだらないこと」

●でも、そんな1日何回もやったりしないでしょ？

卓球「日による」

●おもしろい？

卓球「おもしろいっていうか、俺、そんなにそれに対してのリアクションとか、伝わんないのはわかってるから」

瀧「おまえは単純にギャグのメモ代わりだろ、あそこ」

卓球「ギャグのメモと、あとプロモーションっていうか、今日やりますよっていう。ただそのDJも、今日やりますよっていうのを始めちゃうと、書かないわけにはいかなくなってき

2『けいおん!!』の漫画：かきふらい原作のコミック作品。TVアニメ、ゲーム、CDなど、関連作品も爆発的にヒット。

ちゃって。で、たまに書かなかったりすると、その現場行くと、スタッフの人に、『今日書いてくれませんでしたね』みたいなこと言われて、『あ、すいません……』みたいな」
●そうなっていくんだよねえ。
卓球「だから俺もフォローしないっていうかさ。じゃないと返さないといけないみたいになるじゃん」
瀧「始めちゃうと、やめた時のかっこ悪さったらないっていうのがあるよね（笑）」
●そうそう、どんどんいろんな義務が増えてくもん。だって、今日このライヴ来てますよとか言ったら、じゃあ他のライヴは来ないんだってなるじゃん。
卓球「うちでは負のオーラ出さないんだっていう（笑）」
●そうそうそう（笑）。
瀧「楽しまなかったんだ感が出るもんね、書かなかった時点でね」
卓球「ありゃ大変だ」
瀧「大変だよね、あんなのね」
●あ、そろそろ単行本を。
卓球「え、もう？　あの厚さの？」[3]
●いや、あの厚さをやめようと思ってて。もっと手に持ちやすい厚さにしようかなと。
瀧「あと紙質ね。もっと悪い紙質にして」
卓球「悪い紙にして薄くすると、明らかにトーンダウン的な（笑）」
●来年明けか、4月までには出そうかなと思ってます。

3 あの厚さの？：単行本『メロン牧場』『続・メロン牧場』上下巻はどれも300ページ以上、それぞれ約3㎝の厚みがある。

卓球「ああ、いいですね。読みたい（笑）」

2011年

1月号

卓球「実家の取り壊し作業をやってて」

●なくなっちゃうんだ、あそこ。

瀧「立ち会ったりすんの？」

卓球「仏壇とかあるから、前日に坊さんに来てもらってお経上げてもらったり、不動産屋に話に行ったりとかさ、結構やることあって」

瀧「ああいうのってさ、家主というか、お前とかが、(取り壊しの)一発目は入れたりとかないの？」

卓球「ああ、ないよそんなの。もっと全然ドライだよ。『よーし、いくぞー！』って感じで、ドガーンッて(笑)」

瀧「じゃあ更地になってんの、もう？」

卓球「まだ。2週間ぐらいかかるって」

瀧「なるほどね。石野商店[1]が」

卓球「ねえ」

●どう？

卓球「それはさ、生家だからなくなるのはあれだけど。逆にすっきりしたっていうか。いずれ壊さなきゃいけないなと思ってたからさ」

●ああ、そうなんだ。

卓球「でさ、家を壊す前に、家の押入れから漫画本がすげえ出てきて。青林堂[2]の初版本みたいなのがいっぱい出てきて。で、東京に持ってくやつとそうじゃないやつを分けたんだけど、『FOOL'S MATE』[3]とか結構フルで残ってて東京に持ってきたのよ。他にも漫画がいっぱいあって、ひばり書房[4]のやつを持ってきたり

1 石野商店：卓球の実家はパン屋をやっていた。

2 青林堂：漫画雑誌『ガロ』を出していた出版社。白土三平、つげ義春、水木しげるなどを輩出。80年代は根本敬、蛭子能収の単行本などでマニアからの人気を集めた。

3 FOOL'S MATE：77年創刊の音楽雑誌。近年はすっかりヴィジュアル系専門誌となってしまったが、80年代までは国内外のニューウェイヴやプログレッシブ・ロックなどの記事に力を入れている雑誌だった。

して」
●『蔵六の奇病』[5]（日野日出志）とか（笑）。
卓球「そうそう（笑）。で、『ビックリハウス』[6]と『宝島』[7]はもう読まないなと思って、それを近所のなんでも買い取りますっていう店に持ってったの、段ボール3箱。結構古いのもあって。3箱で150冊あったかな？　いくらだったと思う？」
瀧「1500円？」
●150冊？　1万5千円。
卓球「30円」
一同「えー!?」
瀧「1箱10円？」
卓球「10円。オークションで売ったほうがよっぽど高いじゃん。だけど、その手間もあれだし、『いいです』って持って帰るのもなんじゃん。だから、30円もらって帰ってきた（笑）」
瀧「ガキの使いじゃん、ほんとに（笑）」
卓球「ほんとだよ」
瀧「古紙として出してもそれ以上価値ありそうじゃない、だって（笑）」
●そうだよ。俺欲しいもん。
卓球「俺も見始めるとキリないなと思って、見ないようにして運んだんだけど」
●80年代？
卓球「80年代」
●じゃあ全盛期じゃん。
卓球「価値わかってるとこに持ってったら、それなりのもんなんだろうけど、そうじゃない田舎の古本屋に持ってったら、単なるゴミなんだ

4 ひばり書房：怪奇漫画を中心に出版していた。過激でグロテスクな描写を満載した作品が数多く、小中学生の間で特に人気が高かった。

5『蔵六の奇病』（日野日出志）：日野日出志は、ひばり書房の看板漫画家のひとり。『蔵六の奇病』の他、『毒虫小僧』『地獄変』『胎児異変わたしの赤ちゃん』などが有名。

6 ビックリハウス：74年から85年までパルコ出版から発行されたサブカルチャー雑誌。

よね。捨ててやるからありがたいと思えくらいの」
●逆に中野あたりで売ったらね。
卓球「そうそう、『ビックリハウス』とか、1月号から12月号まで、3年分ぐらいあったからね」
瀧「そんだけあったら、定価ぐらいで買ってくれそうな感じするけどね」
卓球「そうそう。そっちにすりゃよかったと思ったけど、それを全部持ってきて、東京の今の部屋にあるのを考えたらゾッとしたから、もう静岡で処分しようと思って。でも『FOOL'S MATE』は持ってきた（笑）」
●なんで『FOOL'S MATE』にそんなこだわるの？　出てんの？
卓球「いや、出てないけど。レア度の違いっていうか」
瀧「インディーバンドいっぱい載ってるから、バンドの古文書みたいなもんじゃない？（笑）」
卓球「『ロッキング・オン』は誰か持ってるじゃん。古本屋で血眼になれば見つかるみたいなのがあるけど、『FOOL'S MATE』の最初の頃のやつとか、あんまないじゃん。あってもすげえ高えとかさ。ちなみに、うちの近所の古本屋、『ロッキング・オン』引き取ってくんないんだよね（笑）」
●そうなの？（笑）。
瀧「持ってってんだ（笑）」
卓球「捨てるよりいいかなと思って」
●ここはカットします。

7 宝島：宝島社が73年に創刊した雑誌。80年代まではロック、映画、演劇、漫画など、国内外のサブカルチャーを紹介する誌面構成であったが、90年代はエロ雑誌となり、現在はビジネスやスポーツ関連の記事を中心とした内容となっている。

8 ミュージック・マガジン：69年創刊の音楽専門誌。A5判サイズ。ロッキング・オンはB5判サイズ。現在のFOOL'S MATEはA4変型判。

9 ヘンリー・カウ：68年結成のイギリスのロックバンド。プ

卓球「カットして。あ、『ロッキング・オン』の人だ（笑）」
●その『FOOL'S MATE』ってちっちゃいサイズの？
卓球「いや、最初デカくて、今の『ロッキング・オン』サイズで、それが『[8]ミュージック・マガジン』のサイズになって。それがまたデカくなったね、そういえば」
●うん、今デカいよ。
卓球「デカくなってからは知らないけど、すごかったよ、いろいろ出てきて。（ブライアン・）イーノが表紙とかさ、ヘンリー・カウ[9]とか載ってたり」
瀧「広告とかおもしろそう」
●オーディオとかやたら高くてね（笑）。
卓球「ラジカセとかさあ」
●高かった。
卓球「あと、『週刊FM』[10]とかも出てきた」
瀧「『週刊FM』とか、カセットのアルバムね」
●[11]インデックス？（笑）。
卓球「インデックス切ったよな（笑）」
●切ってあった？（笑）。
卓球「使った形跡があった（笑）。しかもちゃんとカッターナイフで。下敷きで次のページが切れないようにしてね」
瀧「やってたやってた」
卓球「でも複雑だよ。ガキの頃に使ってたレコードプレーヤーとかさ、捨ててもいいけどっていう」
瀧「捨てるべきかっていうね」

ログレッシブ・ロック、アヴァンギャルド・ミュージックの重要バンドのひとつ。

10 週刊FM：FMラジオの番組表や、オンエア曲の情報を掲載していた雑誌。昔の音楽ファンは、ラジオでオンエアされたお目当ての曲をカセットテープに録音するのを楽しみにしていた。この行為を「エアチェック」と呼ぶ。レンタル・レコード屋が地方の市町村にも開店した80年代終盤辺りからエアチェックは下火となり、『週刊FM』などのFM専門誌は相次いで休刊した。

卓球「そうそう。その線引き。あと、とっくに死んでるんだけど、ばあさんとかじいさんが旅行に行った時の写真とか。集合写真とかでばあさんとじいさんも写ってるんだけど、あとの40人全員知らない人みたいなさ、そういうのってさ、どうしたらいいの？　一応持ってきたけど」

瀧「まあねえ」

卓球「うちらの子孫も、それ持ってこられても迷惑っていうかさ」

●先祖だもんね、もう（笑）。

卓球「どれだかもうわかんないでしょ、死んじゃってるから。戦前の写真みたいなのもあって。うち、本家だからすごいあるんだよね、そういうのが」

●ジャケットとかに使えばいいじゃん。

卓球「なんかでも怖いじゃん（笑）」

瀧「ジャケットとかにって、ものっすごい軽ーく言ってるけど（笑）」

卓球「でも、いずれおまえ（瀧）もそれがくるじゃん。だから俺、そん時にミッチーが憎く思えて。あいつ、一生こういうことしねえんだろうなと思ってさ」

●なんでなんで？

卓球「次男だから」

道下「ないっすね、全然そういうの」

卓球「ナイス？」

道下「全然ないです（笑）」

卓球「ナイスって聞こえたのがまた憎い！『ナイスですね』だって。どっちともとれて、どっ

11 インデックス：『週刊ＦＭ』の付録のカセットテープのインデックス。オリジナル・デザインのインデックスの他、新譜の曲目やジャケット写真が印刷されていたものもあった。読者はこれを切り抜いて使用する。

ちでも憎い（笑）」
●結構めんどくさいことあるよ、長男って。
卓球「俺、もう喪主2回やってるからね。正直、今さら名前聞けない親戚とかいっぱいいる（笑）。香典で名前はかろうじてわかるけど、どういう関係かっていうのは聞けないじゃん」
●そっか、じゃあもう石野家の現存するトップなのか。
卓球「ヘッドクォーター[12]（笑）」
一同「（笑）」
●最高責任者でしょ？
瀧「最高責任者が、家族の思い出よりも何よりも、まず『FOOL'S MATE』を（笑）」
一同「（爆笑）」
瀧「石野家はこれで！って（笑）。たぶん、子孫が整理する時に、真っ先に『FOOL'S MATE』から捨ててくんだろうね（笑）。これは雑誌だからいらねえっつって」
卓球「結構そういうのあるぜ。小学生の頃に使ってたボクシー[13]の鉛筆とかさ（笑）」
一同「（笑）」
卓球「そういうのが出てくると、もう絶対使わねえけど、そんなに荷物にならねえしっつって、結局持ってく箱に入れたんだけど。それどうすんだろうな？（笑）」
瀧「昔使ってた筆箱とかでしょ」
卓球「そうそうそう。あとグローブ」
瀧「緑のグローブ？（笑）」
卓球「そう。俺、生涯でグローブふたつしか持ってなくて。初代が茶色、2代目が緑なんだけど

12 ヘッドクォーター：本部、司令部、本社などを意味する英語。

13 ボクシーの鉛筆：英語表記は「BOXY」。三菱鉛筆の筆記具のブランド。70年代半ば～80年代に男子小中学生の間で流行した。鉛筆の他、様々な商品展開をしていた。BOXYのボールペンはスプリング仕掛けのノック式だったため、当時流行したスーパーカー消しゴム遊びに欠かせないアイテムであった。このボールペンのスプリングで消しゴムを弾いて滑らせ、子供たちはレースを行っていた。

（笑）。その緑のグローブにローマ字で『フミ[14]トッシュ』っていう、スペルが間違った名前が書いてあって（笑）」

道下「自分で書いたんですか？」

卓球「自分で書いた（笑）。で、それが出てきて、それもどうしよう？って」

瀧「しかもペターッってなってる、プレスかなんかした？って感じのやつでしょ（笑）」

卓球「そう（笑）。でも、40過ぎて、スペル間違った名前がマジックで書いてある緑のグローブで草野球とか現れたら、ビビるよな（笑）」

卓球「タイムトラベラーだよな（笑）」

一同「（笑）」

●あのおじさんが出てきたら子供は帰りなさいっていう（笑）。

瀧「ンフフフフ」

●じゃあ、もう全部整理して？

卓球「うん。でもまだいらないもんあるんだろうなって感じ。結構捨てたけどね」

瀧「意外なのはさ、漫画とか東京に持ってきてなかったんだ？」

卓球「持ってかないよ。それどころじゃなかったもん。ギ[15]ター1本で出てきたもん」

一同「（爆笑）」

卓球「ネック持たなきゃいけないから、荷物が背負える分しか持てなくて（笑）」

瀧「ネックにぶら下げられるだけだろ（笑）」

卓球「それで泣く泣く、漫画とグローブは置いてきた（笑）」

●ははははは。

14 フミトッシュ：卓球の本名は「文敏」なので正しいローマ字表記は「FUMITOSHI」だが「FUMITOSH」と書いてしまったということ。

15 ギター1本で出てきたもん：ミュージシャンを志して上京する青年のお約束スタイル。

16 白いガットギター：70年代に人気を博した視聴者参加型バラエティ番組「TVジョッキー」の賞品。一発芸コンテスト、クイズ合戦などを勝ち抜いた参加者に贈られた。この番組の影響で、フォークソング全盛

卓球「ああ、これでもうプロ野球選手の道はないな、って、18の段階で（笑）」

瀧「ギターにまたがりながら（笑）」

卓球「白い[16]ガットギターにね（笑）」

2月号

卓球「今日、午前中に起きて『マチェーテ[1]』観に行って来てさ」

瀧「『マチェーテ』って何？」

卓球「え、映画。知らないの!?　ふざけてんじゃなくて？」

●いや、知らないよ（笑）。

卓球「結構話題になってんじゃん」

●初耳。

卓球「『グラインドハウス[2]』っていう、『デス・プルーフ』と『プラネット・テラー』の2本立ての映画の間に、架空の予告編で『マチェーテ』ってあったじゃん。ネイティヴアメリカンみたいな奴が復讐してくみたいな。バイクハンドルの間にマシンガンつけてジャンプしたりとか」

●ああ、あったあった！

卓球「あれが、ひょうたんから駒じゃないけど、本編の長編になったの」

瀧「なるほど」

卓球「ほんとに知らないの!?」

●知らない。珍しいね、映画ネタ。

卓球「いや、映画観るけど、いつもは別にここで言うほどのことじゃないからさ」

期の70年代には白いガットギターが若者の間で流行した。

1『マチェーテ』：10年公開のアメリカ映画。後述するロバート・ロドリゲスとイーサン・マニキスの共同監督作品。ダニー・トレホ、スティーヴン・セガール、ミシェル・ロドリゲス、ジェシカ・アルバ、ロバート・デ・ニーロなど、豪華キャストが出演しているバイオレンス・アクション。

2『グラインドハウス』：07年公開のアメリカ映画。「グラインドハウス」とは、B級映画を2本立てや3本立てで公開す

瀧「で、それで？」
卓球「そのマチェーテの顔の形が、長髪時代のお前（瀧）とまったく同じシルエットだった（笑）」
●そのネイティヴアメリカンが？（笑）。
卓球「胴長短足なのと、顔の形がもう、『うわ、似てんな〜！』と思って。お前の肌を紙やすりと鉄やすりでガリガリ削ったら、マチェーテになる（笑）」
瀧「マチェーテ瀧にするべき？」
卓球「うん。それなのに、マチェーテを知らねえときたからな（笑）。『マチェーテ』どこ吹く風で、私はピエールですだって」
●はははははは。
瀧「知らないけど、マチェーテにしよう、じゃあ」
卓球「知ってたろ、っど、おまえ、知ってたじゃん」
瀧「知ってたろっどって？（笑）」
卓球「知ってたロットンだろ？（笑）」
一同「（笑）」
瀧「知ってたロットン改め？（笑）」
卓球「知ってたライドンだろ[3]（笑）」
●ははははは。
瀧「これ、文字に起こすとつまんないだろうなあ（笑）」
卓球「つまるよ！」
瀧「つまるよって、なんだよ、おまえ。飲み屋で酔っ払ったのかよ（笑）」
卓球「酔っ払ってねえだよ（笑）」

る映画館のこと。かつてアメリカに多数存在した。このグラインドハウスを現代に蘇らせるために制作されたのが『グラインドハウス』。『プラネット・テラー』と『デス・プルーフ』の2本立てで構成されていた。ロバート・ロドリゲス監督が『プラネット・テラー』、クエンティン・タランティーノ監督が『デス・プルーフ』を手がけた。

3 知ってたライドンだろ：イギリスのパンクバンド、セックス・ピストルズのヴォーカリストだったジョニー・ロットンは、バンド解散後に本名ジョン・ライ

●あははははは。
瀧「最近、事件なんかあったかな?」
卓球「『しょんないTV』[4]じゃない? 静岡でローカル番組始めたじゃん」
●あ、そうなんだ?
瀧「静岡あさひテレビっていう、テレ朝系の局があって、そこで『ピエール瀧のしょんないTV』っていうのを」
●レギュラーで?
瀧「月1」
卓球「『しょんない』って、静岡弁の『しょうもない』『しょうがない』とか。『ほんとあんた、しょんないねえ』とかって」
瀧「そういうのを紹介する番組が始まって。1回目、2回目のロケやったんだけどね。それがまた、静岡あさひテレビが、開局以来[5]、初めて作る自社制作のバラエティ番組らしくて」
卓球「社運を賭けて」
瀧「そんなギャンブル性はないと思うけど(笑)」
●一応ちゃんと情報番組の体なの?
瀧「夕方の情報番組でさ、VTRでおいしい店に行くとかあるじゃん。あれの拡大版みたいなノリで」
卓球「1時間番組?」
瀧「45分」
卓球「すごいまじめなの、瀧が。ふざけたとこ全部捨てられて(笑)」
●それ新しいね(笑)。
卓球「『さあ、召し上がれ』って言われてもな、

ドンに改名した。この部分の瀧と卓球のやり取りの元ネタ。

4 しょんないTV:『ピエール瀧のしょんないTV』は10年10月16日にスタート。放送時間は毎月第3土曜日の深夜0時30分~。瀧の他、静岡あさひテレビのアナウンサー杉本孝一と広瀬麻知子がレギュラー出演している。

5 開局以来、初めて作る自社制作のバラエティ番組:静岡あさひテレビは78年に開局した。

脂身のとこだけ残っちゃって（笑）」
瀧「肉だけ捨てられちゃって。脂身を油で揚げる感じの」
卓球「熱したら全部溶けちゃってな（笑）」
●（笑）そういうノリの番組なんだ？
瀧「いや、そういう番組じゃないけど。それはこいつが作って言ってるだけ（笑）」
卓球「『1回目どうだった？　瀧なんか言ってた？』ってミッチーに聞いたら、『ガチでしょんなかった』って（笑）」
●あはははは。
卓球「うちの親戚に、なんでも爆笑するおばさんがいるんだけど、『そういえば、この前瀧くんの番組やってて、ビデオ録って観てたんだけど、途中でやめちゃったよ』って（笑）」
瀧「ビデオ録ってくれてたことが驚きだけどね」
卓球「深夜だろ、だって」
瀧「うん、土曜の深夜だもん。どんだけ家にいるんだよ、静岡の人っていう（笑）。土曜の深夜に出かけない感じっていうかさ」
卓球「『瀧を観たくて』って、外出も控えちゃって（笑）」
●ひとりでやんの？
瀧「俺と、女性局アナと男性局アナがいて」
卓球「男性局アナは、夕方の番組に出てる人だろ？」
瀧「そう、杉本さん」
卓球「杉本さんがちょっとふざけてるとこのほうが使われてそう（笑）。一番道化者の杉本アナ、しっかり者の女子アナ、そして中心のなんでもないピエール瀧っていう、その制作サイドの思惑（笑）」

●全部映像がネガになってる感じの（笑）。

卓球「普通、地元の番組とかだとさ、全国ネットでは見られない、リラックスした姿が見られるのに、地元のほうがきっちりまじめで。遊び一切なしだって（笑）」

瀧「1回目の放送だって、45分の番組作るのに、ロケ9時間だよ？（笑）。9時間!? みたいな」

卓球「8時間ボケてたのに、全部カット（笑）」

瀧「黙っちゃってんだもん、それ観たら」

卓球「アハハハハハハハハ！」

瀧「シーン……だって」

卓球「それもおもしろいけどな。45分にしようとして、瀧がしゃべってるとこだけカットしたら、ずっと黙ってるっつう（笑）」

瀧「黙って、よそ見して」

●どこ行ったの？

瀧「伊豆行って、漁師のおっちゃんから深海魚もらって、実際食ってみようとか」

●食ってるだけ？（笑）。

瀧「食ってるだけ（笑）」

卓球「黙々と。その横で、その杉本アナがちょっと興奮して『わぁっ！』って（笑）」

瀧「っていうか、そんなにひどくないよ、言っとくけど（笑）。今乗っかってずっとしゃべってるけど、すごい誤解されるなと思って、そろそろ修正しなきゃと思ってるけど（笑）。だってそれ、おまえの中の理想の番組像だろ（笑）」

卓球「うん。俺、観てねえもん（笑）」
瀧「何こいつ嬉々としてしゃべってんのかなぁと思って、観てもいないのに（笑）」
●でもそうだったらおもしろいよね（笑）。
卓球「そうあって欲しいし、そうあるべき！（笑）。黙々と食べて、『今回、一度も瀧しゃべらなかったなぁ』って（笑）」
瀧「（刺身の）つまとかいじっちゃってな」
卓球「あっはっはっはっはっ。今まではさ、CSとかでダラ〜っと撮って、あとでなんとかするみたいなのやってきてるじゃん。だけどさ、今回は編集携わってないからあらぬ方向にいっちゃって（笑）」
瀧「そういう可能性はある。1回目のやつ観たら、ボケたりとか、ふざけたりしてるところはほんとにカットされてて（笑）」
●じゃあほんとにその路線なんだ？
瀧「っていうのがちょっとあって、マジで（笑）」
卓球「深海魚に生で噛りついたり、そのコーナー中、深海魚ネタでボケたのも全部だろ（笑）」
瀧「うん。現場でおもしろいことより、台本のほうに忠実に編集するんだなと思って。まじめだなあと思って」
●そのまじめさは静岡ノリなの？
卓球「静岡に限らず、田舎ってことでしょ。あと、初めてのバラエティだし、ふざけたら叱られるってのがあるんじゃない？　じゃあ瀧呼ぶなよって話なんだけど（笑）。月1っていうのもまた不思議な間隔だよな」
瀧「うん。だから静岡あさひテレビさんも、そうとうおっかなびっくりやってるんだと思うよ。いきなりこれで毎週とかにして、スポンサー枠拡大して、不祥事があったらまずいっていう」

卓球「もう1個すごいの思い出した。静岡に行った時にたまたまその『しょんないTV』の番宣観たのね。『始まるよ!』みたいな、満を持しての新番組って感じの。それが、1回目の、ロケ行ったやつを編集したやつで、最後にドーンッてタイトルが出て、『ピエール瀧のしょんないTV』って書いてあって。下にアルファベットで『Show Night』[6]って書いてあった(笑)」

一同「(爆笑)」

●なるほど!(笑)。

卓球「なんかわかんないけど俺、顔から火が出るほど恥ずかしくなっちゃって。『This is entertainment!』みたいな感じで、『Show Night』だって(笑)。そこまで娯楽に餓えてないっつうのな、静岡人も(笑)。ナメんなよ!って話だよ」

●収録の時点で、ボケても全然ノーリアクションなの?

卓球「『(棒読みで)あははは、あははは』はないの?(笑)」

瀧「『あははは』はないよ、別に。ノーリアクションでもないし、収録は仲良くやってるよ。いや、だからこいつが今作ってるから、ほんとに(笑)」

●そっか、卓球を基本にして話してた(笑)。

6 Show Night：オフィシャルロゴの「Night」の「i」の「・」は「★」になっている。

卓球「妄想メインで（笑）」
瀧「妄想メインで話しちゃダメだって、ほんとに（笑）」
卓球「妄想にたまに真実がちりばめられちゃって（笑）」
瀧「ちりばめちゃダメだよ（笑）。今、俺がちょっと補足したのがいけなかったのかなって感じだもん」
卓球「これがね、またおもしろいことにね、時間が経つとこっちが本当になるんだよ、既成事実として。戦勝国の書き換えた歴史の教科書って感じで（笑）」

3月号

●明けましておめでとうございます。今年もよろしくお願いします。
卓球・瀧「おめでとうございます」
瀧「おまえ、長いこと静岡にいなかった？」
卓球「いた。熱海と静岡行って。妹の子供が来てたりとかして」
瀧「あ、トイザらス[1]行けた？」
卓球「結局、別のおもちゃ屋に行ったんだけど。そんなことはどうでもいいよね（笑）」
瀧「普通に世間話しちゃった（笑）」
●ただの世間話聞いちゃった（笑）。
瀧「『今日はトイザらスが入り口か。どんな凄惨な事件が……』だって（笑）」
●ははは。元旦から静岡行ってたの？
卓球「いや、元旦はリキッドがあったからさ[2]、

1 トイザらス：アメリカで創業されたおもちゃの大型量販店。現在は全世界にチェーンを展開している。ゲーム、フィギュア、知育玩具、絵本、パーティグッズなど、幅広い品揃えを誇る。

2 元旦はリキッドがあったからさ：10年12月31日〜11年1月1日に恵比寿リキッドルームで行われたカウントダウンパーティ『2011 LIQUID』。卓球、田中フミヤ、NOBUがDJ出演した。

4日だか5日ぐらいから」
瀧「今年、新年早々のこいつとの会話が、『瀧、踊ろうぜ』だった（笑）」
一同「（笑）」
卓球「ブースの後ろのソファにいたら、瀧がフワ〜って来て。で、ちょっかい出そうってことになって。こいつがあまりにもみんなとテンションが違ってたから（笑）」
瀧「でも、おまえの『踊ろうぜ』を見た瞬間に、絶対に追いつけないと思った（笑）」
卓球「ほんとに踊りたくて言ってるわけねえじゃん（笑）。元旦の昼過ぎだよ、だって」
瀧「そうなんだけど、『踊ろうぜ』を酔っ払って最初にギャグで言うこの感じが、これはもう絶対に追いつけないと思った（笑）」
卓球「そうだ、年末の特番で、各地方局の女子アナのNG集みたいなのあるじゃん。あれを録画して観てたらさ——」
瀧「録画してんの？」
一同「（笑）」
卓球「バカ、おまえ、あれ録んないとダメだよ！　あれでしかやらないすごいいいNGがいっぱいあるんだから。おまえぐらいじゃない、録ってないの？」
●あれはすごいおもしろい。
瀧「へえ」
卓球「みんな録ってるよ。しかも年末しかやらないから。で、それ観てたら、いきなり『ピエール瀧のしょんないTV』って出てきて。アシスタント[3]の女子アナが深海魚に食らいつくってい

3 アシスタントの女子アナ：静岡あさひテレビの女性アナウンサー、広瀬麻知子。10年10月16日に放送された「戸田の海深くに宝物がある!?」で、生きているメンダコにかぶりついた。

うシーン流れてたよ」
瀧「ドブの臭いのする深海魚がいて」
卓球「っていうかそれよりも何よりも、それを観た時に、『うわあ、なんか恥ずかしい』と思ったのが、地方でこっそりやってるべき番組が全国区になっちゃって、知らない奴が観たら、『瀧、何やってんだ？　小銭稼いでるな、あのバカ』みたいなさ（笑）」
瀧「『落ちぶれたな』みたいな感じでね（笑）」
卓球「そうそうそう」
●ちゃんと瀧も出てたの？
卓球「出てた。でもあくまで女子アナメインだから、こいつは名前が出て横にいるだけで、知らない人が観たら、ローカルのちょっとおもしろいおじさんみたいな感じ」
瀧「たぶん静岡あさひテレビが、テレ朝に『なんか変なやつ出せ』って言われて出したのがそれっていうことだよね。その女子アナが天然系の子だから、『おまえ、これ食えるの!?　すげえな！　食ってみ』っつったら、パクッて食べて、『うわあ、ドブの味がします～』っていう（笑）」
卓球「びっくりした。まさか『しょんないTV』をそういう形で初めて観ることになるとは。『しょんT』を（笑）」
瀧「『Ｓｈｏｗ Ｎｉｇｈｔ ＴＶ』[4]を（笑）」
卓球「すっごい恥ずかしくなったんだよなあ、なんか（笑）。全然関係ない話だけど、親戚のガキの兄妹の話でさ、４歳の兄貴のほうがすごい俺になついてて。一緒にテーブルに座ってた

4『Ｓｈｏｗ Ｎｉｇｈｔ ＴＶ』:『しょんないＴＶ』の英語表記。11年2月号本編参照。

5 ピタゴラスイッチ：ＮＨＫ教育テレビで放送されている子供教育番組。『ピタゴラスイッチみたいだったね！』は、同番組内のコーナー「ピタゴラそうち」を連想したことによる発言。「ピタゴラそうち」は、様々な仕掛けがドミノ倒しのように巧みに連鎖する。１歳の妹が椅子から転げ落ちて頭を打つ様が、「ピタゴラそうち」の動きと似ていたのだと思われる。

の。で、1歳の妹が座ってたイスをうちの母親が引っ張ったら転げ落ちて、ストンッつって頭を打って泣くっていうのを目の当たりにしたんだよ。グイッ、コロンッ、ドンッ、ギャーッ！　みたいなのを見て、その兄貴がさ、真顔で、『[5]ピタゴラスイッチみたいだったね！』だって（笑）」

一同「（爆笑）」

瀧「なるほど。流れるような惨劇が（笑）」

卓球「それが俺の今年の初笑い（笑）」

瀧「それはおもしろいわ（笑）」

卓球「あとさ、最近ワイドショーでやってたんだけど、ホテルの鉄板焼屋で働いてるバイトの子が、芸能人が来たとか、カップルで来たとかTwitterでガンガン書いててさ、[6]サッカーの稲本とモデルが来たのも書いて、それが話題になっちゃって、ホテルが謝罪っていう。稲本にじゃないよ。『そういうことがありました、厳重に処罰します』みたいな」

●なんでTwitterポリスが行かないの？

瀧「[7]俺、電話したじゃん、前」

●そうだけど。

瀧「何、会社に乗り込んでってこと？（笑）」

卓球「それはもうTwitterポリスじゃなくて、ただの便乗のクレーマーじゃん（笑）」

瀧「そうだよ！（笑）」

卓球「[8]おせちのやつも言ったんだろ、おまえ？　買ってないのに（笑）」

瀧「スカスカのやつでしょ。[9]1万円だっけ？」

●でも鉄板焼屋のって、まさにポリス的な。

6 サッカーの稲本：川崎フロンターレMFの稲本潤一。

7 俺、電話したじゃん、前：10年12月号本編参照。

8 おせちのやつも言ったんだろ、おまえ？：インターネットの共同購入サイト「グルーポン」で販売されたバードカフェという店のおせち料理が見本と著しく異なっていたため、購入者からのクレームが殺到したという11年のお正月の事件。あたかも誰かが食べ残した後のようなスカスカの盛り付けであったという。

卓球「本人は別に悪いことしてる気はないでしょ」
瀧「全然ないでしょ。その子も、稲本見れて嬉しい一心だったんだろうに」
卓球「『稲本見れたのが嬉しい』じゃなくて、『そんな現場見ちゃった！』って言いたいってだけでしょ」
●あれ以降、Ｔｗｉｔｔｅｒポリスリポートはないの？（笑）。
瀧「ポリスリポートないね、この頃ね」
卓球「そうだ、俺、高知[10]にＤＪで行ったんだけど、前日までずっと、高松[11]だと思ってたの。自分の頭の中で、『高知』の『高』っていう字と、『高松』の『高』っていうのがあって。で、前日にＴｗｉｔｔｅｒで、『明日は高松に行きまーす』『ちなみに僕の中学は、静岡市立高松中学[12]でーす』とかって書いて（笑）。俺、全然気づいてなくて、『ああ、明日高松だなあ』って思ってて。そしたらミッチーから自宅に電話がかかってきて。ミッチーが自宅にかけてくるって、かなりのエマージェンシー[13]なのね。これはなんかあったなと思って、身構えて、『どうしたの？』『いや、あの、Ｔｗｉｔｔｅｒの件なんですけど……明日、高知ですよ』って（笑）」
一同「（笑）」
卓球「しかも前の週に俺、（七尾）[14]旅人とスタジオに入ってて、彼、高知出身なのよ。で、『あ、そうだ俺、来週、高松行くんだけどさあ、高松と高知って遠いの？』みたいに言ってて、そっからずれてて。『高松と高知って全然違うから、

9 1万円だっけ？…：「通常価格2万1千円を50％オフ」ということで、1万5百円で販売。しかしこの「通常価格」は架空であったことが後に判明した。

10 高知にＤＪで行ったんだけど…：10年12月17日、高知キャラバンサライでＤＪ出演した。

11 高松：香川県高松市。

12 静岡市立高松中学校：静岡県静岡市駿河区にある中学校。

13 エマージェンシー："ｅｍｅｒｇｅｎｃｙ"。「緊急事

俺も情報ないっすね』なんつってて。でも実はあいつの出身地に行くんだったから、行く前に旅人にメールして、『高松じゃなくて高知だった』っつって場所言ったら、旅人が生まれて初めてライヴやったライヴハウスだった」

●へえ。しかもその電話、早くTwitterを直してくださいじゃなくて、それ以前に明日行くのは高知なんですよって言わなきゃいけないんじゃないの？　マネージャーとして。

道下「いや、やっぱ高知の人、ちょっと寂しがるんじゃないかなと思って（笑）」

卓球「そうそう、そっちのほうが悪いよね」

道下「初めて行くから」

卓球「失礼なことしたよ、ほんと」

●大河終わったじゃん。大打ち上げみたいなのなかったの？

瀧「あったよ。レストラン借り切って、スタッフさんやらなんやら、ワーッていっぱい来て。で、ステージが組んであってさ、楽器とか置いてあるんだよ。いざ打ち上げが始まったら、『ここでスペシャルライヴでございます！　それでは、メンバーの方、ステージへ！』っつったら、福山がまず歌って、『これからバンドのみんなが上がって来るぜ！』ってなって、『ギター！　トータス松本！』っつって、ジャーンッなんてやって。みんなで2、3曲やったら、『ここでスペシャルゲスト！　スペシャルドラマー、中村[15]達也！』。で、S[16]IONさんも出てたから、SIONさんも登場してふたりでバーッてやって。ドラマに出てた各ミュージシャンが入れ替

態」を意味する英語。

14（七尾）旅人：シンガーソングライター。電気グルーヴ×スチャダラパー名義の作品『電気グルーヴとかスチャダラパー』に参加、「石野卓球feat. 七尾旅人」として01年5月にシングル『ラストシーン』をリリースするなど、電気とは交流が深い。

15 中村達也：元BLANKEY JET CITYのドラマー。現在はソロプロジェクトであるLOSALIOSとして活動している。佐々木只三郎を『龍馬伝』で演じた。

わり立ち替わり出てきてさ。それを最後まで俺、その上のバルコニーみたいなところで観てた（笑）」

一同「（爆笑）」

瀧「周りの技術系のスタッフさんとかに、『瀧さん、行かなくていいんですか？』って言われて、『いや、俺はちょっと……』っつって（笑）」

●すごいね、それ（笑）。わかってるのかな？

卓球「気づいてないフリしてるっていうのもあるんじゃん。向こうも気まずくて（笑）」

瀧「『あ、忘れてた！　いいや、忘れたままにしとこう』っていう（笑）」

卓球「向こうなりの線引きがあったんでしょ。打ち込みはバンドじゃないって（笑）」

瀧「プロ野球のOBがチャリティゲームやる時に、一応往年の人みたいなのを呼ぶけど、あの人審判だからなっていう（笑）」

一同「（爆笑）」

瀧「グラウンドには立ってたけど、審判だからなあっていう」

卓球「っていうか、板東英二[17]（笑）」

瀧「ああ、なるほど。1球投げてくれとは言われないっていう（笑）。だから、俳優だけど楽器できる子とかがさ、バーッてやってたりしたんだけど、俺はもう」

●バルコニーで（笑）。

瀧「バルコニーで（笑）」

卓球「おもしろいな。その時すっごい素の表情してるんだろ、お前。正則に限りなく近いピエールでしょ（笑）」

16 SION：シンガーソングライター。福山雅治はSIONの大ファンであり、SIONの〝SORRY BABY〟をカヴァーしたこともある。SIONは『龍馬伝』で渡辺篤を演じた。渡辺篤と佐々木只三郎は、京都の治安維持組織「京都見廻組」のメンバー。67年の「近江屋事件」で坂本龍馬と中岡慎太郎を暗殺した実行犯に関しては諸説あるが、NHK大河ドラマ『龍馬伝』は「実行犯＝京都見廻組」という説に沿っている。

17 板東英二：元中日ドラゴンズのピッチャー。現在は俳優、

瀧「うん。って思いながらも、『もし呼ばれたらどうしよう、出すものがねえわ』っていう（笑）」

卓球「『呼ばれたらどうしよう』っていう恐怖感（笑）」

瀧「呼ばれない寂しさよりも、呼ばれた時の恥のほうが上回ったっていう（笑）」

卓球「『さっきから瀧さん、トイレ行って出て来ないんだよ』（笑）」

瀧「ずっと通話してない携帯を耳に当ててるっていう（笑）」

●あっはっはっはっは！

瀧「耳に当ててたら電話鳴っちゃってね。プルルル、『うわっ！』だって」

卓球「切っちゃって。で、また当てちゃって（笑）」

瀧「『もしもし？』だって（笑）」

卓球「どっちだっていう（笑）」

４月号

卓球「俺、宇都宮[1]に行った帰り、飲んでそのまま車で帰って来たから、しょんべんしたくてしょうがなくて。おしっこ3回したんだけど、3回目もう、朝の渋滞に遭っちゃって、高速で。ピクリとも動かなくなっちゃって、朝8時半ぐらいか。で、どうしようと思ったら、ビニール袋がそこにあったから――」

瀧「また？[2]（笑）」

卓球「マネージャーに、『ビニール袋があるん

野球解説者。プロ野球では目立った記録を残していないが、高校野球では華々しい活躍をした。58年の甲子園夏大会での83奪三振は、未だに破られていない大記録。

1 宇都宮：栃木県宇都宮市。市内には餃子店が数多く、「餃子の街」としても有名。JR宇都宮駅前には餃子のモニュメントが飾られている。

2 また？：09年3月号本編参照。

だけど、おまえの後ろに回って、それにしていいか？』って言ったら、『えー!? ちょっと待ってください！』っつって、ちっちゃいペットボトルのお茶を飲み干して、『はい』って渡されて（笑）」

一同「（笑）」

卓球「いやいや、これじゃ全然足りないからっつって、じゃあこのペットボトルをビニールに入れて、こぼれたのはビニール袋で受けるっていう、日本酒の注ぎ方[3]？ あれどう？って言ったら、『いや、ほんと勘弁してください！』って言われて（笑）。で、路肩があるところにやっと行って、そこでしたんだけど、やっぱそういうのって嫌？」

道下「ええ!?」

卓球「例えば、俺が助手席に乗ってたとして、後ろの人がしょんべんするっつってもそんな嫌じゃないんだよ。同じ空間の中でおしっこをされるってことが嫌なことかどうかって話」

瀧「俺はそんなに気にしないけど、同じ空間でおしっこをすることは嫌なの？って言ったら、ほぼ100％嫌だわ、それは（笑）」

道下「おしっこもそのまま運ぶわけじゃないですか（笑）」

瀧「まあ、俺は平気だけどね。っていうか、ビニールを顔に当てられてるぐらいだからあれだけど」

卓球「でもそれが、『不思議なことを言う奴だなあ』と思って」

一同「（爆笑）」

3 日本酒の注ぎ方：升の中に入れたグラスに日本酒を注ぐ方式。グラスになみなみと注ぎ、こぼれた分は升で受けて飲む。

卓球「ただ、ひとつ不安だったのは、コンビニの袋でもタバコとかおにぎりとか買った時に入れられるちっちゃいやつだったから、強度の問題があるっていう」

道下「それは危ないでしょ」

卓球「でもそのちっちゃいペットボトルだけよりはマシじゃん。しかも、入り口がちっちゃいから、そこにチンチンをはめてっていうのも絶対に溢れるじゃん」

道下「結果的にどうだったんですか、量は」

卓球「すごい出たよ」

瀧「ペットボトルはやめて欲しいなあ」

道下「でもコンビニのビニールはヤバイじゃないですか」

瀧「穴が開いてることあるからね」

卓球「だから日本酒の注ぎ方と一緒で。こぼれても大丈夫なように」

瀧「だってこれやったらさ、チンチンが入んねえし、要はこう、トランペットみたいにする[4]ってことでしょ？（笑）」

卓球「ここまで溜まってると勢いがあるから、堰を切ったように行くじゃん、我先に出口に、最前列を（笑）。開場直後のヴィジュアル系のライヴみたいな」

●あはははは。

卓球「黒ずくめの女の子たちが我先に出口に行くでしょ。しかもちっちゃいペットボトルだよ？　無理でしょ？」

道下「350㎖も出ます？」

卓球「350㎖よりちっちゃいやつあるじゃん。あ

4 トランペットみたいにする：ペットボトルを横にし、飲み口に亀頭を押しつけながら放尿するということ。飲み口の穴よりも亀頭の直径は大きいので、トランペットのマウスピースに唇を押し当てて演奏する様と似た外観となる。

れだもん。しかも飲み干して、『はい』だもん」
●今、漏れる漏れないってことで言ってたけど、そういう問題じゃないんだと思う。同じ空間で、しかも狭い空間の中で放尿されるっていうのは。
卓球「窓を開けるとまだマシっていうのはあるじゃん」
●まあそうだね。せめて窓開けて。
道下「循環しますからね、空気が（笑）」
瀧「外と繋がってるからって（笑）」
卓球「でも、俺はよっぽどその中でしたほうが、朝8時半に、この渋滞の中でしょんべんして停めたりするよりは、まだマシかなっていう。そういう全体を見渡した上でね（笑）」
●卓球は放尿に対する抵抗感が、人より明らかに薄いよね。だって[5]こないだもDJしながら、もういいやってズボン穿いたまま、ジョジョーってしたって。
卓球「それ昔の話でしょ。でもあったわ、この前。DJやってて、すっごいしょんべんしたくなったの、やっぱ。だけど、そこのクラブがブースからトイレに行くまでにエレベーターに乗らなきゃいけないの。で、エレベーターが全然来なくて、レコードももう終わっちゃいそうだしってなって、近くにゴミ箱があったからそこにしょんべんしてたのね。もう背に腹はかえられないなと思って。そしたら、エレベーターがチーンッて着いて、店の人が帰って来て。スタッフも、俺が戻って来ないから大丈夫かな？と思って見に来てさ、『おお!?』って顔して（笑）。

5 こないだもDJしながら、もういいやってズボン穿いたまま、ジョジョーってしたって：『続・メロン牧場』上巻のあとがき座談会を参照。

『あ、すいません！　すいません！』って言って、してたのを上げちゃったんだよね。そしたら余計」
瀧「スプリンクラー形式になっちゃったんだ」
●普通止めるでしょ、見られたら。
卓球「止まんないよ、だって。結構もうのっちゃってる時だもん」
一同「（爆笑）」
瀧「サビの途中だしってことでしょ（笑）」
卓球「そうそうそう。それで、『あ、すいません！すいません！』っつったら、『いや、問題ないっす』って。問題あるよって（笑）」
瀧「ないわけないだろっていう（笑）」
卓球「ほんとはトイレに行く予定だったのが、エレベーターも来ないしっていうんで、最後の手段としてこういう行動をとったんですっていうのを言いたいけど、その説明もできないから、『違うんです！　違うんです！』って（笑）」
瀧「『違う違う違う！』っつって（笑）」
●言いながらもしてるわけでしょ？
卓球「もちろん。だって止まんないって」
●止まる止まる。俺、この間健康診断で検尿して、すっげえしょんべんしたいし、ようやくトイレ行けるわと思って行ったんだけど、よく言うじゃん、最初のほうの尿はちょっと捨ててくださいみたいな。だから、最初ザーッとして、途中で止めて、カップを前に置いて、適量をジャーッて入れて、また止めて、また残りをするみたいな。それぐらいのコントロール、自由自在だよ。

卓球「……ほんとにそうかどうか、1回試して？（笑）」
瀧「いや、今言ったことは俺もできるよ」
卓球「できるの!?」
瀧「うん。まだイントロだから」
卓球「それだって、サビに行ってないもん。全体に曲が短いんだよ」
一同「（爆笑）」
●でもそれ、途中までしたことで、ある程度尿意は減ってるわけじゃん。
卓球「いや、むしろ勢いがついちゃってる」
瀧「止められるけど、移動は無理」
●ああ。
卓球「一瞬考えるじゃん、皮を絞ればここの中に入れて持ち運べるかもって。でも、それは漫画の世界でさ（笑）」
瀧「チンチンの皮が膨らむやつだろ（笑）。タプンタプンって」
卓球「皮が余っててもそこまで余ってる奴はいないし、無理（笑）」
瀧「ラクダの胃を水筒にしてる感じでしょ、砂漠で（笑）」
●ああ、そう？
卓球「だからビールとか飲んでしょんべんすごいしたくなった時に、ちょっと我慢して、ほんとにダメだ！っていう時に行って、途中で止められるかっていう」
●止められる止められる。
卓球「うわ、確認したいけど、手間がかかりすぎる（笑）。まず呑みに行かなきゃ」

瀧「まあ、高速に乗っちゃってるようなもんだよね。高速に乗って80キロ、グンッていっちゃったようなもんで」

卓球「ウンコは別に大丈夫。途中で切れるからさ。でも、尿意はねえ」

瀧「『尿意はねえ』じゃねえよ（笑）」

●あはははは。

卓球「便意って、『あれ？　さっきの便意が嘘のように……』っていうのがあるじゃん。もしかして便意は幻だったのかな？ぐらいの。でも尿意はないんだよ、それが」

●あるよ。

卓球「ないよねえ!?」

●あるよ。さっきまで、すっげえおしっこしたくてたまんなかったのにっていう。

卓球「それはね、溜めてない。ほんとの限界を知らない」

瀧「じゃあ山崎さんは50％でやめられるってこと？」

●そう。

卓球「犬じゃん。マーキング用にさ（笑）。だからそれは、溜めが足りない。あと、これは先入観だけど、その体型で膀胱がデカいわけがないっていう（笑）。すごい人並みはずれたデカい膀胱を持ってるんだったら、それは可能だけど、痩せてて膀胱がデカいっていうのは、あくまでイメージだけど」

瀧「膀胱の話っていうか、肛門括約筋[6]の話だろ。ギュッて止めるってやつでしょ？」

卓球「違う違う、それは我慢のうちじゃないん

6　肛門括約筋：肛門を広げたり縮めたりするための筋肉。排便の際に作用するのは外肛門括約筋。内肛門括約筋は自律神経でコントロールされているので、意思のままに動かすことはできない。

だって。最初そうしてるけど、そこも決壊するんだよ。そうなるともう、下手するとイメージとしては、尿道のところまで来てる感じ。それをチンポの内壁の筋肉でこうして（笑）」

瀧「写真写真！　世界で初めて尿道の擬人化に成功した（笑）」

一同「（笑）」

卓球「でも実際そうじゃん。亀頭ぐらいのとこまでは絶対に来てるから、あとは亀頭のとこをキュッと（笑）」

瀧「だからホースを出して、ちょちょちょっと最初のうちだったらグッて踏めば止まるけど、もう蛇口を全開にしたら、踏んでもダメじゃん。それと同じってことでしょ」

●なるほどね。

瀧「なんでそんな冷静に解説してるのかわかんないけど（笑）」

卓球「だからね、男の人のほうがダム的なポイントが多いんだよ[7]。女の人って、よく失禁するじゃん。それって、ダムが1個少ないからだと思うんだけどさ」

瀧「男はホースの段階で水を溜めることもできるけど女の子はそれがないから、蛇口から直だってことでしょ」

●だからホースに頼りすぎてるんだよ。

卓球「そうそう」

瀧「おまえ、袋とかペットボトルとかさ、そういうものにしょんべん入れた経験って、何回ぐらいあるの？」

卓球「数えてねえよ、そんなの（笑）」

7　男の人のほうがダム的なポイントが多いんだよ：男性のほうが女性に比べて尿道が長い。また、尿道が前立腺の中を通っているため、前立腺の筋肉によって排尿をある程度コントロールできる。男性・女性間にはこのような肉体構造の差異があるため、女性は男性よりも失禁しやすく、男性は女性よりも排尿障害を起こしやすい。高齢の男性に多く起きる前立腺肥大症は、排尿障害の代表例。

瀧「自分は1、2回あるかないかぐらいなんだけど、おまえかなりあるよね？」

卓球「あるよ。ペットボトルもあるし、コップもあるし。さすがに陶器のコップに入れるのは抵抗がある。ビンは平気。なんでかって言うと、入れて捨てても、業者の機械で洗うからきれいになりそうっていうさ」

●俺、陶器はろくろを回した人の気持ちを踏みにじるから、みたいなことかと思った（笑）。

瀧「俺も、手間の話かなと思った。1回焼くしなっていう。でもそれ言ったら、便器は陶器じゃんと思ってた（笑）」

全員「（爆笑）」

瀧「陶器にはできねえとか言って（笑）」

卓球「あと俺、すごい覚えてるのが、子供の頃に、風呂場で浮き輪にケツをはめて浮いて遊んでたのよ。しかも、『リボンの騎士』[8]の歌を歌いながら、プカプカ浮いて遊んでて。で、あ、おしっこしたいなと思って、しちゃえと思って。でもなんも考えてないから、チンポこっちに向いてんじゃん。そしたら顔面にシャーッてきて、ケツはまってるから抜けられなくて、そのままグーンッて、ひっくり返って、浮き輪がケツにはまった状態でケツが浮いて、ほんとに溺れそうになった。プハーッ！って（笑）。そのせいで、『リボンの騎士』の印象が悪いんだよね。『リボンの騎士』→浮き輪→しょんべん→溺れるっていうさ」

瀧「その時は絶対しょんべん止まってたはずだよな（笑）」

8『リボンの騎士』の歌：『リボンの騎士』は手塚治虫の漫画。67年にアニメ化。日本初の少女向けTVアニメであった。オープニングテーマは〝リボンの騎士〟、エンディングテーマは〝リボンのマーチ〟。両曲共に作詞：能加平、作曲：冨田勲。〝リボンのマーチ〟の歌詞はスキャット的な掛け声が主体で、卓球が歌っていたのは〝リボンのマーチ〟のほう。

ボーナストラック

2011年

1月号

卓球「ああ、そうそう。石野組の新品のヘルメットが出てきてさ」

瀧「へえ、それいいじゃん」

●何、石野組って？

卓球「うち、土建屋やってて。石野組っていう。で、そっちが本業なのよ、パン屋じゃなくて。あと、受験票が出てきた（写真？　実物を見せる？）（笑）」

●うわーっ！　すごいね、これ！　これなんの受験？　高校？

卓球「高校受験」

瀧「中3のおまえ見せて。完全に犯罪者の顔してる（笑）」

●そうだね。思い詰めてるよね。

卓球「思い詰めてる。ものすごい嫌だったもん」

瀧「タンク山[1]って感じ（笑）」

●これどんな犯罪やっても納得できるよね（笑）。

卓球「あとこういうのも持ってきた。瀧の（写真）」

●おおー！　え、こんなだったんだ？

卓球「痩せてるよね」

瀧「腹筋もちゃんと割れてる頃のね（笑）」

卓球「これがのちのマチェーテ瀧[2]（笑）」

瀧「っていうか、この下にマチェーテって書いておこう（笑）」

●すごいな、これ。

瀧「すごい？（笑）」

1 タンク山：97年に兵庫県神戸市須磨区で起こった神戸連続児童殺傷事件、通称「酒鬼薔薇事件」の犯行現場のひとつ。

2 マチェーテ瀧：11年1月号本編参照。

●うん。でも、今この2枚の写真見て思ったけどさ、なんでこのふたりが知り合ったのか[3]っていうのが、ますます意味がわかんないんだけど（笑）。

瀧「そうだよね、共通項全然ないもんね」

●絶対出会わないふたりって感じ（笑）。

卓球「怖ろしい」

瀧「うん、怖ろしい」

●怖ろしいね（笑）。まっちゃんと石橋[4]がコンビ組んでるって感じ。あり得ないよね。

4月号

卓球「高いところ行くとおしっこしたくなるっていうのない？　尿意をもよおすとかじゃなくて、崖とか行くと、こっからおしっこしたいなあってなるじゃん。ツバ落としたいとかっていうのと近いと思うんだけど。でもツバとちょっと違うのは、おしっこをすることによって、ある一瞬、高いとこから、落ちたら死ぬような地面としょんべんで繋がってるっていう感じが楽しいんだと思う（笑）」

瀧「わかる。俺、野グソした時、同じこと思ったもん」

卓球「大地と共に？（笑）」

瀧「クソと大地が繋がった瞬間っていうか」

卓球「大地と一体になった（笑）。でもクソはすぐ出ちゃうけど、しょんべんだとしばらく繋がってるっていうのが実感できる」

●どういうこと？『未知との遭遇』[1]で、降り

3 なんでこのふたりが知り合ったのか：卓球と瀧は時代に共通の友人を介して知り合った。ふたりはそれぞれ別の高校に通っていた。当時、野球部に所属していた瀧は、練習後に足繁く卓球の家へ遊びに行くようになった。

4 まっちゃんと石橋：ダウンタウンの松本人志ととんねるずの石橋貴明。

1 『未知との遭遇』：

てきた宇宙船のタラップがつく感じ？

瀧「違う違う、どっちかっていうと、母親とへその緒で繋がってる感じ」

卓球「そうそうそうそうそう！（笑）」

●ああ！

道下「3本目の足的なことではなくて（笑）」

卓球「そう、安定感は求めてない」

瀧「根源で繋がってる感じがするっていう、理屈じゃなくて（笑）」

卓球「わかるでしょ？　高ければ高いほど、それがっていう（笑）」

瀧「ンフフフフフ」

卓球「アハハハハハ」

瀧「うん、ちょっとわかる、言ってることは」

●なるほどね。

卓球「崖とかよりも斜面って感じのとこのほうが」

瀧「石垣ぐらいがいいんだよね」

卓球「そうそう、石垣とかいいよな」

瀧「ちょうどいいよね」

●（笑）。

瀧「何を共有しとんだって感じだよね（笑）」

一同「（笑）」

瀧「高すぎちゃうと途中でもうさ、パーッてなるじゃん、はやぶさ[2]みたいになっちゃうから」

卓球「土手みたいなとこに向かってさ、『崩してやる』的な感じでしょんべんした時にさ、バッてした瞬間にこっちに向かってくる時あるじゃん。ウワッって（笑）」

●それはあるね（笑）。

77年公開のアメリカ映画。スティーヴン・スピルバーグ監督作品。平凡な電気技師と宇宙人のコンタクトを描いている。

2 はやぶさみたい：高所からの尿の落下を、地球に帰還した小惑星探査機「はやぶさ」が大気圏で燃え尽きた様にたとえている。

あとがき座談会

2011年3月1日
東京都港区西麻布・某店にて

石野卓球（電気グルーヴ）
ピエール瀧（電気グルーヴ）
山崎洋一郎（『メロン牧場』司会担当）
池田義昭（キューンレコード・電気グルーヴ担当）
兵庫慎司（前・本書編集担当）
松村耕太朗（本書編集担当）

欠席：道下善之（電気グルーヴ・マネージャー）

卓球「ここ海老蔵ビル（※歌舞伎役者の11代目市川海老蔵が、10年11月25日に元暴走族メンバーに暴行された事件の現場となったビル）の隣でしょ。っていうかネタでしょ？」

山崎「違う違う」

瀧「俺、さっき歩きながら、『あれが海老蔵ビルです』って言われて気づいたけど」

卓球「『うわ、兵庫さんぽいなあ』と思って（笑）」

兵庫「違います違います、僕じゃないです」

卓球「兵庫さんがとったって言ったよね？」

池田「いや、僕は言ってないですよ」

卓球「ちがうの？　……じゃあ、完全にごめん」

一同「（笑）」

卓球「俺の推測は、『また兵庫がウケ狙いでそういうとことったんだろうなあ』っていう（笑）」

瀧「話のきっかけ作りでっていうな。第一声はこれで確定だっていう（笑）」

卓球「そうそう、やりかねないじゃん。うちらが着いた時には、灰皿にテキーラ入れて待ってるぐらいの感じで。いつツッコんでくれるんだろうっていう（笑）」

瀧「ミッチー、今日ダウンしたね」

池田「朝5時くらいに道下さんからメール来て」

卓球「俺、5時1分に来てるんだけど」

瀧「朝の？」

卓球「うん。それ見て、自分のボーダーラインで、5時で線引きしたと思うんだよ」

瀧「5時までに回復の兆しがなかったら（笑）」

卓球「そしたら送信しようっていうさ（笑）」
瀧「リミットってこと？（笑）」
卓球「奥さんに、5時までに治らなかったらこの送信ボタンを押してくれっていうさ（笑）」
山崎「ミッチーがいないとちょっとね」
卓球「うん、こぼれ球を拾ってくれる奴がいなくなるからね。池ちゃんじゃねえ」
池田「まだちょっと（笑）」
瀧「あとムダに殴っても大丈夫な奴がいないからちょっと（笑）」
卓球「鉄拳制裁が。そのためのような存在だもんな、サンドバッグがわりっていう（笑）」
瀧「（兵庫を見て）ちょうどいいねえ……デニムのシャツ着てるね。アメリカの刑務所？（笑）」
一同「（笑）」
兵庫「自分がまったく触ってないメロン牧場の単行本が出るのは初なので、すごい新鮮です」
山崎「確かにそうだよね」
卓球「まったくタッチしてないの？」
兵庫「はい。わけもわからず今日だけ呼ばれて」
瀧「あれ？　じゃあ注釈は違うんだ」
卓球「今回、主観性があんまりない感じがしたから、変わったなって思ってた」
兵庫「ノイズが減った」
卓球「そう。飲み口が爽やかすぎて、舌の上にザラザラしたもんが残んなくて（笑）。アク抜きされたっていうか、スープが透き通ってる（笑）」
瀧「ああ。でもよかったじゃん、Ａｍａｚｏｎ

で『注釈が最悪』ってレヴューつけられたから（笑）」
卓球「あはははは！　注釈で星減ったもんな」
山崎「マジで？」
瀧「ほんとに。前のメロン牧場（笑）」
一同「（笑）」
瀧「『内容は素晴らしいのに注釈が憎たらしいから星１！』みたいな感じで。そんな星のつけ方はねえだろって（笑）」
卓球「でも不思議なもんで、ちょっと物足りないとすら思ったっていうか（笑）。のどごしがよすぎてなんかちょっと冷たい感じがした。兵庫さんのは温かいとこがあったじゃん（笑）」
瀧「なるほど（笑）」

卓球「失ってわかる兵庫の大切さ（笑）」
山崎「だって前回、怒り狂ってたもん、座談会」
瀧「まず説教だっけ？　それもどうなんだって感じだけどね、仕事してくれた人に対して（笑）」
卓球「すでに兵庫さんが標的になってるけど（笑）、でもそれをちょっと楽しみにしてる部分もあるんだよね」
瀧「そうね。『さあて、怒るぞ～』みたいな？（笑）」
卓球「じゃなくて、『闘魂注入お願いします！』みたいなやつあるじゃん」
瀧「ああ、あちらさんが？（笑）」
卓球「そうそうそう。『さあ、女王様！』って（笑）」

瀧「上官の前でわざと居眠りして、殴られて勃起って感じの（笑）」

卓球「ワハハハハハハハ！」

瀧「『キターッ！』だって（笑）」

卓球「それ、昔のうちの事務所の社長だよな」

瀧「通称ピスタチオっていうのがいるんだけど」

卓球「ピスタチオに似てるの（笑）。その人が、本人は否定してるんだけど、ガチホモで。しかも軍隊系のスパルタが大好きっていう。で、いたく瀧のことを気に入っててさ」

瀧「事務所に行くと、社長室みたいなのがあるわけよ。で、俺がある日行ったら、『瀧くん、ちょっとい〜い？』って言われて、見せられたのが、自衛隊の応援団みたいなのがワーッてやってるドキュメントで、『これがいいんだよぉ〜。瀧くん、どう思う？』って言われて」

卓球「『ちょっとちょっと！　このあと！　親の前でビンタ張られるんだよ！』って（笑）」

瀧「『最高だね〜』なんつって（笑）。で、事務所の旗を作ったんだよな。優勝旗みたいな感じのやつ。あれがその部屋に飾ってあって」

卓球「おまえやたら社長室呼ばれてたもんな。俺とかまったく論外って感じだから、相手にもされないんだけど、『瀧くん、瀧くん、ちょっと！またビデオが！』って感じで（笑）」

瀧「んふふふ」

卓球「おまえがビンタとか張ったら、ギンギンだったと思うよ」

瀧「いや、ほんとほんと。給料上がったと思うもん、マジで（笑）」
卓球「俺はスーパーマリオっつってたんだよね。スーパーマリオが帽子とった顔に似てた（笑）」
瀧「映画版の方ね」
一同「（笑）」
瀧「でさ、この間（メロン単行本の）校正やってたらさ、こいつがこれまでの３冊を束ねて立てて、『こんだけやってるとムダ話もすげえな』だって（笑）」
卓球「立ったもんな。クソの話が立った（笑）」
瀧「でもさ、昔はまあまあ元気のいいクソの話だったけど、今回、歳とってきたから浮かねえなみたいな、悲哀が入ってくる感じの（笑）」
卓球「クソと老いっていう（笑）」
瀧「ほんとに（笑）」
卓球「勢いだけでいけない、ちょっと侘び寂びも入った。ヴェルヴェット（・アンダーグラウンド）の３rdっぽい感じ」
一同「（笑）」
瀧「クソの勢いは若い奴には勝てねえって（笑）」
山崎「あのクソが浮かねえって話（※09年４月号本編）は秀逸だった」
卓球「うちらもスパークしたよな。みんなで読み合わせじゃないんだけど、勝手に読んでくとずれるから一緒に読んでこうよっつって、ミッチーと３人で（校正）やった時（笑）」
瀧「間違いを指摘してこうみたいな感じで」
卓球「最初の単行本の時とかって、家持って帰って読んだんだけど、それだと埒が明かないから、前回からみんなで読み合わせって感じでやって、その場で気がついたところを直してこうってことになって。で、読んでく時の『今月、ヤベえな』っていう。あの話はスパークしてた（笑）」
山崎「結構どこまでクソの話ができるかっていうとこにかかってるね、このシリーズはね」
瀧「あとに続く人たちのためにも、クソをならして、こうコンクリートみたいに道を（笑）」
卓球「でも今回思ったけど、ちょっとクソの割合が多いかなと」
山崎「そう？」
卓球「クソの安売りっていうか（笑）」
瀧「ヒット曲やりすぎって感じ？（笑）」
卓球「そう。やっぱ大腸空っぽにしちゃいけねえっていうかさ、常にちょっと溜めておかないと」
山崎「今が一番難しい年代だから、この年代にクソの話をあれだけできたっていうのが、一応してやったりかなと思うけど」
瀧「クソの話は死ぬまでできるでしょ（笑）」
卓球「日常的にクソの話をしてる40代があんまいないってことでしょ」
山崎「そうそう、クソに一番関心がない年頃」
瀧「名言！（笑）」
卓球「クソのロスト・ジェネレーション（笑）」
山崎「今回、事件も結構多いしね。腐乱死体事件（※09年10月号本編）とかさ。あんなの普通、起きないよね」

瀧「ほんとにね。死体まで登場したからね。前、救急車も登場したしな（笑）（※『続・メロン牧場』下巻・08年4月号本編）。あと何登場してねえんだっていう」

卓球「火事は昔あっただろ（※09年8月号本編）」

瀧「ああ、あったあった。おまえの火事じゃねえからなってやつだ（笑）」

卓球「『火事はみんなのもの』っていう（笑）。あれ名言だよね。不謹慎な名言だけどさ、火事場に行く野次馬、みんなが思うことじゃん。ずるい！っていう」

瀧「真理は突いてる、火事はみんなのもの（笑）」

卓球「あとネット関係の話が増えたね。時代の流れというか」

瀧「Twitterポリスね」

山崎「だってちょっと前まで、携帯でメールやんないって言ってたのに、それが今や、Twitterやってて」

卓球「（前は）いらなかったんだよ」

山崎「携帯メールと言えば、角界のあれ衝撃じゃなかった？　メールが復元できるってやつ」

卓球「いや、それは前からあるでしょ」

瀧「サーバーには残ってんだから」

卓球「消去したら全部消えると思ってたの？」

山崎「うん」

卓球・瀧「素朴だなあ！」

一同「（笑）」

卓球「一番古いのは何号だっけ？」

松村「２００８年５月号です。３年分ですね」

瀧「3年ぶりなんだ？」
山崎「いいペースなのよ。前は溜めちゃったから大事件だったけど、3年で1冊出せるってことは、このペースだと、60になる頃には……」
瀧「何言ってんの？」
一同「（爆笑）」
卓球「逆にメロン牧場をベースに考えて、うちらも活動を考えてるからな。ぼちぼちアルバム作るかだって（笑）」
瀧「うん（笑）」
卓球「俺、思ったんだけど、昔Xがさ、アルバム出ないけどブラジャー出しまーすとかあったじゃん。まったく人のこと言えねえよな。アルバム出ないけどメロン牧場出しまーすじゃん」
山崎「このクオリティで全10巻残せたらさ、文学界のできごとだよね」
卓球「文学界っていうよりも、出版界でしょ。よくこんなもん延々出してんなっていう（笑）」
瀧「ゴミも商品になるっていうことでしょ」
兵庫「前回のを発売したのが、リキッドルームのエイプリールフールの時（※08年4月1日）だったんですよ」
瀧「ああ、『J-POP』の時だね」
山崎「今回もベスト盤のリリースと合わせて、お互いが便乗しようっていうね（笑）」
卓球「のっかろうとして、どんどん地盤沈下するっていう（笑）。でも今回の、最初の表紙のアイディアがヤバすぎたよな。今はiPhoneだからiPhoneの写真でっていう」
山崎「いいアイディアだと思ったんだけど」

卓球「山崎さんのアイディア？」
山崎「うん」
卓球「やっぱり」
一同「（笑）」
山崎「何、その冷たーい感じ（笑）」
卓球「あれをやっちゃうと次からまたそれをやんなきゃいけないって、無間地獄に陥るから」
山崎「よく駄菓子のパッケージであるじゃん、その時流行ってるもののやつが」
卓球「下手すりゃ1万円札のやつとかだろ。『お金が落ちてる！』って（笑）」
山崎「それに近い（笑）」
卓球「目引きゃいいってもんでもないからね。しかもその頃、新しいｉＰｈｏｎｅが出てるんだろ。アンドロイド携帯とか言ってる時に1個前のｉＰｈｏｎｅだって（笑）」
卓球「そういえば最近、電子書籍だって知らないで、高田純次の『適当日記』っていうの買ったんだけど、ｉＰｈｏｎｅアプリで。結構便利だったけどね」
瀧「俺もこの間、村上龍を買った。『歌うクジラ』だっけ？」
卓球「うっわ、嘘だろ？」
一同「（笑）」
瀧「ほんとほんと。どんなもんかなと思って買ったら——」
卓球「『どんなもんじゃい』って言って」
瀧「読んでる途中で——」
卓球「『どんなもんじゃい』って言って」
瀧「『どんなもんじゃい』」

一同「（笑）」
瀧「すっげえ恥ずかしい、なんか（笑）」
卓球「無理にはさんでくれて、それがちょっとかわいかった（笑）」
瀧「それ読んでたら、怖いシーンになると怖いSEが流れるんだよね。それで気分が結構高ぶったりするんだけど」
卓球「投げちゃったりすんの、『ギャーッ！』ってつって（笑）。確認のために棒で突いたり」
瀧「止めたいんだけど持ちたくないって（笑）。でさ、へえって思って。文章だけのと、音が出るのとあるらしいからね。だからって、メロン牧場で演出入れなくていいけど」
山崎「今ちょっと考えてた。前、ポッドキャストやろうとかって言ってたじゃん（※08年7月号ボーナストラック）」
瀧「あれどうなったの？」
卓球「完全になくなったよね。でも音楽関係の出版社なら、音楽と絡めたら電子書籍とかうまいことできそうな気もしなくもないけどね。権利がめんどくさいからでしょ」
山崎「メロンのもそれでダメだったの」
瀧「ソニー厳しいからね」
山崎「そう。ああ、ソニーのアーティストなんだってつくづく思った」
卓球「初めて気づいた？（笑）」
山崎「うん（笑）」
瀧「4冊目が出て、もう――12年？」
松村「いや、15年ですね」
卓球「まさかそんな続くとは思ってもなかっ

た」
瀧「思ってないね」
卓球「最初は、ハードコアじゃないインタヴューのつもりでやりましょうみたいなことだったんだよね」
瀧「『R&R NEWSMAKER』でやってたあの感じだったよね」
卓球「そのあとに排泄物関係で活路を見出して、『こっちだ！』って（笑）」
瀧「クソに向かってまっしぐらだもんな」
卓球「スカトロ・セカンド・サマー・オブ・ラヴみたいな（笑）」
瀧「セカンド・クソ・オブ・ラヴでしょ（笑）」
卓球「そうそう、茶色のスマイルマークの（笑）」
一同「（爆笑）」

卓球「血が出てるんじゃなくて、ウンコがべちょって、スマイルマークに（笑）」
瀧「上にハエが飛んでるんだろ。それのTシャツ作ろう（笑）。応募券つけて（笑）」
山崎「あと今回思ったけど、明らかにエロネタは減ったね。それはやっぱり年齢だね」
瀧「40過ぎてセンズリの話をキャッキャしててもさあ（笑）」
卓球「グロい。センズリはグロくてクソはグロくねえのかって話だけど（笑）。生々しくなっちゃうじゃん。なんか気持ち悪いっていうか」
山崎「あ、そういう感じなんだ？」
卓球「オナニーの話だったら、俺、掘ればまだ全然出てくるんだけど。例えば、こうカウチ的なものに座ってオナニーすることがあって、イクじゃん。で、片付けて立ち上がった時に、戻りスペルマってあるじゃん」
瀧「折れ曲がったホースが開放される感じね」
卓球「うん。そのためにもう1枚用意するっていう、オナニーあるあるっていうか（笑）」
瀧「♪オナニーあるあるを言いたいよ、早く言いたいよ（笑）」
卓球「はい、どうせくるんでしょって、チンコの先を包んだまままもう1枚で、はいって（笑）」
瀧「ほーら、と。こっちはお見通しだと」
卓球「ほーらね、でしょっていうね（笑）。っていう感じのはまだいっぱいあるんだけど」
瀧「あるね」
卓球「あと、うちら仮性（包茎）なんだけど、仮性ならではの悩みがあって、イった後、立ち上がると敷いてあったティッシュが一緒に内側に巻き込まれて、それをベッてとるとチンポに白いのが残るのよ」
瀧「そうそうそうそう」
卓球「で、それが残ったままベッて切ると、あ、しょうがないなと思いながら、残りスペルマで拭きとって、それでも足りない場合はペロっと舐めた指でこうやってつまんで（笑）」
瀧「亀頭に残ったやつをピーってむく時の、あのなんとも言えない刺激がさ、『はぁぁ～』っていう」
卓球「亀頭に張りつく時もあるんだよね」
瀧「あと、（亀頭の）向こう側が見えないから、残ってる時があってさ、数時間後とか」
山崎「かた茹で卵の薄皮をむく感じでしょ」

瀧「そうそう。こっち側は見えてるから処理ができるんだけど、裏に回られた時はどうにもなんないから。それがさ、風呂に入った時にその向こう側にあるのが風呂の中で解放されて、ふわ〜って漂ってるのを発見した時のさ、あの不思議さ」

山崎「桜茶みたいな感じでしょ」

瀧「そうそう！　その感じでふわ〜って」

卓球「それをすくうか、もうパチンッて叩いて散らして、なかったことにするかっていう（笑）」

瀧「子供と風呂入ると、慌ててかき回すもん」

一同「（笑）」

山崎「『最近エロネタないね』って言ったのを、その気になりゃこれだけあるぜって、ひと通りやったあと満足そうな顔したね、ふたりとも（笑）」

卓球「まだまだいけるなっていう（笑）」

瀧「まだまだあるんだよね」

卓球「っていうか、掘れば全然出てくるよ。次の『メロン牧場5』に向けてかなりあるよ」

山崎「そこは金脈があると考えていいわけね」

瀧「うん」

卓球「こっちは、言われるまで忘れてたよ。だからこのあとがきで、次へ期待させる感じを、（『スター・ウォーズ』の）『帝国の逆襲』の最後みたいな感じにして。ハン・ソロが固まって終わるみたいな（笑）」

瀧「明らかに続くなっていう終わり方（笑）」

山崎「オナニー以外のエロネタはないの？」

卓球「そりゃおもしろい話はいっぱいあるよ。でもそれはロッキング・オンじゃない、もはや」

瀧「どこで発表する気なんだよ、じゃあ（笑）」

山崎「いつか」

卓球「いつかじゃないよ！（笑）」

山崎「でも、44っていう年齢はどう？」

卓球「……まだマシなんじゃない。まだ無責任でいられる感じでしょ。ただ、不安だねえ。それはあるでしょ？」

瀧「不安？　何に対して？」

一同「（笑）」

卓球「将来に対して（笑）。そりゃ、おまえは『徹子の部屋』出たりしてるからいいかもしんないけど、将来に対する漠然とした不安はあるよ、もちろん」

山崎「この発言、読者は衝撃だろうね（笑）」

卓球「テクノＤＪっていう、上（の世代）を見てみて、そういう人いねえなって感じあるじゃん。まあ海外とかにはいるけど、国内は『ええ!?』って感じじゃん。不安だなあって感じる、ほんとに」

瀧「でも、逆に言えば、日本の第一人者っていうところの席は一応あるわけだから、そこは大丈夫だよ、たぶん。だからって食える保証は全然ないけど（笑）」

卓球「ミュージシャンっていうのが結構薄れてきてるっていうかさ」

山崎「んなことないよ（笑）」

卓球「瀧のせいっていうのもあるんだけど、だんだん軸足が揺らいでくるっていうか、沼地に立ってるみたいな感じになってくるじゃん」
瀧「それはおまえがさっき、キャッキャ言ってオナニーの話をしてるからだって」
卓球「オナニーの話をする軸足が不安な奴と、オナニーの話をするかしないか不安な奴とだと、オナニーの話をしない不安な奴とだと、オナニーの話をするかしないかでしょ？　恐ろしい話ですよ。ただ、そこのやりがいはあるんだけど、怖いことに。なんでかっつったら誰もやってないから。だからそれは怖いよ〜。でも、例えば30代前半で40代のことは考えられなかったじゃん。それがずーっと、実は20代の時から続いてきてるからあんま変わんないのかなって気もする。不安がずっとつきまとうでしょ、だって」
瀧「おまえの言ってる不安は、100％は共有できなくとも、なんとなく言ってることはわかるんだけど、こいつの歴史をずっと見てると治んないじゃん、こいつ」
一同「（爆笑）」
瀧「だから大丈夫な気がする。変に治っちゃうとね」
一同「あぁ〜」
卓球「『あぁ〜』だって（笑）」
瀧「絶対治んないから大丈夫だって」
卓球「治す気ないから大丈夫」
瀧「こいつすごいよ。俺もいろんな現場行って、役者だったり、テレビのプロデューサーだったり、映画のなんとか、バラエティ番組のなんとかって会ってるけど、今までこいつ以上にぶっ飛んでる奴、見たことないよ」

卓球「それ、不安」
一同「（笑）」
瀧「ほんとそうだから、だからそれで？ってい
う気はするけどね」
卓球「明日から、おチンチン出して歩こうかな」
瀧「おチンチンだけ出して？（笑）」
兵庫「それ、人生でやってましたよね」
卓球「やってねえよ、そんなこと！（笑）」
瀧「やってねえよ！」
兵庫「股間のところだけ開けて、アンコールで
出てきませんでしたっけ？」
卓球「陰毛だけ出したやつでしょ。おチンチン
出してないって」
山崎「人生のライヴでは、パンツで金玉を両側
から1個ずつ出してアンコールで出てきたこと
あるよ。俺、それ見た気がする」
卓球「サオは出してないでしょ。サオを出しちゃ
うと、ああ、こいつ出したいんだって感じにな
るじゃん」
瀧「タマはこぼれるからね」
山崎「でも、ジャパンの創刊2号目か3号目で、
当時の編集者が人生のライヴ観て、すげえ鋭く
書いてたよ。人生はサオは出さない、タマは出
すって。それがパンクなんだって。マッチョな
ロックとは一線を画すって」
瀧「んふふふ。でもそれは確かにそう。全部出
すとさ、自分にも見せてる感じになるんだよ
ね。素っ裸になってる自分っていう。お客さん
と自分も対象になっちゃうけど、タマだけなら
対象はお客さんっていう（笑）」

山崎「エンターテインメントだね（笑）」
瀧「何を力説してるんだ、俺は（笑）」
兵庫「瀧さん、電気でもタマ出してましたよね」
卓球「それ電気じゃないって」
瀧「電気。ブリッツのこけら落としのやつ」
卓球「ああ、そうか！」
瀧「ちなみにこの間の20周年記念ライヴもタマだけ出したけど」
卓球「めでたい時しか出さないから（笑）」
瀧「レオタードかなんかの時にね。そこは衣裳の完成度として（笑）」
卓球「必然性があれば脱ぐ、女優魂（笑）」
瀧「そこでタマを出せない自分は見られたくないっていう（笑）」
卓球「ははははは」
瀧「結局、下ネタかって感じだよね（笑）」
卓球「逆に聞きたいけど、40代になって意識変わった瞬間あった？」
山崎「45でやっぱちょっときた。どんな楽しいことがあっても、どんなに希望が見えても、ここまでだなっていう。うす曇りだけど、まあ、『ネオ希望』な感じ」
瀧「遠くまで見渡せちゃう感じってことね」
山崎「そうそうそう、そういう感じ」
卓球「子供作ろう、じゃあ」
山崎「なんで？（笑）」
卓球「バトンを渡せたって感じでしょ」
山崎「それを考えてる時に、子供とかの意識は全くないよ」
瀧「子供はまた別のチャンネルっていうか。自分の価値観だけで好き勝手できない感じとか」
山崎「そうなんだ？　俺は完全に別人」
瀧「それは今になったらそうだけどさ」
山崎「娘いくつ？」
瀧「5歳。もうすぐ6歳」
山崎「まあもうギリギリだね」
瀧「何が？」
山崎「だんだん女としての自意識が芽生える」
瀧「うちの子はさ、卓球のことクリちゃんって呼んでてさ、電気のやつ見ると、『これクリちゃんが歌ってるの？』って言うのね。でも、いつかこれを読んだ時にさ、『あのクリちゃんがこれか!?』って話になった時の混乱ぶり（笑）。お父さんも含めて、『なんだこれ!?』っていう」
卓球「そしてクリちゃんに惹かれるおまえの娘の揺れ動く気持ち（笑）」
瀧「まあ、そうなったんだったらもう（笑）」
卓球「クリちゃんしかいない！（笑）」
瀧「そしたらおまえ、俺の息子になるんだからな（笑）」
卓球「おまえは親父だぜ、俺の（笑）。『娘さんを！』（笑）」
瀧「『おい、娘くれよ』だろ（笑）」
卓球「『タバコ1本くれ』みたいな感じでな（笑）」
瀧「そうそう、そういう感じで。タメ口で言う奴初めて聞いたって感じの（笑）」
卓球「恐ろしいな」
瀧「今回、紙質はどうするの？」
山崎「こんな感じで（見本を出す）」

瀧「ああ、いいね、これだったら」
卓球「ケツが拭ける？（笑）」
瀧「っていうか、前回のやつ、片手で開きにくいんだよね。便所で本を両手で持つと思うなよっていう」
卓球「二宮金次郎じゃん。ウンコしながら本読んで（笑）。いずれはおまえの母校に銅像が建つんだろ」
瀧「なんでそれなんだよ（笑）」
卓球「しかもiPod聴きながら（笑）」
瀧「そんな銅像、見たことないわ（笑）」
卓球「（股間に）TENGA？（笑）」
瀧「そしたら持ってるの『ファミ通』だよ（笑）」
卓球「でも、こんぐらいのタイミングで出すのがいいよね。最終的にはボックスセット（笑）」
瀧「ああ、ボックスセットね」
卓球「で、紙ジャケ。で、ディスクユニオンで買うと、当時の帯がつくっていう（笑）」
瀧「文庫化する時に紙ジャケで、ボックスセットで」
卓球「文庫と普通のサイズと並ぶ感じでしょ。で、文庫のほうにしか入ってないボーナストラックがあるみたいなさ（笑）。その音楽業界っぽい言い方あるでしょ、紙ジャケとか。初回限定ボーナストラックみたいなさ、足元見る感じ」

電気グルーヴ

1989年4月27日、インディーズで活動していた前身バンド"人生"解散後、石野卓球とピエール瀧を中心に結成。1991年、アルバム『FLASH PAPA』でメジャーデビュー。その直後にメンバーのCMJK脱退、砂原良徳(通称まりん)加入。1997年には先行シングル『Shangri-La』と共にアルバム『A』が国内で約50万枚の売り上げを記録。1998年、ヨーロッパ最大のダンスフェスティバル"MAYDAY"に出演。同年夏から冬にかけてヨーロッパ6ヶ国をまわるツアーを行う。また、このツアーを最後にまりんが脱退。2000年には通算9枚目のアルバム『VOXXX』をリリース。2001年、開催3年目を迎えた卓球オーガナイズによる国内最大の屋内レイヴ「WIRE01」のステージを最後に活動休止。それぞれのソロ活動を経て、2004年に活動を再開。「WIRE04」と「RISING SUN ROCK FESTIVAL 2004 in EZO」に出演し、同年12月にこの2本のライヴの模様などを収録したDVD『ニセンヨンサマー ～ LIVE & CLIPS～』をリリース。2005年6月には、スチャダラパーとのユニット"電気グルーヴ×スチャダラパー"でアルバム『電気グルーヴとかスチャダラパー』をリリース。2006年7月には「FUJI ROCK FESTIVAL 06」に出演。2007年12月5日には約8年ぶりとなるニューシングル『少年ヤング』を、そして続く2008年2月に『モノノケダンス』をリリース。同年4月2日には通算10枚目のアルバム『J-POP』をリリース、さらに異例の速さで、その半年後の10月15日に11枚目のアルバム『YELLOW』をリリースした。結成20周年となる2009年の2月25日には8年ぶりのツアー最終日の模様を収めたライヴDVD『レオナルド犬プリオ』をリリース。8月19日には結成20周年記念アルバム『20』(トゥエンティ)をリリースした。 同年11月18日のシングル『Upside Down』リリース後はしばらく沈黙を保っていたが、2011年4月6日にベストアルバム『電気グルーヴのゴールデンヒッツ～ Due To Contract』とクリップ集『電気グルーヴのゴールデンクリップス～Stocktaking』を同時発売。

『メロン牧場——花嫁は死神』の連載は、ロッキング・オン・ジャパン誌にて大好評継続中。

編集
山崎洋一郎／松村耕太朗／中村萌

注釈
田中大／松村耕太朗

編集協力
橋中佐和

装丁・デザイン
anaikim

協力
道下善之（キューンアーティスツ）
キューンレコード

電気グルーヴの
メロン牧場――花嫁は死神 4
2011年 4月13日　初版発行
2019年12月 9日　第3刷発行
著者　電気グルーヴ
発行者　渋谷陽一
発行所　株式会社ロッキング・オン
〒150-8569 東京都渋谷区渋谷 2-24-12
渋谷スクランブルスクエア 27F
電話　03-5464-7349
URL　http://www.rockinon.co.jp/
印刷所　大日本印刷株式会社

ISBN 978-4-86052-097-7 C0073 ¥1400E